T0178871

Un día de septiembre y algunos de octubre

Jordi Sierra i Fabra

Un día de septiembre y algunos de octubre

INSPECTOR
MASCARELL
10

PLAZA JANÉS

Papel certificado por el Forest Stewardship Council®

Primera edición: abril de 2019

© 2019, Jordi Sierra i Fabra
Autor representado por IMC Agencia Literaria.
© 2019, Penguin Random House Grupo Editorial, S. A. U.
Travessera de Gràcia, 47-49. 08021 Barcelona

Printed in Spain – Impreso en España

ISBN: 978-84-01-02299-9
Depósito legal: B-2.323-2019

Compuesto en Comptex & Ass., S. L.

Impreso en Black Print CPI Ibérica
Sant Andreu de la Barca (Barcelona)

L 0 2 2 9 9 9

Penguin
Random House
Grupo Editorial

Día 1

Domingo, 30 de septiembre de 1951

1

La voz sonó cerca.

Estaba ahí, en alguna parte.

Dentro de su cabeza.

¿O no?

—Miquel...

No, no estaba dentro de su cabeza, sino fuera de ella, deslizándose suave junto al oído.

El aliento.

El suave zarandeo.

—Miquel, despierta.

¿Despertar?

¿Estaba dormido?

Bueno, eso era un alivio.

Tanta oscuridad...

—Miquel, vamos.

Ya no se resistió.

Uno, dos, tres...

Abrió los ojos.

Las sombras dejaron paso al día, y el día, con su tenue claridad, se convirtió en el rostro de Patro, flotando por encima de él.

La piel nacarada brilló como una llama cálida.

—¿Qué? —logró musitar.

—¿Estás bien?

¿Lo estaba?

—Sí —dijo sin estar muy seguro.

—Gemías. Casi gritabas.

Parpadeó y, al recuperar poco a poco la normalidad, se dio cuenta de que respiraba con cierta fatiga. Se aferró a la imagen de Patro, los ojos cariñosos, el semblante dulce aunque preocupado. Más allá de ella, el primer resplandor de la mañana se filtraba por las rendijas de la persiana.

La luz siempre le podía a las sombras.

—¿Gemía?

—Sí.

—Lo siento.

—¿Una pesadilla?

—Supongo.

—¿No la recuerdas?

Hizo memoria.

No, se le había ido.

Escapado, igual que un reflejo furtivo.

—Ya no.

—Puedes contármelo.

—Si es que...

—¿Otra vez el Valle?

—No, no. —Fue vehemente.

Hacía mucho que no soñaba con el Valle de los Caídos. Mucho que no escuchaba los gritos de los guardias ni los lamentos de los heridos o los presos en situación límite. Mucho que no sentía el pico entre las manos ni aspiraba el polvillo de las piedras rotas. Mucho que no sentía la humillación, aunque nunca la olvidaría.

Ahora era otra clase de sueños.

O, para ser más exactos, pesadillas.

—Si no era el Valle, ¿qué?

—No sé. —Jadeó abotargado—. Cosas imprecisas, ya sabes.

Y se encogió de hombros.

Patro le acarició la frente.

Le borró todo lo malo, o casi.

Bastaba una caricia.

—¿Quieres volver a dormir?

Miquel miró la persiana, la luz. Parecía reinar un diáfano sol.

—No, ya no. Total, para media hora que debe de quedar...

—Es domingo —le recordó ella.

Domingo.

—Lo había olvidado.

—Ven aquí, despiste.

Patro se tumbó a su lado. Extendió el brazo y se lo pasó alrededor del cuello, hasta cogerle el hombro opuesto y atraerlo hacia sí. Miquel se dejó llevar y se arrebujó en el hueco dejado por el cuerpo de su mujer. Apoyó la cabeza en el hombro de ella y se sumergió plácidamente en su calor.

También en su aroma.

Ninguna colonia o perfume, sólo el suyo propio.

El silencio no fue muy prolongado.

—Siento haberte despertado —susurró.

Recibió un beso en la frente y una caricia en la mejilla.

—No importa.

—Para una vez que Raquel no llora...

—No seas tonto. Pero si es una santita.

Otro silencio.

Miquel le puso una mano en el pecho, le atrapó el seno izquierdo y la dejó quieta, sin ánimo libidinoso a pesar de la rápida erección del pezón, que se le incrustó en la palma. La tranquilidad le permitió captar los latidos del corazón.

Un corazón lleno de vida.

Patro pasó de la mejilla al cuello, y de él al brazo, el pecho...

—Eres tan suave... —La oyó suspirar.

—Apergaminado —la corrigió.

—Cállate —gruñó la voz en forma de reproche—. Mira que eres tonto. Sabes que tienes un cuerpo precioso. Nadie diría que tienes sesenta y seis años.

—Tú pareces tener veinte.

—¿Después de dar a luz?

—Ya han pasado más de seis meses. Vuelves a tener tu figura y lo sabes.

—Desde luego... —Patro soltó un bufido de sarcasmo.

—¿Desde luego, qué?

—Parecemos dos tontos enamorados.

—Estamos enamorados, así que somos tontos. —Evitó añadir lo de «la edad».

—Si alguien nos oyera...

—Me importa una mierda que alguien pueda oírnos, aunque no es el caso.

—Madre mía, cómo te estás volviendo.

—¿Viejo gruñón?

—¡No! Irreverente.

—Ya sabes que cada vez me importa menos lo que pase al otro lado de la puerta del piso.

—No puedes pensar así, y menos decirlo. Ahora está Raquel. ¡Ha de importarte lo que hay al otro lado! ¡Por ella!

Una de dos: o él se estaba volviendo niño o ella estaba creciendo muy rápido.

Quizá las dos cosas.

Miquel se apretó un poco más, como si con ese gesto le pidiera que se callara.

Recuperaron el silencio.

La paz.

Los latidos del corazón, el pezón de nuevo relajado, las caricias, el roce de los labios en la frente, la suma de inercias.

Aunque sólo fuera por espacio de un minuto.

—Miquel.

—Sí.

—¿Te pasa algo?

—No, ¿por qué?

—Porque llevas unos días con pesadillas, y si no es por el Valle...

—Estoy bien.

—A mí no me mientas.

—No te miento. No es nada.

—Sí lo es —insistió ella con un tono de voz más firme.

—Las pesadillas son abstractas, mujer. Por eso al despertar ya no están, desaparecen.

Patro dejó de acariciarle la piel.

Miquel cerró los ojos.

¿Cuándo había dejado de ser ella una inocente mujer renacida del infierno de la guerra y la dureza de la posguerra, vendiendo su cuerpo para poder comer?

El nuevo silencio duró apenas quince segundos.

Luego, la rendición.

Un suspiro.

Y la confesión, que intentó parecer serena pero resultó angustiosa.

—Patro... no recuerdo la cara de mi hijo.

Fue como si le comunicara una descarga eléctrica. Ya no sólo le abrazó: le estrujó.

Fuerte.

—Miquel...

Él se dejó llevar. Después de decir aquello no había vuelta atrás.

—A veces... se me escapa. —Intentó hablar desde la calma—. Quiero retener su imagen, pero... no puedo. Otras veces se desvanece, o se confunde con otras caras. Y no es sólo Roger. Es también Quimeta, mis padres, mis abuelos...

—Han pasado muchos años, cariño.

—Mis padres o mis abuelos, tal vez. Quimeta y Roger, no.

Apenas doce años. —Movió la cabeza todavía hundida en el regazo de Patro—. Eran mi mujer y mi hijo.

—¿Y por qué piensas ahora en ellos?

—No es que piense en ellos ahora. Es que... cuando aparecen en mi mente no tienen cara. No consigo verles.

—Vamos, no te angusties.

—No es únicamente angustia. —Se apartó un poco para mirarla a los ojos—. Es miedo, una sensación de completa impotencia. Nos han robado incluso eso: la memoria, los recuerdos. Tú tienes fotos de tu familia, de tu hermana muerta. Siguen estando ahí. Pero yo no tengo nada. Ni siquiera eso. Me detuvieron, me arrancaron de casa como si fuera un perro, no me dejaron llevar nada. Todo se quedó allí, en el piso. Muebles, recuerdos, las fotos... Sobre todo las fotos. Sin ellas no tengo pasado.

—Tienes presente y futuro. —Fue muy dulce, pero también sincera—. Estoy yo, está Raquel. Tú mismo lo has dicho antes: lo que suceda al otro lado de la puerta es otra historia.

—No con esto, cariño. Precisamente ahora es por Raquel, aunque sé que si no fuera por eso, primero por ti y ahora por ella, yo ya estaría muerto.

Se encontró con el beso en los labios.

Sellados.

Un beso de tregua, pero también de amor y devoción.

El beso que únicamente Patro podía ofrecerle.

Hizo algo más.

Se puso encima de él.

Liviana, como una pluma.

Quedaron abrazados ya en silencio, fusionados en un único cuerpo, respirando al unísono. Miquel hundió la mano derecha en la nuca de su mujer y con la izquierda le presionó la espalda. Patro tembló ligeramente.

Hubieran seguido así mucho más rato. A él le gustaba que

ella se le subiera encima y a ella le gustaba flotar encima de él. Una de sus muchas formas de entrega.

Por desgracia para los dos, Raquel todavía no conocía los placeres de sus padres.

El llanto hizo que Patro reaccionara al instante.

Se apartó con elástica rapidez y lo dejó solo.

Esta vez, mucho más que nunca.

2

La Rambla brillaba bajo el sol del último día de septiembre. Por el paseo central, con los puestos de flores, pájaros y periódicos a ambos lados, deambulaba un río de ociosos que se movían perezosamente, sin la prisa de los días laborables. Niños y niñas con la impoluta ropa de domingo, mujeres con faldas de amplio vuelo y preciosos peinados cuidadosamente ornamentados, hombres con los trajes mil rayas de su jornada festiva y la corbata que les distanciaba de los obreros. Los únicos que parecían eternos, sujetos a su idiosincrasia, eran los ancianos y las ancianas, con sus bastones o sus arrugas cargadas de historia. No quedaba ninguna silla vacía y el cobrador se resignaba a que algunos permanecieran más de la cuenta sentados en ellas, como si disfrutaran viendo una película en tiempo real, con personas de carne y hueso desfilando ante ellos.

Miquel también se asomaba a la nueva realidad imperante.

Ya nadie llevaba sombrero. Las faldas eran cada vez más cortas y, de momento, quedaban a medio camino entre las rodillas y los tobillos. Se intuía una modernidad que pugnaba por sobresalir de la oscuridad de la dictadura. Los limpiabotas trabajaban a destajo. Ni uno estaba ocioso. Por los dos lados, los tranvías subían y bajaban llenos. De un 24 bajaron incluso varias personas que, a tenor de la ropa, parecían extranjeros. Por supuesto, llevaban mapas en las manos, pequeñas cámaras fotográficas y las sonrisas de felicidad colgadas de los rostros.

—Lo que faltaba, que nos invadan esas hordas. —Suspiró Miquel.

—Si les gusta Barcelona y tienen dinero, ¿por qué no van a venir? La ciudad es preciosa, el clima maravilloso, hay museos, la Costa Brava cerca...

Patro siempre era positiva.

A veces se dejaba arrastrar por ella. Otras no. Escogía el combate.

—Como nos pongamos de moda, verás tú.

—¿No te parece bien que nos conozcan en todas partes?

—No.

—Eres un egoísta y un clasista —protestó Patro. Y dirigiéndose a Raquel, que iba en el cochecito de cara a ellos, añadió—: Tú a tu padre ni caso, ¿eh?

Raquel pareció entenderla. Agitó las manos y los pies mientras sonreía.

—La culpa es de Cervantes —insistió Miquel.

—¡Pero si se murió hace mucho! —Patro le lanzó una mirada de asombro.

—Dijo que Barcelona era «archivo de cortesía, albergue de los extranjeros, hospital de los pobres, patria de los valientes, venganza de los ofendidos, correspondencia grata de firmes amistades y sitio de belleza única». Coma de más, punto de menos.

—¿Todo eso?

—Sí.

—¿Y te parece poco?

—Lo escribió mucho antes de que un general enano y de voz aflautada, convertido en salvador de la patria, nos jodiera la vida.

Como si la realidad se asociara con sus palabras, vieron en uno de los quioscos las portadas de los periódicos del día, todos con la imagen de Franco de arriba abajo. *La Vanguardia*, *El Correo Catalán*, el *Diario de Barcelona*... En *La Vanguardia*, el pie de la fotografía era explícito: «Nadie podrá arrebatarnos la gloria de, en medio de un mundo atormentado, haber encontrado la verdad y haberla noblemente servido».

Miquel se quedó mirando los periódicos sin atreverse a coger ninguno.

Al día siguiente era 1 de octubre.

El «día del Caudillo».

Quince años desde la «exaltación» de Franco a la Jefatura del Estado.

—Anda, vamos.

—¿No lo compras? —se extrañó Patro.

—¿Con ese careto?

—¡Dóblalo por la portada, hombre! Si no compras el periódico no sabremos qué películas hacen, y para un día que podemos ir al cine...

Se resignó. Sacó las monedas del bolsillo y escogió dos piezas de dos reales cada una. Le entregó la peseta al quiosquero y recogió el ejemplar de *La Vanguardia*, más por costumbre que por otra cosa. Por encima de su cabeza se anunciaban los libros del momento, *Sinuhé el egipcio*, la *Guía de la Costa Brava* de Josep Pla, *Los catalanes en la guerra de España* de José M. Fontana, *La hora veinticinco*, *Viento del norte*, un éxito de Somerset Maugham...

Siguieron caminando, con el periódico doblado bajo el brazo de Miquel.

Los hombres miraban a Patro.

Algunos de manera disimulada. Otros, directamente.

Tan guapa...

Y sólo al reparar en los anillos de casados se daban cuenta de que eran lo que eran: una pareja paseando con su hija.

Entonces las miradas de pasmo se dirigían a él.

Patro empujaba el cochecito e iba de su brazo con tanto orgullo...

—¿Seguro que esta tarde podremos ir al cine? —preguntó él.

—Sí, seguro. Ya lo he hablado con la señora Benita. Está encantada de que le dejemos a Raquel. Además, sabe que se porta bien y no se le hace extraña con nadie.

—Quién lo iba a decir.

—¿Quién iba a decir qué?

—Pues que la señora Benita estuviera ahora de nuestra parte. Cuando me fui a vivir contigo, bien mal que nos miraba.

—¡No seas tonto! ¡No estábamos casados! Y no era únicamente ella. Toda la escalera andaba llena de rumores. Ahora te respetan, y de mi pasado no tienen ni idea. Sabía que si subía hombres a mi casa acabarían echándome, por eso me cuidé siempre. Por eso y por mis hermanas. Tú fuiste el primero y el único. Encima, ahora, con Raquel, que es una robacorazones...

Volvieron a mirarla.

Babeaba feliz.

Desde el último lío en el que se había metido, en junio, habían pasado ya tres meses.

Miquel pensó que la vida fluía.

Él también tendría que babear feliz.

Y sin embargo...

Era tan buen momento como otro cualquiera para hablar de ello.

Lo necesitaba.

—Patro, lo de esta mañana...

—¿Tus pesadillas?

—No, lo de las fotos.

—¿Por qué piensas ahora en eso?

—Quizá porque en estos meses, desde la llegada de Raquel, todo es aún más distinto que antes. Algo así —señaló a su hija con la barbilla— te hace reflexionar. Y mucho.

—Cuando dejaste la última carta de tu hijo en el nicho de tu esposa, ¿por qué no dejaste también algunas fotos? Te detuvieron de inmediato.

—Gracias a que la dejé ahí, oculta en un rincón, pude recuperarla al volver a Barcelona. Pero en febrero del 39 no pensé en las fotos. Ni se me ocurrió. Estaba seguro de que iban a matarme. Además, un pliego de papel quedaba disimulado, pero unas fotos no. Cuando recuperé la carta me asombré de que estuviera tan bien conservada.

—Sé que la lees a veces.

—Claro.

—¿No hay nadie que pueda tener una foto de tu mujer y de tu hijo?

—No.

—¿Alguna que le tomaran en estudio?

—No recuerdo el nombre, pero una vez pasé por delante y el estudio ya no existía.

—¿Qué sería de las cosas de tu piso?

Miquel soltó una bocanada de aire.

—Ni idea —reconoció.

—Me contaste que en julio del 47, al regresar a Barcelona, fuiste a tu antigua casa, y que los nuevos inquilinos ni te dejaron entrar.

—Prácticamente me echaron, sí.

—¿Habrán guardado algo?

—No creo. —Frunció el ceño—. Los muebles que vi no eran los míos.

—Pero sólo viste el recibidor.

—Sí, claro.

—¿Por qué no vuelves y preguntas?

—Ya tuve bastante con la primera vez. Encima, en el recibidor vi la fotografía de un falangista. —Se estremeció—. ¿Te imaginas un uniforme así en la que fue mi habitación? No sé si podría soportarlo.

—Aun así, deberías ir y preguntarles. No pierdes nada.

—Mi dignidad y mi orgullo.

—¿Es más fuerte que la necesidad de recuperar aunque sea una de esas fotos?

Como siempre, tenía razón.

La vida de, por y con Patro era simple.

Tan elemental.

—Se perdió todo, cariño. —Chasqueó la lengua—. No hay que darle más vueltas.

—¿Tú crees que alguien tira así como así a la basura la vida de otros?

La pregunta le sorprendió.

—¿Después de una guerra perdida y de que a uno le condenen a muerte? Sí.

Patro ya no dijo nada.

Habían caminado hasta el Llano de la Boquería y luego, sin más, como si fuera un camino trillado, habían emprendido la vuelta de regreso a la plaza de Cataluña. Ahora transitaban por el centro, en dirección al paseo de Gracia.

Patro le echó un vistazo al reloj.

—¿Nos sentamos cinco minutos? A Raquel le encanta ver las palomas.

—Bueno.

Se acomodaron en un banco a la sombra. Todos estaban ocupados. El suyo lo compartieron con dos hombres mayores. Uno tenía las dos manos en el asidero del bastón en el que se apoyaba al caminar. El otro llevaba una gorra vieja. Colocaron el cochecito de Raquel de cara a la plaza, donde las palomas revoloteaban, principalmente en torno a los niños que les echaban comida. En cuanto Raquel empezase a andar, tendrían que comprarle las bolsitas que vendían en los puestos ambulantes.

La pequeña lo miró todo con su eterna cara de asombro.

Miquel también lo hizo, pero centró su atención en los niños y las niñas que llenaban la plaza, con sus ropas marrones, blancas o grises, con las habituales telas pata de gallo, con los volantes y puntillas, algún zapato de charol. No había color. No existían los colores. La vida era gris. A nadie se le ocurriría vestir a un niño o una niña con una prenda roja, o amarilla, o verde.

Aún quedaban demasiados lutos.

Muchos años atrás, Quimeta y él también habían llevado a Roger a dar de comer a las palomas.

No quiso pensar en ello.

Cogió el periódico y lo abrió.

En la página tres, el titular era expresivo: «Una efemérides trascendental». Y con letras grandes: «El 1.º de Octubre, día del genuino Caudillo anticomunista». Después, diversos artículos con titulares no menos expresivos: «El estadista del juego limpio», «El jefe clarividente», «Homenaje profético», «Texto histórico para Occidente» y «*La Vanguardia* en este día...».

El «texto histórico» era la reproducción de la proclama del 29 de septiembre de 1936 en Burgos, declarando a Franco Jefe del Estado y Generalísimo de los Ejércitos.

Leyó algunos textos al azar.

—«Cuando el paso por el Mundo de la actual generación no sea más que un comentario breve en el libro de la Historia, perdurará el recuerdo de la epopeya sublime que el Ejército español escribió en esta etapa del desarrollo de la vida de la nación», «Sería imposible, porque eso queda para la Historia, en un arduo empeño titánico que acaso también fracase, dadas las dimensiones de su ambición, sería imposible, repetimos, resumir, siquiera en los estrechos límites de una síntesis o de un apuntamiento, las circunstancias que han rodeado a la Jefatura del Estado que Franco asumió mañana hace quince años. Jamás las vio pueblo alguno, y es muy difícil que vuelva a presentarse en lo por venir», «Al repasar las etapas culminantes de la vida del General Franco, se advierte la angélica protección que nunca le abandona y le saca con bien de los trances más azarosos y críticos. Fue prodigioso que saliera indemne tras catorce años de campaña ininterrumpida en Marruecos, siempre en vanguardia. Linda con lo inverosímil que pudiera sortear las dificultades y resolver los problemas, de modo especial en los comienzos del Alzamiento, cuando faltaba hasta lo más imprescindible para hacer una guerra en nuestro lado, mientras el enemigo era dueño de los resortes y factores materiales que garantizaban el éxito».

—Mecagüen... —rezongó por lo bajo.

Patro le dio un codazo.

¿«El enemigo era dueño de los resortes y factores materiales que garantizaban el éxito»?

¡La República había luchado con divisiones internas y en alpargatas, sin comida, contra un ejército bien adiestrado y apoyado por alemanes e italianos ante la pasividad de Europa!

Cerró el periódico.

No lo estrujó porque necesitaban mirar la cartelera del cine.

Fue en ese momento cuando los dos hombres se pusieron a hablar.

—Habrá que ir pensando en levantarse.

—Sí.

No se movieron.

—Tengo un trecho hasta casa.

—Ya.

Siguieron sentados.

—Si llego tarde mi hija me da la vara, que menuda es.

—Tu hija es un sargento, pero mi mujer es peor.

—Y que lo digas.

—Acabo de jubilarme y ya está harta de tenerme en casa. Dice que la estorbo.

—Pero al menos estás bien, porque yo, con lo de no poder orinar...

—¿Qué voy a estar bien yo? ¡Anda que no me duele ni nada la pierna!

—Tú te quejas de vicio.

—Y tú por fastidiar.

—Te recuerdo que tengo sesenta y tres, dos menos que tú, y que ya tengo la baja fija. Eso quiere decir algo.

—Ya, que tienes más cuento...

—¡Anda, anda, cállate ya!

—Si es que...

Se levantaron al unísono y se alejaron discutiendo.

Sus voces se perdieron en el fragor del mediodía, entre los sonidos del corazón de Barcelona.

Miquel miró a Patro.

Sabía lo que iba a decirle.

—¿Lo ves? Uno sesenta y cinco y el otro sesenta y tres, y ya están para el arrastre. Parecen tener diez años más. Tú a su lado eres Johnny Weissmüller.

—Será que los ocho años y medio en el Valle de los Caídos me sentaron bien, como unas vacaciones. Trabajo, aire puro, buena comida...

—Pues más fuerte sí has de estar.

—Será una broma, ¿no?

Patro también se levantó. No hubo respuesta. Estaba claro que no quería discutir.

—¿Vamos a hacer el vermut? Me apetece.

No le quiso decir que no. Domingo, paseo, vermut, tarde de cine...

La vida perfecta.

Miquel se incorporó, tomó el cochecito de Raquel y echó a andar a su lado, dócilmente.

3

El bar de Ramón estaba animado. La gente aprovechaba los últimos días de calor matinal y buen tiempo antes de que el otoño entrara a saco en sus vidas. Al anochecer, comenzaba a refrescar. A mediodía, en domingo, el vermut ya no era un lujo al alcance de unos pocos. Aunque había vermuts y vermuts. Allí, una cervecita y unas anchoas todavía eran una orgía de los sentidos para algunos.

Sin el racionamiento, incluso el café volvía a saber a café.

Ocuparon una mesa al fondo, cerca de la ventana, y, al momento, Ramón se les acercó con su habitual sonrisa de camaradería pasando por entre la clientela sentada en las restantes.

—¡La Santa Compaña! —Abrió los brazos como si fuera a abrazarlos—. ¡Y al completo! —Se inclinó hacia Raquel y movió los dedos de la mano delante de sus ojos—. ¡Cuchi-cuchi-cuchi! Que vienes a ver tú al tito Ramón, ¿eh?

Raquel intentó atraparle un dedo.

—Como digas que se parece a mí, te mato —le aseguró Miquel de buen humor.

—No, hombre, que no estoy tan ciego ni estoy tan loco. Si se parece a alguien es a su madre, faltaría más. ¡Va a ser de guapa...! —Los abarcó con una mirada afable—. ¿Qué, de paseo?

—Pues sí.

—Y ahora... ¿un vermutito?

—También.

—¡Sí, señor, que son dos días y todos hemos de vivir! Oiga, maestro —bajó la voz—: me han traído unas aceitunas sevillanas... Se lo juro, de muerte. Las pata negra de las aceitunas. Se las pongo y ya me dirá.

—¿Quieres aceitunas?

Patro asintió con la cabeza. Fue la primera en sentarse. No por ello, Ramón se apartó de su lado.

—¿Con dos cañitas?

—Sí —afirmó Miquel.

—¿No le interesará una entrada para el Barça-Valencia de esta tarde? —Bajó aún más la voz, en plan conspirador—. Me la dejan barata a pesar de la reventa.

—No, ya sabes que no.

—Aunque sea por curiosidad, hombre. Que en cuanto vea jugar a Kubala...

En junio, Ramón le había ayudado. Y mucho. Cuando tuvo que escapar de casa con lo puesto y la policía pisándole los talones, acusándole del asesinato de aquel maldito pederasta, el dueño del bar le prestó una chaqueta y dinero, sin hacerle preguntas. De alguna forma, ya eran amigos, por más que Ramón le hablara de usted y Miquel siguiera tuteándole. Amigos que compartían desayunos y una rara complicidad.

¿Quién podía enfadarse con él?

La tortilla de patatas de su mujer seguía siendo única.

—Creo que ya es hora de que te cuente algo. —Se rindió.

Ramón levantó las cejas y miró a Patro.

—¡Uy! —exclamó.

—Siempre te digo que el fútbol me importa poco, y es verdad —comenzó a decir Miquel—. Sin embargo, antes de la guerra, yo iba a veces a ver algún partido.

Las cejas se le levantaron todavía más.

—¿Qué me dice? —Se olvidó de bajar la voz—. ¿En serio?

—Sí.

—¿Y por qué ahora no va ni sigue la Liga?

Se encogió de hombros. Lo cierto era que no tenía una respuesta lógica para eso.

O sí.

—¿No será periquito? —Fingió alarmarse Ramón.

—No, era del Barça, aunque no le hacía ascos al Español. A fin de cuentas, era de Barcelona igual.

—Ya, pero rivales.

—Lo sé.

Ramón se cruzó de brazos. De repente le miraba como si fuera un marciano.

—Ya sé que lo pasó mal en la guerra, y después —concedió asintiendo con la cabeza—. Pero el fútbol se lleva en la sangre, hombre. Eso y lo que distrae, que en el campo es de los pocos lugares en los que hoy en día uno puede gritar. Y si se nace de un equipo, se muere de ese equipo. ¡Eso es sagrado!

—Yo iba con mi hijo Roger. Era una forma de pasar una tarde juntos. Él sí era forofo.

El silencio fue breve, pero evidente.

El silencio de la nostalgia.

Ramón lo borró con una nueva subida de tono.

—¡Qué callado se lo tenía, maestro! ¡Hay que ver! —Levantó las dos manos con amistosa pasión y se dirigió a Patro—. ¡Menudo secretito se gasta su marido, *mestressa*! ¡Tiene golpes escondidos!

—Si yo le contara...

—¡Pásese un día y seré todo oídos! —Se echó a reír y volvió a dirigirse a Miquel—. En fin... ¡Ojalá pudiera ir yo esta tarde, que va a ser de órdago! ¡Con tanto lesionado, en lugar de Martín va a jugar Ferrer de volante!

Miquel no le dijo que no sabía de quién le hablaba.

Ramón ya se había olvidado del vermut.

—Pero ¡qué equipazo!, ¿eh? —Desgranó los nombres de los futbolistas como si se tratara de santos—: Ramallets, Calvet, Biosca, Segarra, Gonzalvo, Ferrer, Basora, Kubala, Aloy, César y Nicolau. ¡El Valencia se llevará una tunda!

Fue su mujer, desde la barra, la que le hizo volver a la realidad.

—¡Ramón!

—¡Voy! —Se despidió de ellos—. Se lo traigo todo enseguida.

Los dejó solos.

Patro sonreía.

—A veces me aturde —confesó Miquel.

—Te aprecia.

—Pues no será porque le dé mucho palique.

—Hay gente que te toma cariño sin más, porque le caes bien o por lo que sea. Lo que hizo por ti en junio lo demuestra. Es una buena persona.

—Y un poste de información. Lo sabe todo y se entera de todo.

—Déjame el periódico para ver la cartelera —le pidió ella.

Se lo pasó. Mientras lo ojeaba, Miquel se inclinó sobre Raquel. Solía mirarla durante minutos, sobre todo mientras dormía. Pero también despierta, como ahora. La sensación de hallarse delante de un milagro no menguaba. Aquel pedacito de ser era el futuro. Su segunda oportunidad de dejar algo en la vida.

Paseó una mirada por el bar.

En cuatro años, desde su regreso, las caras y los gestos habían cambiado. Se percibía menos miedo. La gente reía más. Cualquiera de los presentes arrastraba un pasado, lloraba a algún muerto, pero la vida les impulsaba a seguir, contra viento y marea. La exaltación del Caudillo quedaba para los periódicos, la historia y los fieles. La calle era otra cosa.

La misma Patro lo reflejaba así.

—Yo creo que podremos ver un programa doble —dijo.

—¿Seguro?

—Sí.

—¿No será abusar mucho de la señora Benita?

—Ella misma me lo ha dicho: que no pasemos cuidado; que después de tanto tiempo, me lo merezco.

—Pero has de darle el pecho a Raquel.

—Lo haré antes, y luego regresamos corriendo.

—¿Has encontrado ya algo?

—Sí, verás, es que en el Principal Palacio hacen *Un día en Nueva York*, que es de cantar y bailar. La protagonizan Frank Sinatra y Gene Kelly. Teresina la vio la semana pasada y me dijo que era preciosa, que se le había caído la baba y la había repetido y todo. La otra es *El Danubio rojo*.

—¿Y de qué va ésa?

—No lo sé. Si vamos al Avenida, además de *Un día en Nueva York* echan *Adorable intrusa*, y en el Cataluña *Sucedió en la Quinta Avenida*. Pero en ninguna pone nada. El anuncio sólo destaca la buena.

—¿Y si no es de estreno?

Patro ojeó la cartelera, aunque ya parecía haber tomado la decisión.

—*El diablo dijo no*, *Secreto tras la puerta*, *Traición*... Ésta la hace Liz Taylor; *La jungla en armas*, *La carga de la brigada ligera*, *La vida secreta de Walter Mitty*, *La jungla del asfalto*... Todos sin varietés, desde luego.

—Cariño, es que eso de que entre película y película se me pongan a cantar flamenco...

—Ya, ya.

—Vamos a ver *Un día en Nueva York*.

—Sí, ¿verdad? —A Patro se le iluminaron los ojos.

A Miquel también, al ver acercarse a Ramón con las dos cervecitas y las aceitunas, enormes, negras, jugosas.

—Pruebe, pruebe —le animó nada más ponérselo todo en la mesa.

Le obedeció.

Pura ambrosía.

—Fabulosas —reconoció.

Patro también se mordió el labio inferior y asintió con la cabeza.

—Ya veo que tendré que traerles otra ración —se ufanó Ramón.

—¿Te han traído muchas?

—Un tonelito. Pero las raciono, ¿eh? Sólo para clientes selectos. —Siguió allí, con ellos—. ¿Saben ya lo de los curas?

—¿Qué curas? —Se alarmó Miquel.

—El Congreso Eucarístico, que se va a celebrar en Barcelona el próximo año. —Ramón se apoyó en la mesa—. Dicen que van a venir un millón de personas.

—¿Y dónde van a meterlas? —Abrió los ojos Miquel.

—Ni idea. En conventos, digo yo. Van a poner la parte alta de la Diagonal patas arriba, que al menos eso servirá para urbanizarla luego. Esto será un hervidero, ya lo verá, y acabaremos más católicos, apostólicos y románicos —dijo lo de «románicos» con ironía— que el tío Paco; que menos mal que es militar, porque, si no, lo hacían papa.

—Como te oiga uno de la secreta...

—Conozco a la gente de mi bar, tranquilo.

—No le harán papa, pero ya entra bajo palio en las iglesias.

—¿Y la cara que deben de poner en el extranjero cuando ven las fotos? —Exageró la expresión el dueño del bar.

—Deberían poner cara de vergüenza, por tolerarlo.

—También.

Un primer llanto de Raquel les cortó la charla. Patro se inclinó sobre la sillita y la tomó en brazos.

—Ya tengo que darle el pecho —anunció.

—Entonces les dejo. —Ramón inició una rápida retirada.

Patro se acomodó a la niña, le dio la espalda a la gente y, tras bajarse una parte del vestido, sobre el pecho izquierdo, le colocó el pezón en la boca. Automáticamente la pequeña empezó a chupar como una condenada, ojos abiertos, manita apoyada en la de su madre.

Las aceitunas duraron poco.

También las de la segunda ración, que, ahora sí, Ramón dejó en la mesa sin abrir la boca ni mirarla a ella, lleno de cándido pudor.

Un pequeño gran placer.

Miquel continuó absorto en sus pensamientos, observando a la gente del bar. Patro se dio cuenta. Y algo más: fue como si le leyera la mente.

—¿Qué habría pasado si hubiéramos ganado la guerra? —preguntó de pronto.

Miquel se quedó en suspenso.

La miró con atención.

—No lo sé —admitió.

—Quizá no estaríamos juntos.

No, Quimeta habría muerto igual, por el cáncer, y Roger... Probablemente habría caído, sí o sí, en el Ebro.

—No digas eso. —Arrugó la cara.

—Nos unió el infortunio —continuó su mujer—. Mi hambre, tu soledad...

Esta vez, además de arrugar el rostro, Miquel mostró su amargura.

—¿Me estás diciendo que le debemos la felicidad a la derrota en la guerra?

—No. —Patro movió la cabeza de lado a lado con firmeza—. Lo que te digo es que no basta con sobrevivir. También hay que tener la esperanza de que valga la pena.

Miquel alargó la mano. Encontró la de Patro en mitad de la mesa.

—Eres toda una filósofa —le susurró con amor.

—Este bichito nos ha cambiado, ¿verdad? —Sonrió ella dulcemente, inclinándose para besar la frente de Raquel.

¿Habían cambiado o se habían mentido a sí mismos?

En el Valle de los Caídos seguían trabajando hombres cuya única culpa había sido defender una legalidad.

Él mismo seguiría allí, o habría muerto, de no haber sido utilizado como cabeza de turco en su liberación de julio de 1947, aunque la jugada les saliera por la culata y, encima, sobreviviera con todo aquel dinero que aún escondían y gastaban poco a poco, sólo cuando era necesario.

Miquel no quiso aguarle el entusiasmo a su mujer.

No mientras daba el pecho a Raquel.

—Claro que nos ha cambiado —dijo—. Pero sin dejar de ser nosotros mismos.

La habría besado allí mismo.

Y ella a él.

Se contentaron con apretarse las manos y decírselo con los ojos.

4

Salieron del cine a la carrera, Patro con el semblante iluminado todavía por lo que acababa de ver en la pantalla.

A los cien metros, Miquel ya jadeaba.

—¿Y si vas tú y yo ya llegaré a mi ritmo? —le propuso.

—¡Venga, no seas tonto! ¡También te conviene un poco de ejercicio!

—¿Y eso quién lo dice?

—¡El médico!

Se tragó lo que pensaba del médico y mantuvo el paso. Por suerte, habían elegido el cine más cercano a casa y podían ir caminando.

Por suerte.

Otros cien metros.

Miquel levantó la mano derecha y paró un taxi.

—¿Qué haces? —Se disgustó Patro.

—Después de ver al Sinatra y al Kelly dando saltos por todas partes como si les picara el culo, sólo falta que me dé un infarto por correr la maratón. ¿No ha sido un día especial? Pues acabémoslo bien.

—¡Cómo eres...!

—Así llegamos antes, y como dos señores. Venga, sube.

Entraron en el taxi y se acomodaron. El mismo Miquel le dio la dirección: calle Gerona con calle Valencia. El taxista se limitó a decirle que de acuerdo y, tras echar un vistazo a Patro por el retrovisor, inició la marcha.

Patro suspiró.

Miquel supo que tenía la cabeza llena por las canciones, los bailes, la música y cuanto acababa de ver.

—Tiene que ser bonito, ¿verdad? —Le cogió la mano al decirlo.

Sabía de qué le hablaba, pero se hizo el despistado.

—¿El qué?

—¡Nueva York! ¿Qué va a ser?

—Bueno, en las películas todo suele serlo. Mucho color, mucha fantasía... No se ven las taras; y, si las hay, antes de filmar las arreglan.

—Ya. Me dirás que esos rascacielos son feos.

—No.

—Ese tan alto...

—El Empire State Building. —Lo pronunció en inglés: *Empaire Steit Bildin*.

—No sé cómo puedes aprenderte esos nombres —reconoció ella sin dejar de hablar de la película—. Y la voz que tiene Sinatra...

—¿Quieres que compremos un fonógrafo y algunos discos?

—¡Calla! —Se alarmó como si acabase de decirle que se compraban un coche—. ¡Ya tenemos la radio! ¿Qué más quieres?

Miquel miró por la ventanilla para que Patro no le viera sonreír.

Salvo por sus pesadillas y su nostalgia, un día perfecto.

Y tres meses sin meterse en problemas.

Llegaron a su destino rápidamente. Miquel pagó el viaje y se apearon. Patro hizo la última carrera hasta la puerta del edificio tirando de la mano de él. Una vez en el vestíbulo, disparó las órdenes finales:

—Yo voy a por Raquel. Si tardo, para no recogerla y marcharme de seguida, es que le he dado el pecho en casa de la señora Benita directamente, que ya sabes que le gusta hablar y querrá que le cuente la película. Tú puedes ir preparando el baño, ¿de acuerdo?

—Sí.

—Pues venga.

Salió disparada escaleras arriba. Miquel llegó a su rellano, el segundo, tomándoselo con calma. Entró en casa y, lo primero, se puso cómodo. Fuera la chaqueta. Todavía no era necesario el batín, pero las pantuflas sí, siempre.

Si ponía a calentar un par de ollas con agua, llenaba el lavadero y Patro tardaba en bajar con Raquel...

Se sentó en la cama.

Abrió el cajón de la mesilla de noche y cogió la carta de Roger, la que escribió el día antes de su muerte y le entregó aquel soldado, Tomás Abellán, el 25 de enero de 1939, mientras aguardaban el final de la guerra con la ocupación de Barcelona. La carta que dejó en la tumba de Quimeta y que recuperó en su segunda visita al cementerio, al comprender que era todo lo que le quedaba de su pasado.

En cuanto pasó la vista por ella, recuperó la imagen de su hijo.

Se sintió aliviado.

Un poco.

¿Y si un día llegaba a ser tan viejo que se le borraba todo de la mente?

—Vicens... —musitó de pronto.

Quizá su hermano sí se hubiera llevado fotos de la familia en su huida, primero a Francia, después a México. Vicens era metódico. Por mucho que escapara aquel día, el 23 de enero de 1939, seguro que no lo había hecho sin más.

Podía escribirle, preguntarle.

Tenía un hermano al que, probablemente, no volvería a ver nunca más.

—Hijos de puta... —rezongó por lo bajo.

Guardó la carta de Roger en el cajón. Se la sabía de memoria, así que esta vez no la leyó. Patro bajaría de un momento a otro. Caminó hasta la cocina y llenó una olla con agua. Luego la puso en la lumbre. Primero, las astillas y el carbón. A continuación, una hoja de periódico convenientemente arrugada. Por último, la cerilla. Cuando la llama prendió en el papel sopló un poco. Una columna de humo se elevó por encima de su cabeza. Las astillas y el carbón empezaron a arder. Dejó la olla y salió de la cocina.

Patro entraba en el piso en ese momento.

Por un lado, Miquel se alegró de que Raquel ya estuviera dormida. Por el otro, lo lamentó. Solía tumbarse en la cama con ella, mirándola. Un extraño placer. Patro la llevó a la cuna y él la siguió.

—Se ha quedado frita en cuanto le he dado el pecho.

—¿Qué tal se ha portado?

—Me ha dicho la señora Benita que muy bien, que puedo dejarla cuando quiera. Me ha preguntado por la película.

—Ya.

—No sé si cambiarla ahora... —Acercó la nariz al pañal de Raquel para ver si olía mucho.

—Si lo haces, la despertarás.

—Y, si no lo hago, nos despertará en plena noche.

—Desde luego, tu hija come rosas pero caga mierda. Y cómo huele.

—¿Así que «mi» hija? —Remarcó la tercera palabra.

—Para lo malo es tu hija, para lo bueno es mi hija, y para lo normal es nuestra hija. —Le dio por bromear.

—Muy irónico estás tú.

—Y tú muy contenta, que te basta con ver una buena película.

—¡Ay, es que lo necesitaba!

—Voy a quitar la olla de la lumbre.

—Espera, no apagues el fuego, así preparo ya la cena.

—Pero si es temprano, mujer.

—¿No tienes hambre?

—Aún no.

—Entonces...

—Ven.

Patro se acercó.

El abrazo fue de oso. El beso de amor. Ella se entregó con dulzura.

También se estremeció.

—Se acaba el verano —dijo con pesar—. Ya sabes que no me gusta el frío.

—A mí tampoco —reconoció él.

—Me recuerda la guerra.

—A mí el Valle.

—Cuando se pasa hambre, ya no se olvida, ¿verdad?

—Verdad.

—Hay algo que sí me gusta del invierno. —Sonrió Patro.

—¿Qué es?

—Apretarnos bajo las sábanas, calentitos.

—Me entran sudores fríos con sólo pensarlo.

—¡Tonto!

El nuevo beso fue más largo. Luego, ella se separó para ir a la cocina y retirar la olla del fuego. Apagó la lumbre aunque dejó que las brasas mantuvieran su rojo brillo, por si más tarde podía recuperarlo. Miquel la dejó hacer hasta que, antes de salir de la cocina, la atrapó una vez más.

Patro no se resistió.

—Si estuvieras en Hollywood, serías una estrella —dijo él.

—¿Con treinta y un años? Ya soy vieja.

—No seas tonta. Eres más guapa que muchas de esas actrices, y eso que a ellas las maquillan. Y, si no, las operan. He leído que les quitan las muelas del final para tener el rostro más alargado, y también las costillas de abajo, para así poder disfrutar de sus cinturas de avispa.

—No me cambiaría por ninguna de ellas, ¿sabes?

—¿Ni a mí por Sinatra?

—Tampoco. —Le besó rápido—. No creo que pudiera darme ni la décima parte de lo que me has dado tú. Yo... —Buscó las palabras envolviéndolas en un pequeño murmullo de dolor—. Me gustaría hacerte aún más feliz, Miquel.

—¿Más?

—Sí, y que dejaras de tener pesadillas, que recordaras la cara de tu mujer y de tu hijo, que...

No la dejó seguir hablando.

Otro beso.

Largo.

Miquel le acarició el pelo.

—Jamás pensé que podría volver a ser feliz, amar a alguien y ser amada por alguien —susurró ella sin apartar los labios de los de él—. Casada, madre...

—Todo perfecto, si no fuera por el tío Paco.

—Cállate. —Le tapó otra vez la boca.

El timbre de la puerta sonó en ese momento.

Se separaron.

—¿Te has dejado algo arriba? —preguntó Miquel.

—No —respondió ella.

—Pues ya me dirás quién es.

—Voy a ver.

Lo dejó en la sala y se dirigió a la puerta del piso. Miquel se acercó a la ventana para mirar a la calle. Puro instinto. No parecía haber ningún coche de la policía en el cruce. Tampoco tenía sentido imaginar lo peor.

Sí, llevaba tres meses sin problemas.

Escuchó unas voces acercándose por el pasillo.

Patro y un hombre.

Tardó un par de segundos en reconocer la voz, el tono, el timbre. Todo muy jovial, muy explosivo, como si un elefante acabase de entrar en la cacharrería de su buen humor y de su mejor ánimo después de una tarde perfecta.

Porque, desde luego, era él.

David Fortuny.

5

El detective entró como un torrente en la sala seguido por una desconcertada Patro. Sonrisa de oreja a oreja, brazos abiertos, ojos felices por el reencuentro.

—¡Mascarell!

Miquel se lo encontró encima. No pudo hacer nada. Sucumbió al abrazo y al vivo palmeo en la espalda, por lo menos con la mano derecha de su visitante, porque la izquierda seguía estando parcialmente paralizada.

Tres meses.

Tres meses desde que David Fortuny había aparecido-reaparecido en su vida. Tres meses desde el caso del maldito pederasta. Tres meses desde su extraña alianza. Tres meses de calma.

—¡Pero bueno! ¿No dice nada? ¿Qué tal el verano? ¿Tranquilo?

Miquel abrió la boca, pero no pudo hablar. Fortuny ya se había vuelto hacia Patro.

—¿Y la niña?

—Duerme.

—Vaya —lamentó—. Le traía una cosita...

Sacó del bolsillo derecho de su americana un pequeño paquete envuelto con papel de regalo. Se lo entregó a Patro.

Era un osito de peluche.

—Gracias. —Sonrió ella.

—¡No hay de qué, señora Mascarell! ¡No hay de qué! —Volvió a mostrar su exultante alegría abriendo los brazos por segunda vez para abarcar con ellos la sala—. ¡Ah...! —exclamó—. ¡Aquí se respira ambiente familiar, sí señor! ¡Cómo le envidio, amigo mío!

—Si se casara con su novia... —dejó ir Miquel.

—¡Palabras mayores! —Se echó a reír—. ¡Y no me haga de Celestino, que no le va! —Volvió a ponerse delante de él y le golpeó el hombro con la mano abierta—. ¡Le veo bien, viejo tunante! ¡En forma, y más joven!

—Fortuny, que sólo han pasado tres meses y estamos igual.

—¡Ah, no! —Se lo rebatió—. ¡Nosotros mejoramos con la edad! ¿Verdad, señora? —Siguió con él—. ¿Y tres meses ya? Bueno, ¡no sabe la de veces que he querido venir a verle! ¡Lástima que lo mío no sean las cortesías! Y encima, el trabajo... Mascarell, Mascarell, ¡no sabe lo mucho que voy de aquí para allá! A veces no paro y a veces me estoy una semana mano sobre mano. Pero cuando me pongo en marcha...

Miquel empezó a verle el plumero.

—Ya veo que esto no es una visita de cortesía —dijo.

David Fortuny se lo quedó mirando con menos entusiasmo, aunque lo recuperó al instante.

—Usted siempre tan directo, ¿eh? —Se dirigió a Patro—. ¡Era el mejor, y es el mejor! Supongo que ya lo sabe, señora. ¡Está casada con el Sherlock Holmes de los policías españoles!

—No me dore la píldora —intentó detenerle Miquel.

—¡Que no se la doro, que es la verdad! ¡La forma en que resolvió lo de junio fue... brillante! ¡Qué instinto, qué perspicacia, qué lección magistral de investigación policial, siguiendo cada pista, dando forma a cada detalle...!

—Fortuny...

—¿Quiere sentarse, tomar algo? —reaccionó Patro.

—No, no, tranquila. Sentarme sí, gracias. —Oteó el panorama a su alrededor y ocupó la butaca de Miquel dejándose caer en ella como un fardo.

El dueño de la casa le lanzó una mirada asesina.

—Entonces les dejo solos... —Quiso apartarse ella.

—¡No, no, por favor, quédese! —La detuvo el recién llegado—. Esto también le atañe a usted.

—¿A mí?

—Sí, claro.

Miquel ya se temía lo peor. Las palabras de David Fortuny, tanto como lo inesperado de su visita, se lo confirmaron. En junio ya le había pedido que trabajaran juntos, que le ayudara en la agencia de detectives... en la que sólo estaba él.

—Le dije...

Inútil. El visitante llevaba la voz cantante.

—¡Déjeme hablar, hombre! —le cortó.

—Si es que ya sé qué va a decirme. Mejor dicho: a pedirme.

—Venga, siéntense los dos, no me dejen aquí como si fuera un bicho raro. Le cuento y me voy, ¿de acuerdo?

No tuvieron más remedio que hacerle caso. Más bien, obedecerle. Patro fue la primera que se sentó, en una silla. Miquel ocupó la otra butaca, frente al detective.

—¿Recuerda lo que hablamos en junio? —comenzó a decir Fortuny.

—Hablamos de muchas cosas. —Se hizo el inocente.

—Le dije que usted y yo formábamos un equipo sensacional.

—¿Ah, sí?

—¡Yo tengo clientes, el amparo de la agencia, soy legal, presumo de mi licencia! Y usted es un lince, el mejor, posee lo que yo no poseo: intuición, experiencia... ¿Le parece poco? ¡Somos la pareja perfecta!

—El gordo y el flaco también, lo mismo que Abbott y Costello.

—¡No me haga reír, hombre! ¡Ya sabe a lo que me refiero!

¡Usted era el mejor policía de Barcelona antes de la guerra, y no ha perdido un ápice de su talento!

—No me haga la pelota.

—¿Pero usted lo oye, señora? —Se dirigió a Patro otra vez—. Le dicen la verdad y se queda tal cual o se ofende. ¡Le juro que era el mejor, como le digo!

—Lo sé —asintió Patro con un deje de orgullo—. Desde que regresó en julio del 47 no ha dejado de meterse en líos. Y aquí está. A veces no sé cómo se lo hace.

—¡Yo sí lo sé! —insistió el detective—. ¡Lo lleva en la sangre! ¡Es poli y siempre lo será! ¡La edad no importa, importa esto! —Se tocó la frente con el dedo índice de su mano derecha—. ¡Esto y ese condenado instinto que le hace único! Se lo repito: la forma en que resolvió lo de junio...

—Le recuerdo que me iba la vida en ello.

—¡Da lo mismo! ¡Lo resolvió! ¡Yo jamás habría seguido aquellas pistas! ¡Usted, sin embargo, encontró los nexos! ¡Fue increíble!

—Le dije que no iba a meterme a detective privado y lo mantengo. —Quiso dejarlo claro Miquel.

—Y yo le dije que sólo sería de vez en cuando, si necesitaba ayuda, como ahora. ¡Por favor! ¡Encima se ganará unas pesetas! ¡Trabajo fácil!

—Cuando se investiga algo, nunca es fácil. Debería saberlo.

—¿Me dirá que seguir a alguien es complicado?

—Lo complicado es lo que se hace con la información. —Suspiró empezando a sentirse agotado—. Y olvida lo peor: si meto la pata en algo, vuelvo a la cárcel. Incluso pueden reactivar mi sentencia de muerte.

—¡El detective soy yo! ¡Siempre daré la cara por usted! ¡Nadie sabrá que trabaja para mí o que me ayuda en algo! —Tomó aire para ser más vehemente—. ¡Por Dios, Mascarell! ¡Me lo debe!

Miquel enderezó la espalda.

Un rictus serio atravesó su cara.

—¿Que se lo debo?

—¡Le salvé la vida! ¡Si no llego a aparecer yo, aquella mañana se habría metido en la boca del lobo!

Se hizo el silencio.

Miquel miró a Patro. Su mujer estaba muy quieta.

Fortuny también lo hizo.

—Señora, ¿se la salvé o no?

—Supongo que sí —reconoció ella.

Miquel contuvo su irritación.

Ni siquiera sabía por qué estaba enfadado.

—¿Le recuerdo que yo le salvé a usted primero, hace años?

—¿Cómo voy a olvidarlo?

—Entonces estamos en paz.

Ahora fue el detective quien se inclinó hacia delante, para dar mayor énfasis a sus palabras. Ya no gritaba ni sonreía abiertamente. Trataba de expresar sus sentimientos, mostrarse sincero, intenso.

—Mascarell, usted no sirve para estar todo el día en casa, o en una mercería. Usted es...

—Un ex inspector de la República de sesenta y seis años, represaliado por el régimen, indultado por su maldito jefe y con riesgo de volver a la cárcel. Incluso sin la guerra, estaría jubilado.

—¿Ha dicho mi jefe?

—Sí.

—¿Esto es lo que cree? ¿Mi jefe? ¿No quiere trabajar conmigo porque me tiene por un franquista?

—¿Y no lo es?

—¡Se lo dije! ¡No tengo nada a favor ni en contra! ¡Me limito a seguir la corriente y vivir! ¿Qué tiene de malo eso? ¡Usted también lo hace!

—Hizo la guerra con Franco, y tiene una licencia de detective como recompensa por haber perdido la movilidad en ese brazo. —Señaló su extremidad izquierda—. Yo estuve ocho años y medio en el Valle de los Caídos.

—¿Es que siempre vamos a discutir de política? —jadeó Fortuny.

—No, salvo que nos veamos mucho.

—¡Le caigo bien, no me lo discuta! —Volvió a elevar la voz—. ¡Es su maldita cerrazón la que le impide reconocerlo y ser amigo de alguien que no piensa como usted! ¡Tozudo como una mula! ¡La guerra acabó hace más de doce años y ahora nos necesitamos todos!

—¿Con unos mandando a golpe de porra y otros tragando mierda por miedo?

—¡No me venga con extremismos!

—¿No se da cuenta de que seguimos en guerra? ¿No comprende que nadie regresa de una, que te quedas en ella porque ya no te la quitas de encima?

—¡Pues no, para mí se acabó y punto! ¡Toca olvidar! —Se encrespó un poco—. ¿Por qué hemos de seguir hablando de eso? ¡Estamos en 1951! ¡Lo importante, se lo repito, es que le caigo bien! ¿A qué viene tanta tontería?

Miquel se mordió el labio inferior.

Trató de parecer calmado, aunque el tono de su voz estuviera lleno de inflexiones.

—De acuerdo, Fortuny —concedió—. Me cae bien. Es un parlanchín de verborrea incesante, pero me cae bien. Es del otro bando, inocente, resignado o listo, pero me cae bien. Tiene una maldita máquina de tortura llamada moto con sidecar, pero me cae bien. Me ayudó hace tres meses y evitó que acabase en la cárcel sin poder demostrar mi inocencia. Todo eso cuenta y me rindo. Tiene razón. Supongo que son los nuevos tiempos. —Abrió las manos de manera explícita—. Ahora mis amigos son el dueño de un bar que me adora y no sé por qué; un ex chorizo apodado Lenin, al que detuve infinidad de veces antes de la guerra, y que incluso me ha ayudado en un par de líos; y ahora usted. Perfecto. Pero eso no significa que esté loco y vuelva a las andadas. No soy detective.

—¡Ni falta que hace! ¡Se lo repito: nadie lo sabrá! ¡Siempre podemos decir que somos amigos y me ayudaba en algo, lo que sea! ¡Este brazo da para mucho! —Se tocó la mano izquierda con la derecha—. ¡No sabe usted lo que veneran a los héroes de guerra, aunque sean falsos, como yo! ¡Gloria a los heridos!

—¿Quiere parar? —Exhaló, agotado.

—Es que...

Miquel abortó lo que fuera a decir apuntándole con un dedo imperioso.

David Fortuny cerró la boca.

—Mire. —Miquel escogió las palabras—. Le prometí a mi mujer portarme bien y pienso cumplirlo. Se acabaron los líos. Desde que llegué a Barcelona, no he hecho más que meterme en problemas, directa o indirectamente. ¡Y sólo han pasado cuatro años! Esto se acabó. Ya no es que sea marido: ahora también soy padre. Tengo una responsabilidad. Me da igual lo que me diga. Mi vida, ahora, está aquí, con ella —señaló a Patro— y con mi hija. Lo que me quede quiero disfrutarlo en paz. Me lo he ganado. Por lo tanto, me da igual lo que me diga.

—No quiere escucharme.

—Le escucho, pero la respuesta es no.

—Quiere ser alguien que no es, y portarse como una persona diferente a la que es en realidad. Se engaña a sí mismo.

—¿Que yo me engaño a mí mismo?

—El talento no se jubila jamás. Y si uno tiene un don, no puede enterrarlo sólo porque se sienta viejo o busque excusas. Si llega a vivir noventa años y tiene la mente lúcida, seguirá siendo un lince en lo suyo.

—No se rinde nunca, ¿verdad? —Miquel abrió los ojos con desmesura.

—¿Puedo al menos contarle en qué ando?

—Puede, pero...

—Es por si le entra el gusanillo a pesar de todo.

—Como amigo, le dejo que me explique lo que sea. ¿Contento? —Se relajó un poco, lo suficiente, antes de buscar los ojos de Patro, que seguía callada y muy seria, atenta a la discusión.

—Ahora sí le aceptaría un vaso de agua, señora —pidió Fortuny.

Patro se levantó al instante. Salió de la sala con premura, para regresar cuanto antes y no perderse nada de la conversación.

—Mi novia y su esposa son dos grandes mujeres, no le quepa duda. —Bajó la voz como si revelara un gran secreto.

—Estoy de acuerdo. ¿Ella sigue bien?

—¡Oh, sí, sí! Y, lo crea o no, somos la pareja perfecta, como ustedes.

—Ya.

—¡Que se lo digo en serio! ¡Cada uno entiende al otro! ¡Estamos perfectamente!

—Usted propóngale matrimonio y verá lo poco que tarda en decirle que sí. Ninguna quiere que la señalen.

—Yo... —Se calló al regresar Patro con el vaso de agua.

Bebió la mitad de un largo sorbo y lo dejó en la mesita, junto a la butaca. El silencio fue casi agradable. Un preámbulo. Patro estaba sentada de nuevo, con las manos unidas sobre los muslos, atenta.

Ojos vivos.

—Mire —comenzó a hablar Fortuny—, a veces pasa una semana sin ningún cliente, ya se lo he dicho. Puede ser desesperante. Otras, con suerte, tengo un par de asuntos que he de ir combinando. Pero ahora mismo... ¡tres casos, a la vez! ¿Puede creerlo? ¡Y no están los tiempos como para decir que no a uno! Lo bueno es que todos son sencillos. Lo malo es que no tengo tiempo de atenderlos debidamente. Seguir a personas ocupa muchas horas. Investigar, si procede, lo mismo. Y luego está hacer el informe y llevárselo al cliente, que alguno quiere saber a diario cómo está lo suyo.

—¿No tiene ningún amigo o conocido que le eche una mano?

—La verdad es que no; y, además, no todo el mundo sirve para eso.

—Estoy de acuerdo —concedió Miquel.

—Uno de los...

Las palabras de David Fortuny quedaron cortadas por el gemido procedente del otro lado del piso.

Raquel.

Patro se levantó disparada.

Y Miquel, aliviado en el fondo, salió tras ella.

—Vuelvo enseguida —se despidió del visitante.

La alcanzó en la habitación. Ni siquiera la había cogido en brazos. Raquel volvía a dormir como una bendita. A veces bastaba un movimiento de la cuna o una caricia.

Miquel aprovechó la oportunidad.

—Cariño...

—¿Sí?

—¿Qué te pasa?

—Nada.

—¿Por qué no dices ni mu?

—¿Qué quieres que diga?

—No sé. —Le pareció obvio—. Ponerte de mi lado, decirle a Fortuny que hago bien...

—Estoy de tu lado. —Le miró fijamente a los ojos—. Pero tiene razón en algo.

—¿En qué? —Se alarmó.

—Será «del otro bando», como dices, pero le aprecias.

—De acuerdo, ¿y qué?

—Yo sólo digo eso.

—No, me estás diciendo algo más.

—Te pide ayuda, eso es lo que digo.

—¿Quieres que vuelva a las andadas? —No pudo creerlo.

—No he dicho nada. —Patro levantó las dos manos y las puso a modo de pantalla entre ambos.

—Será posible... —gimió él.

—Es tu vida, tu decisión, tu amigo...

—¡Es nuestra vida y nuestra decisión!

—Me callo. —Se encogió de hombros ella.

—Patro...

—Anda, vamos, que se hace tarde y hay que cenar. ¿Quieres que le pida que se quede?

—¡No! ¡Se pasaría la cena hablando hasta hacerme estallar la cabeza!

—Pues vamos, anda.

Salió la primera, tras echarle un último vistazo a Raquel. Miquel la siguió, cabizbajo y con el ceño fruncido. David Fortuny había apurado casi el vaso de agua. Le quedaba un último sorbo. Ocuparon los mismos asientos y esperaron a que el detective volviera a hablar.

Lo hizo sin más preámbulos.

—Tengo un padre que quiere que siga a su hijo. Teme que ande con malas compañías. Al parecer, el chico, universitario y todo, es retraído, habla poco, y el hombre no consigue sacarle ni media palabra. El hombre se llama Leonardo Alameda y vive en la calle Balmes 391. El segundo caso es el de un marido celoso. De lo más típico. Él le dobla la edad a la mujer y sospecha que ella le es infiel. Ése vive en la calle Juan Blancas 50 y se llama Esteban Cisneros. El tercer encargo me lo han hecho unos abuelos, los señores Domènech, que viven en Baja de San Pedro 62. Creen que les robaron a su nieto al nacer. Su hija era madre soltera y murió en el parto. A ellos les dijeron que el bebé también había fallecido, pero no les enseñaron el cadáver, al parecer, por las malformaciones. Han pasado ocho años y han oído rumores de otras personas con casos parecidos en la misma clínica. Quieren saber más, naturalmente, y me han pedido que investigue por si, en efecto, les robaron al niño.

—Dos casos parecen sencillos —dijo Miquel al ver que el detective había concluido su explicación—. Se trata de seguir a personas. El tercero imagino que le llevará más tiempo, aunque, sinceramente, lo veo irresoluble después de tantos años y el secretismo con el que deben hacerse estas cosas, si es que tienen razón.

—Basta con ir a la clínica y hacer algunas preguntas, ¿no?

—No me líe —le previno.

—No le lío.

—¿Qué quiere que le diga? Resuelva primero uno y luego otro. El de los abuelos ya no vendrá de un día.

—Cuando se contrata a un detective, la gente suele pedir resultados al día siguiente, y más si uno cobra por horas o por jornadas de dedicación. El cliente siempre duda de si se le factura de más.

Miquel no dijo nada.

Patro seguía muy quieta, seria, observándole a él, no a Fortuny.

—Vamos, Mascarell, esto es ideal para usted —volvió a la carga el detective.

—No.

—¡Se sentirá útil!

—No.

—¿Y lo que le gustará volver a pisar la calle?

—No.

—Dios... Señora —le suplicó a Patro—, dígaselo usted. En el fondo sabe que le estoy ayudando. ¿De verdad le aguanta todo el día en casa, con lo gruñón que es?

Miquel reparó en un detalle: ahora Patro estaba conteniendo la risa.

Fue la gota que rebasó el borde del vaso.

—Fortuny.

—¿Qué?

—Como vuelva a hablarme de trabajo o trate de conquistar a mi mujer para que se ponga de su parte, le echo de una patada. ¿Está claro?

—¿De una patada?

—Sí.

Fue definitivo.

David Fortuny se rindió.

—Está bien. —Soltó una bocanada de aire.

—¿Por qué no viene una noche a cenar con su novia? —se ofreció Patro al verle tan abatido.

—¿En serio?

—Claro.

Fortuny se dirigió a Miquel.

—¿Le parece bien a usted?

—Todo lo que hace mi mujer me parece bien —mintió él con aplomo.

—¿El sábado que viene? —propuso ella.

—El día 6, de acuerdo.

Fin de la visita.

David Fortuny se puso en pie.

De pronto, volvió a sonreír.

—Sí, me aprecia —le dijo a Miquel con un deje de orgullo mientras asentía levemente con la cabeza.

6

Leía en la cama siempre que estaba solo. A la que aparecía Patro, cerraba el libro.

Como en esta ocasión.

Dobló la esquina superior derecha de la página, cerró el libro y lo depositó en la mesilla de noche.

Patro empezó a desnudarse.

—¿Qué lees? —le preguntó.

—Una del Oeste.

—¿Buena?

—Estas novelitas están bien, son ligeras. Se pasan rápido y nada más.

—Creía que preferías las policíacas.

—Pues no. Del Oeste soy poco experto, por eso me gustan. De asesinatos y robos más bien lo contrario. Los escritores siempre lo resuelven todo en cien páginas. Ojalá en mis tiempos las cosas hubieran sido tan sencillas.

—¿Tus tiempos?

Patro ya estaba desnuda del todo.

Miquel apreció cada detalle.

La había visto desnuda con dieciocho años. Una imagen irreal. Ahora la veía todas las noches con treinta y uno, y desde hacía cuatro años.

Si fuera creyente, creería en los milagros.

No sólo era verla, también tenerla.

Patro se puso el camisón.

Pero cuando se metió en la cama, se pegó a él, de lado, con la cabeza apoyada en una mano y el codo hincado en la almohada.

El primer beso fue rápido.

La caricia con la mano libre, no.

—¿Estás bien? —le preguntó.

—Sí.

—No te enfades, va.

—No me enfado.

—No es mal tipo.

—Ya lo sé.

—Hizo la guerra donde le tocó, como tantos, y ahora, en el fondo, no es más que un superviviente, como nosotros. ¿Por qué no iba a aprovecharse de su brazo herido?

—Hay una diferencia, cariño.

—¿Cuál?

—Ellos ganaron. Nosotros no.

—Pero Fortuny es... no sé cómo decirlo. ¿Amoral? —Continuó hablando ante el silencio de Miquel—. Se adapta, busca el sol que mejor le caliente y la sombra que mejor le proteja; vive y deja vivir.

—Resumido así, con tanta simpleza...

—No hay otra forma de resumirlo. Imagino que cada cual tendrá su historia y que ahora lo único que la mayoría quiere es vivir en paz.

—¿Tragando mierda?

—¿Y qué quieres, otra guerra?

Miquel se perdió en sus ojos.

No, no quería otra guerra. Y menos con ella y con Raquel en su vida.

La rabia, contenida.

—Además —siguió Patro—. Con lo que me contaste en junio de él, hasta es gracioso.

—También lo es Lenin, pero son tal para cual: dos pesados.

—Y Ramón, mira tú.

—Menudo trío.

—A mí me hace reír, qué quieres que te diga. —Lo expresó con toda su inocencia.

—Ya, como todos los caraduras. Son simpáticos, tienen labia... Si Fortuny se dedicara a embaucar a la gente, sería un buen estafador.

—Pero no lo es. Y parece legal.

—Pero representa mucho de lo que me aplasta, el conformismo...

—¿Te portarás bien el sábado?

—Sí.

—Su novia me cayó fenomenal cuando la conocí en junio. A veces había pensado en pedirte que los invitaras. Sería una muy buena amiga. Además es mayor, tiene experiencia...

—Amalia es una mujer estupenda. Y eso de que sea comunista perdida tiene su gracia. No sé cómo le aguanta y le sigue la corriente.

—Porque también pasó lo suyo con su viudedad, y en el fondo se necesitan.

—Como nosotros.

Patro le besó. También subió la pierna, para que él se la acariciara. Los ojos fueron bálsamos de ternura al mirarle desde tan cerca.

—No quiero que esta noche tengas pesadillas —susurró.

—No las tendré, prometido.

—Mi héroe de novelas policíacas reales.

—No me hagas reír. —Subió la mano hasta la cintura de ella—. ¿De verdad te parecería bien que, de vez en cuando, le ayudara en algún caso?

Patro subió y bajó los hombros.

—¿Por qué no?

—¿Más líos?

—Si basta con seguir gente...

—Cariño, las cosas nunca son sencillas, y menos cuando hay una investigación o un seguimiento de por medio. Alguien sufre o sufrirá por ello, tenlo en cuenta.

—Ya, pero Fortuny tiene razón en algunas de las cosas que ha dicho.

—¿Como cuáles?

—Pues que tienes un don, que eres bueno, que no sirves para estar en casa sin hacer nada... En el fondo eres policía, y siempre lo serás. Para ti no hay jubilación que valga. Y sé que te encanta.

—¿Que me encanta?

—¡Oh, sí!

—¡Te secuestraron en agosto del año pasado, me acusaron de un asesinato en junio de este año, me disparó un espía ruso por ayudar al hijo de mi amigo de *La Vanguardia*, casi me mata el comisario Amador por hacer lo mismo con Lenin! —La miró alarmado—. ¿De verdad crees que me encanta esto?

—Cuando lo resuelves todo, sí.

—¡Parece mentira que digas eso!

—Soy tu mujer. Ya te conozco bien. No sé cómo serías antes con Quimeta, pero yo sé cómo eres ahora.

—¿Y cómo soy?

—Una persona entrañable —le dio un beso rápido—, cariñosa —otro—, buena —otro más—, y que nunca deja nada a medias ni a los amigos en la estacada.

—Pues esta vez, «mi amigo» —lo remarcó— se las va a tener que espabilar solo. Y recuerda que te lo prometí.

—Te quiero.

—Y yo a ti.

—Pero también quiero que seas libre, y que vivas. No te quiero atado a mi lado.

—No es...

Un beso más y, con él, la boca tapada, sellada.

Esta vez se prolongó más de lo normal.

Sobre todo cuando ella bajó la mano por el cuerpo de Miquel, buscando lo más profundo de su ser.

—Ya te he dicho que esta noche no vas a tener pesadillas. —Le pasó la lengua por la mejilla.

—Mira que eres...

—¿Soy qué? ¿No tienes una mujer joven y guapa? Pues a cumplir, venga, que me muero de ganas...

—Pat...

Se estremeció cuando la lengua penetró en su oreja.

—Si Raquel se despierta, esta vez soy yo quien la asesina —le cuchicheó ella entre la humedad.

Día 2

Jueves, 4 de octubre de 1951

7

Estaba firmando la carta cuando oyó abrirse la puerta del piso.

Luego, la voz de Patro:

—¡Hola!

Se levantó para ir a su encuentro, pero antes de que llegara a la entrada del pasillo apareció ella con Raquel en brazos.

—¡Preciosa!

La niña expandió una enorme sonrisa en su cara y alargó las manos para que él la cogiera en brazos.

Miquel la llenó de besos.

—¿Qué hacías? —preguntó Patro viendo la hoja de papel manuscrita sobre la mesa del comedor.

—Escribía una carta —le respondió sin dejar de jugar con la niña.

—¿A quién?

—A mi hermano.

Patro se acercó a la mesa. No se atrevió a tocarla.

—¿Puedo leerla?

—Claro. Te la habría dado igual.

Dejó que Miquel y Raquel se entretuvieran con sus juegos, como cada día a la hora de comer cuando llegaban de la mercería, y se sentó en una silla con la hoja de papel entre las manos. Despacio, fue devorando cada palabra, como siempre que él escribía algo.

Querido hermano:

Me alegró recibir tan buenas noticias de tu mejora laboral en México. Es maravilloso. Te envidio. Sé que ha sido duro, pero ya ves la luz al final de este largo túnel. Los mexicanos tienen suerte de tenerte, y también a los demás exiliados republicanos que han contribuido a mejorar su vida cultural. Por aquí, en cambio, todo sigue igual. Por lo menos estamos bien. Raquel me ha dado nuevas fuerzas, si es que con el amor de Patro no me bastaba. ¿Qué puedo decirte? Soy feliz. Feliz a pesar de que, como puedes imaginarte, me pesa todavía todo: la guerra, las muertes de los nuestros, tu exilio, mis años en aquel infierno... Imagino que la colonia española en México debe de ser cada día más potente. Tantos intelectuales que ahora dan luz allí mientras que aquí seguimos empobreciéndonos con el pensamiento único bajo la bota franquista. En fin, no quiero ser dramático. Lo más curioso es que, salvo Patro y Raquel, que lo son todo, no tengo amigos. Y, si los tengo, son de lo más curioso. Está Ramón, el dueño del bar al que voy a veces a desayunar para estirar las piernas. Es una persona afable y encantadora, futbolero empedernido. Yo digo que es pesado, pero me anima mucho escucharle, siempre tan vital y con la última noticia pillada al vuelo de Radio Macuto. Además, se portó muy bien cuando el lío del que te hablé. Luego está Agustino Ponce, Lenin, un caso único. ¡Tantas veces que le detuve antes de la guerra y cómo imaginar que hoy sus hijos me llamarían «abuelo» y su mujer y él me adorarían! La suerte de no haber creído nunca en la violencia y no haber pegado jamás a un detenido. Es evidente que lo que hacemos en una vida nos pasa factura tarde o temprano. Recoger el fruto de unos buenos hábitos es confortante. Lenin ahora se ha regenerado, trabaja y es una buena persona. Dice que gracias a mí. ¡Pues bienvenido sea! Encima, como le salvé el pellejo... Por último está David Fortuny, el detective privado del que te hablé. Sería estupendo si no fuera por lo que habla y porque todo le parece bien, empezando por Franco y terminando por cómo está España.

60

Pero el motivo principal de esta carta no es comentarte estas cosas, aunque siempre viene bien explayarse con ellas y compartirlas contigo. El motivo principal es hacerte una pregunta de suma importancia para mí. Algo que me tiene desvelado desde hace días. En tu huida de Barcelona, ¿te llevaste fotos?

Vicens, no sé qué me pasa. A veces no recuerdo el rostro de mi hijo, ni el de Quimeta, ni tampoco el tuyo o el de tu mujer. No digamos ya el de nuestros padres o abuelos. Es una angustia que se está apoderando de mí. Me asusta el olvido. Me angustia perder lo único que me queda, que son los recuerdos anclados en mi memoria. Sabes que me detuvieron y me sacaron de casa con lo puesto. Quizá tú fuiste previsor y te llevaste al menos un puñado de fotos de la familia, de todos nosotros, incluso de mí, de Quimeta y de Roger. Si es así, por favor, dímelo. Te agradecería que hicieras copias, lo que sea, y que me las mandaras. No sabes lo importante que sería para mí. Yo, con esta carta, te envío una foto de Raquel, para que veas lo bonita que está. Se parece a su madre cada día más, por suerte. La vida es extraña. Cuanto más dura parece a veces y más amarga resulta, te compensa con lo inesperado, para que podamos sobrellevarla.

En tu última carta me preguntabas cómo estaba económicamente. No te inquietes por eso. Recuerda que en el 47, en el primer lío en el que me metí al llegar a Barcelona, me salí no sólo con éxito sino también con una caja de zapatos repleta de dinero. Había casi doscientas cincuenta mil pesetas. Nos queda mucho, gastamos siempre lo justo, sin alardes. Y encima la mercería va bien. Ese dinero ya lo guardo en parte para la educación de Raquel. Vamos a necesitar de nuevas generaciones con estudios, con cultura, para cambiar este país llegado el momento, que llegará. Ojalá podamos verlo juntos.

Dale un beso a Amalia. ¿Sabes que la novia de ese detective, Fortuny, también se llama así? Ya ves qué casualidades. Y tú cuídate. A veces no sé cómo has podido sobrevivir sin tu hermano, que siempre velaba por ti y te llevaba por el buen camino.

Sin bromas: un fuerte abrazo. Desde esta hermosa Barcelona que trata de volver a ser lo que era, te deseo lo mejor.

MIQUEL

Patro dejó la carta en la mesa. La fotografía de Raquel estaba al lado. Faltaba meterlo todo en un sobre. Miquel le hacía cosquillas a la niña, que se reía como una loca en medio de un mar de babas, tumbada sobre el sofá.

Se acercó a él.

—Te sigue preocupando. —Le acarició la espalda.

—Bueno, no está de más que le pregunte a mi hermano.

—Claro.

Se sentó al lado de Raquel. Ahora la niña les miró a los dos, quieta, esperando algo que no llegó.

Miquel hizo una mueca.

—Hay momentos en que es angustioso —confesó.

—¿Ha vuelto a pasarte?

—Sí, ayer.

—Puede que sea algo pasajero.

—Ojalá.

Los dos se quedaron mirando a su hija, momentáneamente expectante al verlos juntos.

—¿Vas a mandar esta carta por correo normal? —preguntó Patro.

—No.

—Ah, porque si a alguien se le ocurre abrirla por el motivo que sea...

—No estoy tan loco. Se la daré a los que me traen las de Vicens y que la envíen ellos desde Francia. Mejor estar seguros.

—Todo lo que dices es muy bonito —dijo Patro—. Y lo de Ramón, Lenin, Fortuny...

—No son más que comentarios.

—Es más que eso, y está bien que lo compartas con Vi-

62

cens. Son tus amigos. La vida a veces no te da a elegir. Han pasado cosas y las circunstancias son las que son. ¿Ves a Ramón todavía como un simple bodeguero? ¿Y a Lenin como el chorizo irresponsable que fue? ¿Y tan malo es Fortuny por haber luchado en el otro bando y adaptarse a la realidad?

—Tú eres un ángel, cielo. —Le acarició la mejilla.

—¡Pffff...! —exclamó Raquel como si protestara.

—Y tú más. —Le hizo una rápida carantoña que le devolvió la sonrisa.

—No soy un ángel —dijo Patro seria—. Tú estuviste preso, en una cárcel, pero yo también estuve presa en otra y de otra forma. Tú tenías tu voluntad para resistir y yo mi cuerpo para sobrevivir. Lo vendí para dar de comer a mis hermanas, y aun así, vi morir a una de ellas. —Se encogió de hombros sin dejar de hablar desde la serenidad—. Cada cual vivió un infierno, a su manera. Y, sin embargo, de toda esa mierda sacamos el valor para subsistir. —Le puso una mano en la cabeza a la niña—. Raquel no estaría aquí si tú te hubieras rendido en el Valle y si al volver no me hubieras sacado de lo que hacía, dándome tu amor y tu perdón. Ésa es la realidad, cariño. Tuvimos una vida antes de la guerra, y tenemos otra ahora. Tú mismo dijiste una vez que cada uno de los que hemos sobrevivido somos como una bofetada para el régimen y una victoria para la libertad.

—¿Por qué dices que te di el perdón?

—Porque nunca me juzgaste, partiste de cero. No te importó lo que fui, sino lo que era y podía ser para ti. Ahora somos felices, tenemos a Raquel, pero no estamos solos. Lenin te respeta, Ramón te aprecia, Fortuny te valora. ¿Qué más quieres? La vida no es perfecta, pero a veces nos da lo que necesitamos.

—Parece que la cena del sábado será un punto y aparte.

—Sí —asintió ella—. Y si te necesita... Pues ayúdale. Confío en ti. No le desprecies, por favor.

—¿Has acabado?

—¿Por qué?

—Para besarte de una vez.

Se acercaron el uno al otro por encima de Raquel, que elevó las manos para intentar atraparles sin éxito.

Incluso ella se quedó callada, quieta.

El timbre de la puerta les despertó de su plácida calma.

8

Miquel abrió la puerta.

Primero, aunque a duras penas, reconoció a Amalia, la novia de David Fortuny.

Segundo, antes de que pudiera mostrar sorpresa o saludarla, advirtió sus lágrimas.

De pronto ya no era la mujer guapa, exuberante y segura que había conocido en junio. De pronto quedaba reducida a un mero guiñapo humano, despeinada, sin maquillar, ojerosa, con sus cuarenta años convertidos en cincuenta o más a causa del dolor que la embargaba.

La aparecida se le echó encima.

Le abrazó y rompió a llorar, desgarrada.

—¡Señor Mascarell...! ¡Oh, señor Mascarell!

—Pero ¿qué...?

Notó el calor de aquel cuerpo convulso apretado contra el suyo. Y la humedad de las lágrimas al unirse a su mejilla y caer por la piel. Notó el temblor. Antes de que pudiera reaccionar escuchó la voz de Patro a su espalda, alertada por los gritos de la aparecida.

—¿Qué pasa?

Miquel movió la cabeza, a duras penas.

Al darse cuenta de la presencia de Patro, la mujer se lanzó sobre ella, abandonándole a él.

El desgarro emocional se convirtió en un grito, ahora ahogado por el gemido final.

Se le doblaron las rodillas, como si llegar hasta allí le hubiera costado un enorme esfuerzo.

—Vamos, venga —la apremió Patro, reaccionando la primera.

Miquel la ayudó. Entre los dos la llevaron a la sala. Amalia se derrumbó en el sofá, sin dejar de agarrarse a Patro como si fuera una tabla de salvación.

Ella se sentó a su lado.

—Vamos, trae agua —le pidió a su marido.

Atribulado, Miquel echó a correr. Al pasar por la habitación vio a Raquel en su cuna, despierta pero tan tranquila, como siempre. Por suerte, Patro la había dejado allí antes de ir al recibidor. Suspiró aliviado. Se metió en la cocina, tomó un vaso y lo llenó de agua. Regresó con él. En la sala, Amalia todavía lloraba.

—Vamos, beba.

Apuró el vaso, sedienta.

Después les miró, primero a Patro, luego a él.

Miquel hizo la pregunta que más temía.

—¿Le ha pasado algo a David? —Empleó el nombre en lugar del apellido, como era habitual entre ellos.

La novia del detective sostuvo su mirada.

Asintió.

—Dios... —Se temió lo peor.

—Han intentado matarle, señor Mascarell.

No estaba muerto. «Intentar» significaba que seguía vivo. De todas formas, la noticia fue un impacto, un puñetazo en mitad de su cerebro.

—¿Quién? —logró preguntar.

—Lo han atropellado y se han dado a la fuga.

—¿Un accidente?

—No. —Fue categórica—. Ha sido intencionado.

—¿Pero está bien?

Amalia se mordió el labio inferior. Le costaba hablar; sin

embargo, cuando lo hacía, no vacilaba. Sus ojos podían estar agotados, pero todavía desprendían fuego e intensidad.

—Está en el Clínico —dijo—. Inconsciente y en coma. Los médicos dicen que no saben...

Se vino abajo y Patro la abrazó.

La dejaron llorar.

Cuando se sobrepuso de nuevo, tragó saliva y se pasó el antebrazo por la nariz, sin tratar de buscar un pañuelo que, probablemente, no llevaba encima. Miquel intentó despejar las últimas dudas.

—Pero está vivo —insistió.

—Sí, está vivo. —Se lo confirmó la mujer—. Pero dicen que si en setenta y dos horas no se recupera o no da signos de mejora...

Setenta y dos horas. Tres días. Los médicos solían fijar plazos así para curarse en salud. Si en tres días no había complicaciones, quedaba la esperanza.

—¿Cuándo sucedió?

—Anoche, delante de mi casa.

—¿Cómo sabe que no fue un accidente? El conductor pudo darse a la fuga a causa del pánico.

—No, quisieron matarle, lo sé —dijo con firmeza.

—¿Y la policía?

—No me creen. Dicen lo mismo que acaba de decir usted, que pudo ser un accidente y el conductor, asustado, darse a la fuga. Yo no tenía dudas, pero esta mañana, cuando he ido a ponerme algo de ropa, porque todavía iba en bata, un vecino me ha dicho que lo vio todo y que cree estar seguro de que el coche fue a por él, porque el acelerón y la maniobra fueron muy bruscos. David se acababa de bajar de la moto y el automóvil se desvió del centro de la calzada con la intención de embestirle. Después apretó el acelerador para irse a toda velocidad.

—¿Se lo ha dicho a la policía?

—Siguen opinando lo mismo: que podía estar borracho, perder el control... —Hizo una mueca de asco y dolor—. Mascarell, en serio. —Le taladró con los ojos—. Sabía algo de alguien. Había descubierto... qué sé yo, una cosa comprometedora y muy grave. Me contó que le había hablado a usted de los tres casos en los que andaba metido.

—Sí, el domingo, cuando vino a verme.

—Pues ayer, a mediodía, me aseguró que uno de ellos era una bomba, y que cuando estallara...

—¿Le dijo cuál de los tres?

—No, pero insistió en que estaba cerca, a un paso de aclararlo todo, y que por la tarde lo resolvía, seguro. —Apretó las manos y desprendió una firme energía, como si recuperara su fuerza interior—. ¿Por qué cree que he venido a verle? David confía en usted, le tiene en un altar. Vengo de su casa y... ¿sabe lo que he encontrado?

—¿Qué?

—¡La han registrado, de arriba abajo, y no sólo el piso donde vive, también el despacho! ¡Todo está patas arriba y se han llevado los archivos! ¡No han dejado ni una carpeta! ¿Cree que esto es casual?

—¿Guarda David lo que hace en esos archivos?

—Es minucioso en eso, se lo aseguro. ¡Claro que lo guarda, y han borrado cualquier rastro que le una con lo que sea que encontrara! Aunque, por supuesto, si lo acababa de descubrir es imposible que ya hubiera escrito un informe. ¡Ha sido mera precaución, pero también lo han hecho para hacer desaparecer cualquier caso que investigara, el nombre de los clientes...!

—¿Le ha contado esto último a la policía?

—¿Para qué? —Se hundió Amalia—. Son capaces de decir que lo he hecho yo misma, o que me lo he inventado. He venido directamente a verle a usted. ¿Qué van a hacer ellos aunque me crean? ¡Ni siquiera sabrían por dónde empezar! ¡Encima no pienso que les tengan muchas simpatías a los detectives privados! ¡Habiéndolos legalizado este mismo año, aún deben de verlos como unos intrusos! —Las manos se convirtieron en puños muy apretados—. ¡David me dijo que le habló de esos tres casos, que le dio incluso nombres y detalles! ¡Es todo lo que se me ocurre! ¡Usted es el único que puede ayudarle!

—¿Yo? ¿Por qué?

—¡Porque sigue vivo, y cuando el asesino lo sepa, volverá a intentarlo!

Se hizo el silencio.

Lúgubre, siniestro.

Miquel hundió sus ojos en el suelo al sentir el peso de las miradas de ellas dos sobre su cuerpo.

—El lunes era fiesta, el día del Caudillo. —Recuperó la serenidad Amalia—. David ya empezó a trabajar. Sé que seguía a un chico joven y a una mujer. Eso sí me lo comentó. Sobre todo porque ella era muy atractiva, una especie de ángel.

—¿Y del tercer caso?

—No me dijo nada.

—¿Unos abuelos...?

—Nada.

—O sea, que investigó lunes, martes y miércoles.

—Sí.

—Tres días. Y ayer a mediodía le habló de que uno de los casos era una bomba y que por la tarde lo cerraba.

—Así es. Le vi tan feliz... Dijo que ni usted lo habría resuelto tan rápido.

—¿Le llevaron inmediatamente al Clínico?

—Yo oí el golpe. —Se estremeció al recordarlo—. Me asomé a la ventana y le vi a unos metros de la moto, que ya estaba aparcada. Algunas personas se acercaban a él, inmóvil en el suelo. Bajé en bata y no sé cuánto tardó en llegar una ambulancia. Ni lo recuerdo. Intenté que abriera los ojos, pero fue imposible. Le abracé hasta que alguien me dijo que podía romperle cualquier cosa si le apretaba tanto. Tal y como iba, en bata, me fui al hospital con él. Encima, al no ser familia directa ni estar casados, no vea la de problemas que tuve para que me informaran o me dejaran estar a su lado. Les decía que era su novia y me miraban de una forma...

—¿Dónde está ahora?

—En vigilancia intensiva.

—Eso está aislado.

—Sí, pero no tanto como para que alguien no pueda subir a por él. Y si sale del coma o le bajan a una habitación de planta... —Volvió a agitarse.

Miquel trató de detener la nueva subida emocional.

—Cálmese, Amalia. Lo más importante ahora es que veamos todo en perspectiva.

—¿Cómo quiere que me calme? ¡Ya perdí a mi marido en el 44! ¡No quiero que vuelva a suceder! ¡Quiero a ese maldito hombre!

Hubiera sonreído de no ser algo tan grave.

Quería a ese «maldito hombre».

—¿Cómo entraron en el despacho de David y en el piso? ¿Forzaron la puerta?

—No, ni ninguna ventana.

—O sea, que abrieron las cerraduras limpiamente.

—Sí.

—Profesionales —dedujo en voz baja.

Sonó demasiado contundente.

—¿Quiere más agua? —preguntó Patro.

Amalia negó con la cabeza. Estaba pendiente de Miquel. El último silencio.

—Señor Mascarell, por favor...

—Lo siento. —Suspiró él.

—¿Por qué no quiso ayudarle cuando se lo pidió el domingo? —Habló con la voz rota.

—Porque no quiero más líos, Amalia. —Se enfrentó a sus ojos—. Lo único que quiero es vivir en paz con mi mujer y mi hija.

—Pero él le necesitaba.

—¿Cómo imaginar esto?

—¿Sabe? Vino a casa tan decepcionado, tan triste... Estaba seguro de convencerle. Dijo que usted se miente a sí mismo.

Miquel apretó los puños.

¿Qué era verdad y qué era mentira en medio de una dictadura que obligaba a resistir en silencio y al límite?

Era el momento de la verdad.

De la reacción.

—¿Puedes preparar algo rápido para comer, cariño? —se dirigió a Patro—. Mejor tener algo en el estómago antes de ir al hospital.

9

El taxista no dejaba de mirarles por el retrovisor.

Un hombre mayor, serio; una mujer con los ojos rojos y húmedos, quebrantada; y directos al Clínico.

Así que corría lo más que podía, por si resultaba que el enfermo era el hombre y la mujer ya se veía viuda.

Por supuesto, el trayecto era silencioso.

Miquel le cogió la mano a Amalia.

Ella se lo agradeció.

—Perdone lo que le he dicho antes. —Soltó una bocanada de aire envolviendo las palabras en un suave manto de dulzura y de manera casi inaudible.

—No ha sido nada.

—No tengo derecho a...

—Sí, sí lo tiene —asintió él—. Supongo que atribuí la insistencia de David al hecho de que quiera que trabaje con él en la agencia. No pensé en nada como esto. Ni imaginarlo.

—Siempre me dice que es un trabajo fácil.

—No hay trabajos fáciles, se lo aseguro. Y menos si se necesita un detective privado. Eso sí se lo dije.

—Bueno, ya sabe lo optimista que es.

Se le ocurrió la palabra «loco», pero no se lo dijo a ella.

Cruzaron el paseo de Gracia.

—Recuerdo mucho aquella verbena de San Juan —volvió a hablar Amalia en el mismo tono ahogado.

—Yo también.

Pero más recordaba la mañana siguiente, cuando ella había aparecido descalza, en combinación, con su abundante y generoso pecho como bandera, y hablaron los dos a solas mientras esperaban a David. Pensó en la extraña pareja que hacían, una viuda de cuarenta años, de secreta ideología comunista, con un ex combatiente y herido de guerra, convencido de que el régimen era mejor que la República.

Aunque en el fondo formaran una pareja tan extraña como Patro y él, con sus treinta y cinco años de diferencia y la carga de su pasado.

—¿Y su asma? —quiso saber Miquel.

—Controlado, aunque anoche hubo momentos en que creí que me ahogaba. Y esta mañana lo mismo, al encontrar el piso y el despacho de David revueltos.

—Creo que es una mujer muy valiente.

—David dice lo mismo.

—Entonces ya somos dos.

—Pues yo pienso que más bien es fachada —repuso ella—. La necesidad de demostrarme cosas a mí misma, o de defenderme estando sola en un mundo tan violento contra las mujeres. Si no eres esposa y madre, estás marcada.

—¿Sigue jugando al mus los domingos con su grupo de viudas?

—Por supuesto. —Logró hacerla sonreír—. Ya le dije que algunas están muy lozanas y de buen ver. Disponibles para segundas oportunidades. Si tiene algún amigo...

—No tengo amigos.

—Sí tiene uno, y lo sabe.

Se ahorró la respuesta porque el taxi se detuvo.

—El Clínico —dijo el taxista por si no estaba claro.

Miquel pagó y bajaron del coche. Por lo menos no llovía, porque desde el lunes lo había hecho sin parar. La última mirada del conductor fue de calma, aunque no por ello dejó de darle un buen repaso visual a Amalia. Aun sin maquillar ni pintar, se hacía ver, dejaba huella.

El camino hasta el último piso del hospital lo hicieron en silencio. Nadie les preguntó nada ni les interceptó el paso. Subieron la escalera a pie, despacio, por el asma de ella y el cansancio de él, y accedieron a la planta en la que se encontraban las habitaciones de los enfermos más delicados. En el centro, dos enfermeras controlaban los aparatos a los que estaban conectados. Amalia caminó directamente hacia una de las habitaciones de la izquierda.

Al otro lado del ventanal, Miquel vio a David Fortuny.

Ojos cerrados, vendado como una momia, tubos conectados a su nariz y su boca, agujas en el brazo.

Tragó saliva.

Y la pregunta de Amalia le picoteó de nuevo la razón.

«¿Por qué no le ayudó?»

¿Y si lo hubiera hecho y el que estuviese ahora en aquella habitación fuera él?

—Se me va a morir... —gimió la novia del herido.

—No diga eso. —Miquel le pasó un brazo por encima de los hombros—. Es fuerte como una roca, y además, con lo que habla, no van a quererlo ni en el cielo ni en el infierno.

Logró hacerla sonreír.

Una enfermera llegó hasta ellos. Debía de conocer ya a Amalia, porque no les preguntó qué hacían allí.

—Sigue estable —dijo.

—¿Y eso es bueno o es malo? —preguntó ella.

—Ni bueno ni malo. —La enfermera era mayor, veterana. Debía de estar habituada a lidiar con familiares de personas en situación crítica—. Ahora todo depende de su cuerpo, de cómo reaccione, y de la resistencia que ponga a los múltiples traumatismos del atropello.

—¿Tendrá secuelas? —quiso saber Miquel.

—No creo. —La enfermera hizo un gesto dubitativo—.

Tiene costillas rotas, contusiones, desgarros... Todo eso es recuperable. El golpe en la cabeza es siempre lo que más preocupa. Puede tener amnesia momentánea... En el peor de los casos, un coágulo que no haya podido detectarse y afecte a sus sistemas cognitivos. Como le he dicho esta mañana a usted —se dirigió a Amalia—, hay que esperar y ser positivos.

—Es fuerte. —Se aferró a la esperanza.

—Entonces mucho mejor. Ahora... le recuerdo que no pueden quedarse aquí.

—Sí, perdone.

—No pasa nada —la tranquilizó—. Entiendo cómo se siente, y verle así... impresiona.

Una segunda enfermera se acercó a ellos.

—¿Señora?

—¿Sí? —Amalia se volvió hacia la aparecida.

—Un policía quería hablar con usted. Le he dicho que había ido a casa a cambiarse de ropa, porque aún iba en bata. Volverá sobre las cuatro y media.

Miquel miró la hora.

Faltaba poco.

—¿Dónde han guardado lo que llevaba en los bolsillos? —preguntó de pronto Miquel.

—Pues... Lo metimos todo en un sobre, como es preceptivo. El traje tuvimos que cortarlo, naturalmente.

—¿Podría verlo?

Las dos enfermeras intercambiaron una mirada de duda.

—La única familia del señor Fortuny soy yo —les recordó Amalia hablando con aplomo—. Casados o no, no tiene a nadie. Cualquier consulta deberán hacérmela a mí. Incluso en caso de muerte.

—Voy a por ello. —Quedó convencida la segunda enfermera.

Entró en la habitación de David Fortuny, se acercó a la

mesita, abrió el cajón y de él extrajo un sobre grande. Salió con él en la mano y se lo entregó a Amalia.

—Ya saben que pueden estar todo el tiempo que deseen, pero en la sala de espera —insistió la primera enfermera.

—Gracias. —Miquel cogió del brazo a su compañera e inició la retirada.

La sala de espera no quedaba lejos. Apenas una docena de pasos. Una vez sentados en ella, Amalia abrió el sobre. De él extrajo las llaves de la casa y el despacho de su novio, la documentación y poco más. Un par de papeles sueltos. Uno de ellos era una facturita hecha a mano por una comida. La fecha era del día anterior.

El día del atropello.

Miquel miró la nota. Una sopa. Una tortilla. Pan. Agua. Un flan. El local estaba en la calle Maestro Nicolau, probablemente al lado de la avenida del General Goded dado lo corta que era desde Calvet hasta ella.

—¿Puedo quedármela?

—Sí, claro —asintió Amalia.

—¿Algo en la cartera?

—No, nada. —Acabó de inspeccionarla.

—Imagino que David anotaría cada día sus pasos y sus gastos, para el informe de los clientes, ¿no?

—Sí. Ya le he dicho que era muy meticuloso. Aunque bueno... cada día, cada día... no sé. A veces no tenía tiempo, o no le apetecía. Entonces lo hacía al día siguiente.

—¿Seguro que se lo llevaron todo del despacho?

—Todo —dijo firme—. No es que tuviera muchas carpetas o expedientes, porque llevaba poco tiempo con su licencia; pero sí, pese al miedo y los nervios, lo he comprobado. Quien lo hizo no se ha molestado en perder el tiempo buscando la que más le interesaba. Ha optado por lo fácil: llevárselo todo.

—De esta forma siembra dudas —convino Miquel—. Llevándose únicamente la de su caso... era tanto como incriminarse a sí mismo.

—¿Y si, pese a todo, no ha sido a causa de uno de esos tres últimos encargos?

—Lo dudo —reflexionó él—. Y más si le dijo que estaba cerca de algo gordo. Dos y dos siempre son cuatro, y en materia delictiva las casualidades no existen. Hay siempre una lógica, un patrón. Causa-efecto, ¿entiende?

—Sí.

—Aquí lo verdaderamente malo es que quien haya entrado sin forzar nada, aunque luego no le haya importado dejarlo todo patas arriba, es un profesional. Y eso sí da que pensar. No hablamos de un marido desesperado ni de un padre asustado ni de un abuelo loco. Cualquiera de ellos habría echado la puerta abajo. Abrir una cerradura no es fácil. Hay que tener maña y experiencia. Imagino que no se han llevado nada de valor.

—No, nada, aunque tampoco es que David tenga mucho.

Un agente de policía asomó la cabeza por la sala de espera. Miquel y Amalia se pusieron en pie al verle. El hombre, de uniforme, se acercó a ellos y les saludó formalmente, llevándose una mano a la visera. Su rostro era grave aunque relajado. Se le notaba que lo que hacía era rutinario para él.

—¿Señora? —Miró con acritud a Miquel.

—El señor Mascarell. Un amigo.

—Tanto gusto.

—Lo mismo digo.

Fin de los formalismos.

—Venía a decirle que hemos encontrado el coche del atropello. Su propietario había denunciado ya el robo.

—¿Y había algo dentro?

—Olía a alcohol. Y en la parte de atrás hemos encontrado dos botellas vacías, una de coñac y otra de anís.

—¿Qué significa esto? —vaciló Amalia.

Miquel lo sabía, pero prefirió seguir callado.

—Pues que eso refuerza nuestra teoría del atropello fortuito con fuga de por medio. Una o dos personas bebidas, un coche robado, un accidente lamentable... Por desgracia, esas cosas pasan.

Amalia apretó los puños.

—Esta mañana he ido a casa de mi novio, y la han asaltado. No sólo la casa, también su despacho. Se han llevado todos los informes de los casos en los que había trabajado o trabajaba.

El policía frunció el ceño.

—¿Está segura de eso? —inquirió.

—Señor, ¿cree que estoy loca o que me lo invento?

—No, no, pero...

—Quisieron matarle. Y por consiguiente, si no lo consiguieron y sigue vivo, está en peligro. Se lo dije anoche y vuelvo a decírselo ahora.

—Pero no sabe en qué trabajaba, ¿verdad?

Amalia miró a Miquel. Se encontró con una máscara pétrea y su silencio.

—No —vaciló.

—Ni si pudo ser un caso anterior.

—Tampoco.

—Entonces, señora, comprenda que no tenemos ni por dónde empezar.

—Sí: por ponerle protección.

Fue como si le pidiera un millón de pesetas. Un imposible.

—No es tan fácil —arguyó el agente.

—Yo creo que sí. —Se cruzó de brazos Amalia.

—En cualquier caso, si despierta, él mismo nos podrá decir en qué andaba, ¿no le parece? Y hasta ese momento...

—¿Y si tiene pérdida temporal de memoria o el asesino regresa antes, para evitar que hable y curarse en salud?

El policía empezó a cansarse de la situación. Chasqueó la lengua. La rutina se convertía en algo peligroso cuando tocaba lidiar con un familiar directo de la persona herida.

—Informaré de ello, no se preocupe.

—¿Que informará de ello?

—De momento es cuanto puedo hacer. Ya he dado orden de que, si el señor Fortuny recupera el conocimiento, se nos avise de inmediato; para que vea que, pese a lo que parece evidente, nos tomamos muy en serio su advertencia de que pueda correr peligro. Ahora, si me disculpa...

Volvió a saludarla llevándose la mano a la visera.

Amalia intentó protestar, pero se encontró con la mano de Miquel presionándole el brazo fuera de la vista del agente.

Cerró la boca.

Le vieron salir de la sala de espera como un fantasma escapando de la luz.

—¿Por qué no ha dicho nada? —se extrañó ella.

—No valía la pena —lo justificó él—. David me dio tres nombres y tres direcciones, lo cual no es mucho para empezar. Pero sobre todo, la razón es que cuando alguien contrata a un detective, en lugar de ir a la policía, es porque o bien la policía no puede hacer nada por no tratarse de un delito, o bien porque lo que más quiere el cliente es el anonimato. Si investigaba tres casos y uno es el responsable directo de su intento de asesinato, los otros dos quedan excluidos y hay inocentes que podrían recibir daños colaterales. No sé si me explico.

—Entonces...

—¿No quería que echara una mano?

—¿Va a hacerlo? —Abrió los ojos Amalia.

—Ahora sí, por supuesto.

—Oh, señor Mascarell... —Le abrazó con todas sus fuerzas.

Miquel cerró también los brazos sobre la espalda de ella.

—Tranquila.

—Esto es una pesadilla...

—¿Por qué no se viene a casa a dormir esta noche? Tenemos un cuarto libre y, con suerte, la niña puede que nos la deje pasar en paz.

—No. —Amalia se separó de él para mirarle—. Se lo agradezco pero quiero quedarme aquí, a su lado.

—Han dicho tres días de espera. No puede estar tantas horas pendiente de él. Ha de dormir, descansar.

—He de estar aquí cuando despierte, compréndalo. Él ha de verme en cuanto abra los ojos. Y además... no es únicamente eso, usted lo sabe bien.

—No podrá protegerle usted sola si de verdad viene un asesino a terminar el trabajo.

Amalia resistió el peso de sus ojos.

No dijo nada.

De pronto ya no era sólo una mujer enamorada.

Era un baluarte.

10

Cuando se dirigía a la mercería, de momento sin que volviera a llover, vio la inmensa nube de humo negro que lanzaba al aire el tren que, en ese instante, pasaba por la calle Aragón. Vivía una calle por encima de las vías y la mercería quedaba otra por debajo; pero, fuera como fuese, el humo les alcanzaba de una forma u otra.

Morirían con los pulmones negros a causa del hollín.

Bueno, a lo mejor un día, lejano, lejanísimo, cubrían las vías del tren y convertían la calle Aragón en un hermoso bulevar, con las casas limpias y las ventanas abiertas.

Soñar con una nueva Barcelona era gratis.

A veces, incluso, confortante.

Patro y Teresina estaban detrás del mostrador. La primera con Raquel y la segunda atendiendo a una señora que dudaba entre dos colores de hilo para remendar una prenda. Teresina hacía lo que podía para ayudarla, pero la cliente era de las duras.

Patro se incorporó de un salto al verle aparecer. Los dos optaron por salir a la calle para poder hablar. En el breve trayecto, Raquel pasó de los brazos de ella a los de él, como era su costumbre cada vez que le veía. Por una vez, Miquel le hizo las carantoñas justas, aunque sin dejar de besarla y estrecharla contra su pecho. Raquel se empeñaba siempre en cogerle la nariz con las manitas.

—¿Cómo está? —Fue la primera e impetuosa pregunta de su mujer.

—Igual. Estable, pero sin mejorar ni empeorar.

—¿Y eso es bueno o malo?

—Cariño, ni idea. ¿Por qué te crees que los médicos se dan esos días de margen? Ni ellos saben cómo va a reaccionar un paciente con tantos traumatismos.

—¿Y Amalia?

—A ratos bien, fuerte, dura. Y a ratos mal, hundida, preocupada. Ha venido la policía y como si nada. Ahora toca esperar y, mientras tanto...

—¿Vas a investigar?

No supo qué decirle.

¿Una mentira?

—No te preocupes. —Patro forzó una sonrisa—. Lo entiendo.

—¿De verdad?

—Sólo te pido...

—Me cuidaré, claro. Y más viendo lo que le ha pasado a él.

—Eres el mejor policía, ya lo sabes. —Siguió forzando la sonrisa ella.

—Pero no sé si sabré ser detective —bromeó con un deje de sinceridad—. Tendré que meterme en los tres casos, y... bueno, ¿qué pasa si el cliente es un hijo de puta?

—Tú siempre sabes qué hacer.

—Oh, sí.

Raquel estornudó y diseminó un buen montón de babas por la cara de su padre.

Luego se echó a reír.

—¿Eso haces tú, bicho? ¿Me llenas la cara y te ríes? ¿Y si papá coge un resfriado? —Se pasó un pañuelo por el rostro—. No, déjame la nariz.

—Trae, ya la cojo yo —se ofreció Patro.

—No, deja, no pasa nada. —Le echó un vistazo al reloj.

—¿Adónde vas? —se alarmó ella.

—A casa, tranquila. He de empezar a pensar en todo esto.

—Miquel, ¿tú recuerdas lo que te contó Fortuny?

—Sí, ¿por qué?

—¿Los nombres y las direcciones de esos clientes suyos?

—Sí.

Patro le miró con asombro.

—Es increíble.

—Mujer, hay cosas que no se olvidan. Yo nunca tenía que tomar notas. Lo memorizaba todo.

—Ya, ya.

—Venga, cuando cierres ven enseguida, ¿de acuerdo?

—Hay algo que...

—¿Qué? —Pensó en algún problema de la tienda.

—Es Teresina.

—¿Qué le pasa ahora? —La contempló alarmado desde el otro lado del cristal de la puerta.

—No, nada. Pero quiere hablar contigo.

—¿De qué? ¿No está contenta? ¿Se nos va a ir?

—¿Quieres callarte y escuchar? Va a pedirte consejo, eso es todo.

—¿A mí?

—¿A quién, si no? Gracias a ti no siguió con aquel cerdo que la enredó mintiéndola. Ahora sale con un chico y... bueno, quiere estar segura.

—¿Segura de qué?

—De que es legal.

—¡Vaya por Dios! ¿A mí quién me manda meterme en la vida de los demás? —Se dirigió a Raquel, que ahora lo miraba sin hacer nada, embelesada—. ¿Tú también me vas a dar problemas cuando seas mayor?

Fue como si le entendiera, porque movió la cabeza de arriba abajo.

—¿Tú ves? —le dijo Miquel a Patro.

La clienta ya se había decidido y salía de la mercería en ese momento. Patro le cogió a Raquel de los brazos y entraron de nuevo en la tienda. Teresina se quedó un poco parada.

Miquel no perdió el tiempo.

—Dice mi mujer que sales con un chico.

—Sí. —Se puso roja.

—Está bien, es lo natural, eso es bueno —quiso tranquilizarla—. ¿Y vais en serio?

Se puso aún más roja.

—Él quiere ir en serio, sí.

—¿Y tú?

—También.

—¿Entonces...?

—Me gustaría que le conociera, que hablara con él. Yo... —Movió las manos nerviosa—. Es que de usted me fío, señor. Seguro que sabe ver cosas. Como a mí me gusta y estoy enamorada, no quiero encegarme. Si no le es molestia...

—No, mujer, no. Cuando se pase por aquí, me llamáis, o quedamos, o... Bueno, lo que sea. Pero seguro que es un buen chico. No te preocupes.

—Yo también lo creo.

—No vas a pillar siempre a un caradura.

Se puso roja por tercera vez.

—Espero que no.

—Anda, tranquila.

—Gracias, señor Mascarell.

—No me las des. Y que conste que me alegro. Pero, ¡como se te ocurra irte, te mato!

—¡No, no! —Se apresuró a tranquilizarle—. Que yo aquí estoy muy bien, señor, se lo juro.

—Entonces perfecto. —Se acercó a Raquel para darle un beso final. Luego a Patro, en la mejilla—. Os espero en casa.

—Bien. —Lo envolvió con una caricia visual.

La niña se quedó un poco seria al verle salir por la puerta, hasta que su madre le dijo algo que Miquel ya no pudo escuchar.

Echó a andar calle Gerona arriba.

Pasó Aragón, sin otro tren por las vías; vio a mano izquierda el bullicio del mercado y alcanzó su esquina. La portera le saludó según su costumbre, con un gruñido que podía ser cualquier cosa. Subió hasta su rellano y se metió en casa.

Su seguro de vida.

Aunque al día siguiente, de nuevo, tuviera que volver a la calle, para meterse en su enésimo lío.

—Fortuny, Fortuny... ¿qué diablos descubrió, hombre?

Primero fue a la habitación y se puso cómodo. Después recogió un pequeño bloc de la cocina, donde apuntaba lo que hacía falta, y con él y un lápiz se dirigió al comedor. Se sentó en la mesa y cerró los ojos.

Escuchó la voz de David Fortuny.

—«Tengo un padre que quiere que siga a su hijo. Teme que ande con malas compañías. Al parecer, el chico, universitario y todo, es retraído, habla poco, y el hombre no consigue sacarle ni media palabra. El hombre se llama Leonardo Alameda y vive en la calle Balmes 391. El segundo caso es el de un marido celoso. De lo más típico. Él le dobla la edad a la mujer y sospecha que ella le es infiel. Ése vive en la calle Juan Blancas 50 y se llama Esteban Cisneros. El tercer encargo me lo han hecho unos abuelos, los señores Domènech, que viven en Baja de San Pedro 62. Creen que les robaron a su nieto al nacer. Su hija era madre soltera y murió en el parto. A ellos les dijeron que el bebé también había fallecido, pero no les enseñaron el cadáver, al parecer, por las malformaciones. Han pasado ocho años y han oído rumores de otras personas con casos parecidos en la misma clínica. Quieren saber más, naturalmente, y me han pedido que investigue por si, en efecto, les robaron al niño.»

Un hijo presumiblemente descarriado, una esposa tal vez

necesitada de algo más y unos abuelos dormidos que despertaban de un doloroso letargo y pedían respuestas para su desasosiego.

¿Por dónde empezar?

Y, sobre todo, ¿cuál de ellos o de sus investigados sería capaz de querer asesinar a Fortuny? ¿El joven para que no des-
velara un secreto? ¿La esposa o el posible amante para salva-
guardar sus vidas? ¿Los responsables del incierto robo de un
recién nacido?

David Fortuny había ido a pedirle ayuda, porque tres casos de golpe eran excesivos para él.

Y ahora los tres casos eran suyos.

Partiendo de cero.

¿O los implicados estarían sobre aviso?

Se levantó para buscar una guía de Barcelona. Era vieja,
pero útil. Ubicó las tres direcciones en el mapa y luego ya no
supo qué más hacer.

Le esperaban días difíciles.

Otra vez caminando o en taxi, metro o autobús, arriba y
abajo de Barcelona.

Lo último que hizo mientras esperaba a Patro y a la niña
fue poner la radio y sentarse en su butaca, para cerrar los ojos
y dejarse llevar por la música.

Le fue imposible no emocionarse con el *Concierto para
violín* de Chaikovski.

Día 3

Viernes, 5 de octubre de 1951

11

Su reloj marcaba las diez y media de la mañana, en punto, cuando salió de casa, ya desayunado.

Dos casos implicaban seguir a personas. El tercero precisaba una investigación en toda regla. Dos requerían tiempo. Uno paciencia.

Por lo menos ya sabía por dónde empezar.

La calle Juan Blancas, donde vivía el marido celoso, quedaba cerca de la plaza Joanich, al final de la calle Bailén y después de la Travesera de Gracia. El número de la calle Balmes, la casa del padre que quería que siguiera a su hijo, se correspondía con la parte alta, al lado de la plaza Núñez de Arce. Y el piso de los señores Domènech, los abuelos, estaba casi en el otro extremo de éste, en el dédalo de calles ubicadas a la derecha de la Vía Layetana.

Trabajando contra reloj, una vez más, no era momento de ir a pie o esperar tranvías, autobuses o metros.

—¡Taxi!

El conductor frenó en seco, a su altura. Una moto con sidecar, casualmente parecida a la de David Fortuny, tuvo que esquivarle. Le gritó algo que el petardeante ruido del motor de su velocípedo ahogó. Una vez sentado, Miquel se encontró con una sonrisa como la del gato de Cheshire. Detrás, había una cara.

—¿Adónde le llevo, caballero?

—Baja de San Pedro 62.

—¡Como si ya estuviera allí, oiga!

El taxi se puso en marcha.

Fue un trayecto instructivo. Miquel se enteró del tiempo que iba a hacer los próximos días, de que la lesión de Kubala le impediría jugar en Santander el domingo y que eso sería un enorme lastre para el Barcelona, y hasta de lo que iban a estudiar las dos hijas del taxista. Cuando el coche se detuvo en su destino, Miquel ya tenía dolor de cabeza. La sonrisa le despidió, acentuándose todavía más con la propina.

—Para los estudios de sus hijas —le dijo irónico.

—¡Gracias, caballero! ¡Que pase un buen día!

—Eso depende —musitó en voz baja, para sí mismo.

Miró el número 62 de la calle Baja de San Pedro. Una casa vieja próxima a la demolición para dejar lugar a una más nueva. Ley de vida. Era estrecha, apenas unos metros de fachada, y, desde luego, no había portera. No cabía. Si los señores Domènech vivían allí significaba muchas cosas, entre ellas que debían de haber ahorrado mucho para permitirse el lujo de pagar a un detective privado que les sacara de dudas acerca del posible paradero, o no, de su nieto en teoría nonato.

—Vamos allá, Miquel —se animó a sí mismo.

Volvía a la carga.

A ser inspector de policía.

El último desaliento se le borró al recordar al herido, entubado y comatoso David Fortuny, quizá en peligro de muerte como presumía Amalia.

Subió al primer piso encaramándose por una escalera oscura hecha de losas de mármol gastado y combado. Llamó a la única puerta y esperó. Al otro lado apareció una mujer de rostro seco y serio, tan desarreglada que parecía recién salida de un combate de lucha libre. Miquel no esperó a que le cerrara la puerta en las narices.

—¿Los señores Domènech?

—Arriba, en el segundo.

—Gracias y per...

La puerta se cerró.

Subió al segundo piso. Tocó el timbre y esperó diez segundos antes de intentarlo de nuevo.

Luego, aplicó el oído a la madera.

Silencio.

—Ya empezamos —gruñó.

Regresó al primer piso y se armó de valor al llamar de nuevo a la puerta de la mujer seca y seria.

Su cara, de todas formas, no varió un ápice al encontrarse otra vez con él.

—Perdone, es que no hay nadie en el piso. ¿Sabría decirme si trabajan, si pueden estar en otra parte o a qué hora regresan?

Ella subió y bajó los hombros.

—Ninguno de los dos trabaja y él tiene una enfermedad de esas largas, con la baja para siempre —dijo—. Si no están arriba, estarán de paseo, no sé. A mí desde luego no me comentan a dónde van.

Tiempo perdido.

Se lo agradeció y regresó a la calle.

Le faltaban los otros dos seguimientos. La calle Juan Blancas quedaba más cerca, pero pensó que mejor subir hasta la parte alta de la ciudad y luego bajar.

Tomó otro taxi y le dio la dirección de la calle Balmes.

El segundo taxista del día era de los callados.

Sin darse cuenta, y mientras pensaba en lo complicado que sería meterse en tres casos a la vez con la amenaza de lo que le había sucedido a Fortuny, llegó a su destino.

Leonardo Alameda vivía mejor. El edificio mostraba cierta clase. Y, por supuesto, había portera. No sabía el piso, así que fue directo hacia ella. Lo recibió escoba en mano. La sostenía igual que si fuera un arma.

—¿El piso del señor Alameda?

—El tercero —le informó la mujer, aunque a continuación le cortó las alas—: Pero ahora no están, ni él ni su hijo. Andan por fuera.

—¿Fuera de Barcelona?

—Quiero decir fuera de casa. El señor en su trabajo y el chico en la universidad.

—Vaya. —Puso cara de quedar afectado por el contratiempo.

—¿Quiere que le dé algún recado?

—No, no. Ya volveré. —Se revistió con su mejor piel de cordero al agregar—: El hijo del señor Alameda se llama Carlos y es muy alto y delgado, ¿verdad?

La cara de la portera fue de extrañeza.

—No, señor. Se llama Eduardo y es más bien bajo, cara redonda...

—Pues sí que estoy yo al día, perdone. ¿Qué horas son buenas para verlos?

—El señor Alameda sale sobre las ocho y media de la mañana para ir a su despacho en el Gobierno Civil y no vuelve a casa para comer. Suele regresar sobre las siete de la tarde. El señorito Eduardo sale un poco después, a las ocho y cuarenta y cinco. Él sí viene a comer. Luego vuelve a irse, por lo general a eso de las tres, y ya no tiene una hora fija para regresar a casa. Depende del día. Yo cierro la portería a las ocho y media y muchas veces no le veo.

—¿Y la señora Alameda?

Pregunta inoportuna. A la mujer se le ensombreció la cara.

—Murió hace tres años, señor. —Ahora le escrutó con dudas—. ¿Por qué me hace tantas preguntas?

—Oh, perdone. —Juntó las manos como si fuera a rezar—. Para ponerme al día. Hace mucho que no sé de ellos. He estado viajando y... bueno, ya sabe lo rápido que pasan los años a veces.

—Y que lo diga. —Asintió con la cabeza.

—Ha sido muy amable, gracias.

Se retiró antes de que ella reaccionara y le preguntara su nombre.

Luego se alejó calle Balmes abajo.

Dos fracasos.

¿Leonardo Alameda trabajaba en el Gobierno Civil?

¿Y contrataba a un detective para seguir a su hijo?

Tuvo un ramalazo de inquietud.

El Gobierno Civil no era el mejor lugar del mundo. No en una dictadura.

Le quedaba probar con el marido celoso.

Tercer taxi.

Mezcla de los dos primeros, para compensar. No era hablador, pero tampoco de los callados como tumbas. Intentó hacer un par de comentarios sueltos y, como no obtuvo la respuesta adecuada por parte de su cliente, acabó cerrando la boca. Miquel se lo agradeció.

Si tampoco conseguía nada en su tercer intento...

Miró por la ventanilla. Patro le había pedido que tuviera cuidado. El beso y el abrazo habían sido distintos esa mañana. El beso y el abrazo del que se va a la guerra, no de paseo aprovechando el sol del comienzo del otoño. Si a David Fortuny le querían muerto, era por algo.

Pero ¿qué?

La casa de la calle Juan Blancas estaba a medio camino de las otras dos. Ni tan lujosa como la de Leonardo Alameda ni tan humilde como la de los señores Domènech. Un edificio regio, con algunos años pero buena estructura. Si en la primera no había portera y en la segunda sí, aquí se encontró con un hombre, aunque no llevaba una bata de trabajo ni un uniforme. Pasaba el rato sentado en la entrada de la portería, leyendo una novela.

Se puso en pie al verle aparecer.

—¿Los señores Cisneros? —Miquel se dirigió a él con su mejor elegancia.

—En el último piso, la primera puerta, señor.

—¿Están en casa?

—La señora Milagros sí.

—Gracias.

—¿Va a subir? —Le detuvo el hombre.

—Sí, claro.

—Es que como está la señora sola...

Fue un comentario absurdo. Sonó más bien a carcelero celador en guardia. El portero, sin embargo, lo acababa de decir en serio.

—Pues... sí, voy a subir —dijo Miquel sin ocultar su desconcierto—. ¿Algún problema?

—No, no. —Retrocedió un paso—. Perdone.

Lo dejó atrás, tomó el ascensor y subió al último piso.

¿Le había pedido Esteban Cisneros al portero que vigilara también a su mujer?

¿Paranoia o...?

Antes de llamar a la puerta, tomó aire. Iba a descubrirse precisamente frente a la mujer a la que debía de seguir en secreto, sin que se diera cuenta. Si fuera detective de verdad se habría apostado cerca de la puerta de la casa para seguirla.

Lo malo era el tiempo.

¿Y si no salía de casa en todo el día?

Además, ni siquiera sabía el aspecto físico de la señora Cisneros; y, con suerte, había arrancado una somera descripción de Eduardo Alameda.

Muy poco.

La mujer que le abrió la puerta tendría unos veintipocos años y sí, en efecto, parecía un ángel, cuerpo menudo, grácil, delgada, escaso pecho, piel blanca, muy femenina y delicada. Guapa.

Guapa a pesar del ojo morado, ya ligeramente violáceo, la

94

comisura izquierda del labio con un corte y los moratones en el cuello, como si alguien hubiera querido ahogarla.

Tuvo que hacer un esfuerzo para mantener la calma.

—¿El señor Cisneros? —Fingió no saber que él no estaba en casa.

—A esta hora está en el taller —dijo ella con voz débil y apagada, aguantando la vergüenza de su aspecto.

—¡Oh, vaya! —Miquel hizo un desmedido gesto de rabia—. No sabía...

—¿Le doy algún recado cuando regrese?

—No, no. Iré al taller y listos. ¿Me da las señas, por favor? No le preguntó para qué.

Únicamente quería cerrar la puerta, volver al silencio y la soledad de su piso.

Porque si algo denotaba su figura, era eso: soledad.

—Calle Neptuno, subiendo a mano derecha, un poco más arriba de la plaza Narciso Oller.

—¿Y el taller es...?

—De corte y confección.

—Perdone que le haya molestado. Ha sido muy amable.

—No es ninguna molestia. Buenos días.

La señora Cisneros, Milagros, cerró la puerta.

Dos mundos separados por una hoja de madera.

Miquel tardó en reaccionar. Tardó en regresar al ascensor. Tardó en descender de nuevo al nivel de la calle, saludar al portero y salir al exterior para respirar un poco.

¿Era ésa la mujer a la que debía seguir? ¿La mujer infiel?

Aunque lo fuera, que un hombre pegara a su esposa le parecía lo más repugnante que...

Apretó los puños.

—Fortuny, ¿cómo tiene estómago para hacer según qué? —se dijo a sí mismo.

Necesitaba ver algo.

Le dio al cuarto taxista de la mañana la dirección del taller de Esteban Cisneros: plaza Narciso Oller. Una vez en ella, subió a pie por Neptuno. El lugar no era muy grande, una planta baja con una entrada acristalada. El nombre tampoco resultaba de lo más original: Corte y Confección Cisneros. Tres grandes letras C conformaban el logotipo. Algún gracioso le había añadido una P al final, no tan borrada como para que no fuera visible.

CCCP.

La vieja Rusia sobrevolaba todavía por la España de Franco.

Esteban Cisneros tenía un negocio propio.

Una mujer propia.

Seguía sin saber muy bien qué estaba haciendo, pero ya no se detuvo. Cruzó la entrada acristalada y se encontró en una oficinita minúscula, sin nadie detrás de la mesa. Una puerta medio abierta, a la derecha, permitía ver el taller propiamente dicho. Una docena de operarias, vestidas con la misma bata de color azul claro, cosían a mano y con máquina las prendas que allí confeccionaban. El traqueteo de las máquinas no le impidió escuchar unos gritos.

—¡Os voy a mandar a todas a la puta calle! ¿Me oís? ¡No sois más que una pandilla de gandulas! ¡A mí cada hora me cuesta dinero! ¿Quién ha sido la responsable de esto, eh? ¡Os juro que mato a la que sea, mierda, mierda, mierda!

Las operarias seguían con la cabeza baja. Ninguna se atrevía a levantarla.

Miquel se movió un poco, para ver al responsable de los gritos.

Esteban Cisneros estaba lívido a causa de su monumental enfado. Le calculó el doble de edad que su esposa, cincuenta y cinco años más o menos, como le había dicho Fortuny. Rostro enrojecido por la furia, escaso cabello en la cabeza, bigote oscuro, papada creciente, mangas de camisa, pantalones excesivamente subidos y tirantes.

A su lado, una muchacha lloraba.

El último grito fue el peor. Hizo que todas brincaran en sus asientos. Luego desapareció como una furia del hueco por el cual le veía Miquel y se escuchó casi de inmediato el estruendo de un portazo.

La muchacha que lloraba, diecinueve o veinte años, regresó a la entrada.

Se encontró con él.

—¿Señor? —balbuceó tratando de recomponerse.

Miquel quiso marcharse cuanto antes.

—Perdone —le dijo—. Ya veo que me he equivocado. Lo siento.

La empleada se quedó donde estaba.

Envuelta en su infinita tristeza.

Una vez en la calle, Miquel echó a andar con la cabeza baja, mirando el suelo aunque sin verlo.

12

Cuando le pidió al taxista que le llevara al Gobierno Civil, en la plaza Palacio, el hombre se quedó sin sonrisa y le observó lleno de cautelas. Era mayor, casi sesentón, así que habría sufrido de alguna forma los embates de la guerra.

Quizá en el banco perdedor.

En el salpicadero del vehículo, Miquel vio las fotos de una mujer y seis chicos y chicas de diversas edades.

Por una vez, el que preguntó fue él.

—¿Son todos suyos?

—Sí, señor.

—Familia numerosa.

—Ya ve. —Se encogió de hombros—. Y la Pilar vuelve a estar embarazada. —Señaló la foto de su esposa, una mujer de apariencia frágil—. Yo no sé ya ni cómo lo hacemos, pero es lo que hay.

—Hombre, tanto como lo que hay... —bromeó Miquel.

—La hermana de mi mujer ya va por los nueve, y total, se llevan dos años.

—¿Hacen una carrera o qué?

—No, pero seguro que acabarán en El Pardo, tomándose la foto con Franco. Desde luego, no van a parar. —Chasqueó la lengua—. ¡No vea la de horas que he de echarle yo al taxi!

—Le echará muchas, pero ya veo que tiene tiempo de pasarse por casa.

El hombre soltó una carcajada.

Miquel se preguntó de dónde sacaba su súbito buen humor. ¿Él le daba cháchara a un taxista?

—Dios da, mire —dijo el conductor.

—Dios dará, pero el que ha de mantenerlos es usted.

—Ahí le doy la razón. Pero bueno... —Otro encogimiento de hombros—. Mientras haya salud para todos y la gente necesite taxis para ir más rápido...

Ya no hubo más.

Salieron de la Vía Layetana, giraron a la izquierda y llegaron a la plaza Palacio. Como si tomara conciencia de la situación, la propina fue en este caso un poco mayor. El taxista se lo agradeció efusivamente. Luego le vio alejarse unos metros, hasta que le detuvo otro pasajero.

Miquel miró el edificio.

Esteban Cisneros no había resultado ser la mejor de las personas.

Leonardo Alameda...

Quería conocer a los que habían contratado a Fortuny. Partir de cero. No sólo importaban los perseguidos, también los perseguidores. Si al detective no le interesaba otra cosa que los resultados, hacer su informe y cobrar, él era distinto.

Quizá porque no se sentía detective, ni nunca se sentiría como tal. Era inspector de policía.

Ex inspector de policía.

Un padre preocupado y un marido celoso y maltratador quizá no fueran las víctimas.

Y más después de haber visto a la señora Cisneros.

No buscaba nada en concreto, únicamente ver, descubrir, asimilar, percibir lo invisible y fiarse de su intuición. Pese a ello, sabía que era un riesgo. El Gobierno Civil no era precisamente un balneario. Allí se respiraba franquismo por los cuatro costados.

Todavía se le erizaba el cogote cuando se daba de bruces con la realidad imperante.

—¿El señor Alameda?

El uniformado empleado se lo dijo sin el menor entusiasmo.

—Primer piso.

—¿Puede decirme cuál es su cargo?

—¿El mío?

—No, el del señor Alameda.

—Ah. —Se quedó tal cual, de pie, estático—. Es el señor director.

—¿Director de Gobernación...?

—No, no. Director general de Asuntos Sociales.

Le dio las gracias y enfiló la escalinata que conducía a la primera planta. Había personas por todos lados, yendo y viniendo, portando carpetas o hablando entre sí. Una actividad en apariencia febril.

Miquel se preguntó cómo se llevaba una ciudad o una provincia desde allí, sin nada que ver con la alcaldía, sólo con el peso de la bota de la dictadura.

Esta vez le preguntó a una mujer muy bien vestida y arreglada, de mejillas sonrosadamente redondas y ojos limpios.

Fue rápida.

—¿Ve a esos hombres? —Señaló con la barbilla a un grupo formado por tres personas—. Pues el señor Alameda es el de la camisa azul.

—Muy amable. Gracias.

La mujer le regaló una sonrisa y siguió su camino.

Miquel se quedó quieto.

Aunque no se acercó a los tres hombres.

Miró a Leonardo Alameda, el hombre que hacía seguir a su hijo. No era únicamente la camisa azul, todo un símbolo. También lo retrataban el yugo y las flechas de la insignia en la solapa, el bigotito fino y recortado, el cabello peinado, más bien planchado, hacia atrás, y el inequívoco aire joseantoniano de su rostro y su figura.

Hablaba con voz fuerte, estentórea.

Y reía con desparpajo.

Podía ser director de lo que fuera, pero daba la impresión de ser mucho más. Un ministro por lo menos.

Miquel tuvo suficiente.

En menos de un minuto ya estaba de nuevo en la calle, caminando por la plaza Palacio sin rumbo porque los pensamientos le zumbaban en la cabeza.

Comprobó la hora.

Primero buscó un bar con teléfono público. Lo encontró al otro lado del paseo de Isabel II. Pidió una ficha y marcó el número de la mercería. Teresina descolgó antes de que se extinguiera el segundo zumbido. Su voz por teléfono siempre resultaba jovialmente alegre.

—¿Dígame?

—Soy yo —se limitó a decir—. ¿Está mi mujer?

—Le está dando el pecho a Raquel. Ahora le...

—No, no, déjala, no se le corte la comida a la niña —la detuvo—. Dile que no iré a comer. Más o menos ya lo imaginaba, pero así se queda tranquila.

—De acuerdo, señor Mascarell.

Colgó el auricular y salió del bar. Era temprano para comer. Compró *La Vanguardia* en el quiosco y paró un taxi. Ya no tenía prisa, disponía de tiempo, pero según cómo fuera el día, podía acabar cansado, así que mejor reservar fuerzas. Le dio al taxista la dirección de Leonardo Alameda y se hundió en el asiento con pocas ganas de hablar.

Empezaba a tener malos pensamientos.

Y eso que le faltaba conocer a los abuelos Domènech.

El trayecto fue silencioso mientras volvía a cruzar Barcelona desde la zona marítima hasta casi la parte final de la calle Balmes. No abrió el periódico. Prefirió mirar por la ventanilla. A veces levantaba la cabeza y contemplaba las casas, algo que no solía hacer de joven. Muchas personas pasaban a diario por delante de edificios maravillosos sin verlos, sin reparar en ellos. Era como vivir de espaldas a la ciudad. Y luego, en una fotografía, en el mismo periódico, uno se preguntaba dónde estaba esa casa sin darse cuenta de que la veía a diario.

Descubría otra Barcelona.

La de la dictadura, sí. La gris y oscura, sí. La conquistada pero no reducida, sí. Pero también la que renacía poco a poco y, en ocasiones, brillaba ya como en otros tiempos.

El taxista conducía calle Balmes arriba.

Se veía el Tibidabo.

No visitaba la montaña desde que Roger era niño.

Cuando el taxi le dejó a veinte metros de la vivienda de Leonardo Alameda, buscó un bar o un restaurante cercanos. Encontró el lugar adecuado para tomar algo caliente por debajo de la plaza Núñez de Arce, en la calle Pintor Gimeno. Era un local pequeño, discreto, no muy bien iluminado, así que se sentó a una mesa al lado del ventanal. Dada la hora, todavía no había demasiada gente. Una camarera menuda, de buena circunferencia y enormes cejas, se le plantó delante para preguntarle qué quería. El recitado de los posibles platos lo hizo a la carrera, como muchos camareros aburridos. Miquel escogió una sopa de legumbres y un pescado, pan y agua. La camarera lo dejó solo y entonces sí abrió *La Vanguardia*.

La dejó a los cinco minutos, cansado de ver siempre lo mismo, cuando la sopa aterrizó delante de él.

Estaba buena.

Mientras terminaba con ella, en la mesa vecina se sentó una anciana de piel apergaminada y cuerpo encorvado. Podía tener tanto ochenta como noventa años. No la había visto entrar. La mujer llevaba un grueso álbum en las manos.

Cuando lo abrió, Miquel se dio cuenta de que era un álbum de fotos.

Todas meticulosamente enmarcadas o pegadas en las hojas de cartulina de papel oscuro.

Se concentró en la sopa, sin caer en la tentación de ser grosero y mirarla.

Hasta que, de pronto, la anciana se dirigió a él.

—¿Ve? —le dijo sin más—. Éste es mi hijo Roberto.

Le mostraba el álbum, vuelto en su dirección para que pudiera ver las imágenes.

—Ah. —No supo qué decir.

—Y éstos son mis nietos, Francisco, Laura y Ernestina.

—Muy guapos.

Intentó dedicarse a la sopa.

—El primero ya va a la universidad —siguió hablando la anciana—. Y Laurita pronto contraerá nupcias. Con un chico de muy buena casa, ¿sabe?

No había nadie más cerca.

Estaba acorralado.

La anciana pasó una de las hojas de cartulina.

Puso el dedo sobre el retrato de una joven sonriente y guapa.

—Ésta soy yo, hace mucho.

La fotografía no parecía tener sesenta o setenta años, pero no dijo nada. Siguió comiendo la sopa. Le quedaban menos de cinco cucharadas.

Entonces reapareció la camarera.

—¡Abuela! —Pareció enfadarse—. ¿Qué hace aquí?

La respuesta fue de lo más natural.

—Le enseño el álbum a este señor.

—¡Venga, va, por Dios! —La chica le cerró el álbum y la ayudó a levantarse de la silla con cuidado—. ¡Ya sabe que a esta hora empieza a venir gente para comer, y que no puede salir de dentro! ¿Cómo he de decírselo? ¿No ve que los señores quieren estar tranquilos?

—Yo no le molestaba, ¿verdad? —se dirigió a él.

—No, no, claro.

—¿Lo ves?

La muchacha ya se la llevaba. La condujo hacia la cortinilla que separaba el local del interior, posiblemente una vivienda. Desaparecieron por ella las dos, una con sus reproches y la otra con su naturalidad ajena a la realidad impuesta por los años.

Se terminó la sopa.

Tragaba la última cucharada cuando la camarera reapareció un poco atribulada.

—¡Ay, señor, perdone! —se excusó—. Si es que a la que nos descuidamos...

—No pasa nada, tranquila.

—Siempre lleva ese álbum encima, y lo enseña a todo el mundo, la pobre.

—Es natural. —Le quitó importancia Miquel.

—Si ni siquiera es su familia, ¿sabe? Los perdió a todos en la guerra. Marido, tres hijos y una hija, con sus esposas y el novio de la hija. A unos en el frente, a otros en bombardeos... Se quedó sola y ya... —Se llevó una mano a la cabeza y movió un dedo en círculo delante de la sien—. La pobrecilla... Si no fuera porque el dueño del bar es su sobrino, a saber dónde estaría.

—¿Dice que las personas del álbum no son las de su familia? —vaciló Miquel.

—No, qué va. Lo compró hace un par de años en el mercado de San Antonio, un domingo que él la sacó a pasear y se empeñó en ir allí. Lo vio en un puesto de postales y fotos antiguas y ya no hubo forma de quitárselo de las manos. Se aferró a la idea de que eran los suyos y así ha seguido todo este tiempo. —La chica le recogió el plato de la mesa—. Bueno, total, el álbum costó apenas unas pesetas, y si ella se lo cree y es feliz... Pero da pena, ¿sabe? Tener que inventarse una familia porque en la guerra lo perdió absolutamente todo... —Dejó de hablar al ver la palidez de Miquel y entonces cambió el tono para preguntar—: Señor, ¿se encuentra bien?

Miquel tuvo que reaccionar.

—Oh, sí, sí, perdona, lo siento. Es que la historia es...

—Triste, lo sé. ¿Le sirvo ya el pescado?

—Sí, por favor.

—Enseguida vuelvo. Verá cómo le gusta. Lo han traído esta mañana mismo. Anoche seguro que estaba tan tranquilo en el mar, el pobre.

Lo dejó solo.

Solo con sus fantasmas.

Intentó ver a Roger y a Quimeta en su mente y no pudo.

13

Comenzó la guardia a las dos y media en la acera opuesta a la de la casa donde vivían los Alameda. Ni en sus peores tiempos de policía había hecho excesivas guardias. Y si era el caso, las hacía en el coche, sentado.

Ahora estaba de pie.

No quería sentarse en el bordillo de la acera. Acabaría hecho un cuatro.

Paseó unos metros arriba, otros abajo. Siempre sin dejar de mirar el portal de la casa. Trataba de no pensar en la mujer del álbum de fotos, pero le costaba no hacerlo y olvidarse de ella. Le había impactado. Él podía ser aquella anciana unos años después.

Sin recuerdos.

Sin fotografías familiares.

—Te estás obsesionando con esto —rezongó para sí mismo.

Una obsesión más.

Ya perdía la cuenta de todas ellas.

Pasos arriba, pasos abajo. Podía ojear el periódico, pero a lo peor se distraía y no veía salir a su objetivo.

Cerca de él vio a un mendigo. Escudriñaba el suelo. De pronto, el hombre se agachó para recoger una colilla. Tenía al menos dos centímetros de tabaco por encima del filtro, porque era una colilla de calidad. La contempló como si se tratara de una pata de pollo, sacó una cajita metálica, la abrió y la metió dentro. Desde la escasa distancia, Miquel calculó que en la cajita debía de haber no menos de otra docena de colillas.

Suficientes para liarse un pitillo entero.

Vio alejarse al mendigo, siempre con la vista fija en el suelo.

No se agachó de nuevo.

Las dos cuarenta y cinco.

Evocó la vieja imagen del mercado de San Antonio, *Els Encants*, donde los domingos por la mañana cualquiera podía rebuscar en sus paradas lo que quisiera, libros viejos, colecciones de cromos, sellos, vitolas de puros, postales antiguas, tebeos, revistas, recuerdos...

Álbumes de fotos.

Familias desaparecidas, con un pasado puesto a la venta.

Y siempre alguien, como la anciana del bar, dispuesto a pagarlo.

¿Cuántos locos había dejado la guerra?

Se sintió un poco triste.

Pensó en Patro y en Raquel.

Se animó.

Pasaba unos malos días, eso era todo. ¿Cómo iba a olvidar a Roger o a Quimeta? Estaban allí, con él, en su memoria. Ni aunque viviera cien años...

Las tres menos cinco.

Dejó de pasear y se apoyó en la pared. Tenía que estar preparado. Si Eduardo Alameda hacía acto de presencia y echaba a andar, debería mantener su ritmo. El ritmo de un chico joven. Y lo mismo si se subía a un taxi o a un autobús. Seguir a una persona requería de mucha habilidad.

Las tres.

¿Cuánto hacía que no se daba una vuelta por *Els Encants*?

Le gustaba el ambiente, siempre se había comprado algo. Y lo mismo Roger y Quimeta.

Antes de la guerra nadie vendía sus álbumes de fotos.

Estaban vivos.

El hombre de las colillas volvía a bajar por la calle. Parecía feliz. Miquel imaginó que la cosecha era buena. Le vio sonreír un momento, sin más, y por sus labios finos y secos asomaron dos dientes, uno arriba y otro en la mandíbula inferior. La ropa daba la impresión de estar acartonada, por lo sucia. De haber fumado, le habría ofrecido un cigarrillo.

Las tres y cinco.

Eduardo Alameda salió del portal de su casa.

Bajo, cara redonda.

¿Habría más chicos bajos y de cara redonda, que salieran de casa a las tres de la tarde, viviendo en el mismo edificio?

Tenía que arriesgarse.

Miquel no tuvo que cruzar la calzada. Lo hizo el hijo de Leonardo Alameda. Le vio venir de cara y despistó fingiendo atarse un zapato, aunque el chico ni reparó en él, inmerso en sus propios pensamientos. Una vez en la acera, caminó a buen paso en sentido descendente. Llevaba unos pantalones de color marrón, una camisa blanca y un jersey liviano por encima. Todo muy discreto. Miquel le dio un margen de diez metros.

No fue un trayecto largo. El muchacho se metió en la boca del suburbano.

Miquel aceleró el paso.

No tuvo que preocuparse por si se acercaba demasiado. Su perseguido parecía ajeno a todo, la mirada perdida, el semblante serio. Compró un billete y se guardó la cartulina en el bolsillo. El perseguidor hizo lo propio. Tras llegar al andén guardó una distancia prudencial. El metro tardó dos minutos en aparecer. Lo abordaron y Miquel aprovechó el trayecto para sentarse.

Eduardo Alameda se bajó en la última estación, plaza de Cataluña. Salió al exterior y, ahora sí, aceleró un poco el paso. A unos diez metros de distancia, Miquel empezó a jadear. Peor fue al llegar a la Ronda de San Pedro, porque inesperadamente echó a correr.

—¡Maldita sea!

El chico se subió al tranvía de la línea 42, que estaba a punto de arrancar de la parada. Miquel hizo un último esfuerzo para no perderlo. Aceleró, alargó la mano, se sujetó y puso un pie en el estribo en el último momento. Tanto que estuvo a punto de resbalar y venirse abajo. Un pasajero le sostuvo por si acaso.

—Pero hombre de Dios, tenga cuidado —le recriminó.

—Es que... lo perdía... —Trató de justificarse.

—Ya, pero mejor esperar otro que pasar por el hospital. —Se puso en plan seráfico su presunto salvador—. Cuando ya no se tienen veinte años...

Miquel se sintió irritado por el reproche, pero prefirió callar. Se trataba de pasar desapercibido. Eduardo Alameda no se había dado cuenta de nada y ya estaba en mitad del tranvía, sentado a la derecha. Miquel pagó y se sentó a la izquierda, resollando.

Al contrario que con el metro, esta vez el trayecto fue largo.

Ronda de San Pedro, Roger de Flor, paseo Pujadas, calle Pedro IV...

Tuvo tiempo de escrutarle.

A primera vista, no parecía un mal chico. Su aspecto era de lo más normal. Universitario, discreto, apariencia agradable... Cuando el tranvía fue llenándose y hubo pasajeros de pie, le cedió el asiento a una mujer. Así que también era educado. Se quedó cogido a la cinta y siguió inmerso en sus pensamientos.

Sin darse cuenta, Miquel también acabó perdido y enredado en los suyos, todavía bajo el impacto de lo sucedido en el bar, con la anciana del álbum de fotos.

¿Qué habría sido de sus propias cosas, los muebles, los recuerdos?

¿Por qué no se lo preguntó a la mujer que ahora vivía en su viejo piso, cuando estuvo allí en julio del 47?

Estaba abrumado, sí. Y lleno de recuerdos, emociones,

aplastado por su nueva realidad, solo, perdido, pero, aun así, ¿por qué no se lo preguntó?

Acabó reaccionando cuando Eduardo Alameda se movió en dirección al estribo de salida.

Sólo bajaron ellos dos. La parada era la de Pedro IV con Almogávares. Miquel se dio cuenta de que aquélla era la zona por la que, un año antes, en agosto, había buscado a Patro. El gimnasio Castor quedaba cerca, en la calle Granada. Su perseguido, de nuevo a buen paso, subió por la paralela, la calle Llacuna.

Ahora, Miquel le concedió veinte metros, porque estaban solos. Ni siquiera había tráfico.

Eduardo Alameda rebasó los cruces de Llacuna con Sancho de Ávila y Tánger. Más arriba, las calles ya perdían su forma. Solares vacíos a la espera de construcciones de nuevo cuño, viejas ruinas de edificios ya obsoletos, vallas cercando los terrenos... Una Barcelona desconocida y apartada, secreta y silenciosa.

Y, de pronto, el muchacho desapareció.

Se metió por el hueco de una valla, a su izquierda, y dejó de verle.

Miquel echó a correr.

No se precipitó por el mismo espacio. Primero introdujo la cabeza para ver el lugar. Eduardo Alameda caminaba por entre un montón de escombros, manteniendo el equilibrio. Donde no había restos había tierra, matorrales y algún que otro intento de árbol reseco y sin hojas. No muy lejos, una segunda valla separaba el solar de una construcción en ruinas.

Ya era demasiado tarde.

Su perseguido llegó hasta esa valla y, ágilmente, se subió a ella a pulso y cayó del otro lado.

—Lo que faltaba... —rezongó él.

Se metió por el hueco, con cuidado, para no rasgarse el traje, y siguió la misma ruta que el chico, haciendo equilibrios de manera ridícula por encima de los cascotes y la tierra. Al llegar a la valla comprendió que salvarla era una tarea difícil, por no decir imposible. Demasiado alta. Como lo había hecho su perseguido desde luego que no.

Sabía que le estaba perdiendo.

Buscó algo en lo que subirse. Seguía con el periódico bajo el brazo, así que se lo metió en el bolsillo de la chaqueta. Patro se enfadaba cuando lo hacía, porque decía que los deformaba. Encontró los restos de una caja y un par de machiembrados medio rotos. Calibró si aguantarían su peso y se arriesgó. Con ellos y la caja logró asomar la mitad de la cabeza, a la altura de los ojos, por la parte superior de la valla. Lo que vio era lo que esperaba: una casa en ruinas y ni rastro del muchacho.

Podía intentar salvar la valla, con mucho riesgo, y registrar las ruinas. Pero sin tener ni idea de lo que iba a encontrarse...

Lo meditó.

Por lo menos sabía a dónde iba Eduardo Alameda. Su secreto estaba allí, en alguna parte de los restos de aquel edificio.

La opción era regresar cuando él no rondase por allí, y así husmear más tranquilamente.

No le gustaba retirarse estando tan cerca, pero le pudo la prudencia. La valla era una frontera. La casa en ruinas, un desafío. Allí dentro, cualquier roce seguro que debía de sonar como un tiro. Si alertaba a su perseguido, quizá nunca descubriría qué hacía.

—Vete —se dijo a sí mismo.

Y se fue.

Con la cabeza llena de teorías, a cuál más fantástica, pero se fue.

¿Un ladrón? ¿Un anarquista? ¿Un pequeño revolucionario?

Bueno, por lo menos Leonardo Alameda tenía razón: su hijo no era trigo limpio.

¿Y si tenía novia?

Aunque... ¿tan lejos?

Salió del solar por el agujero de la primera valla, y caminó por la calle Llacuna rodeando la manzana para ver mejor el edificio en el que había desaparecido el joven. La valla, por delante, no era más alta, pero sí quedaba muy a la vista, de ahí que empleara la entrada menos evidente. Sin embargo, lo que tenía ahora delante de sus ojos eran los restos de una antigua fábrica. Probablemente el edificio de la parte de atrás correspondería a unas oficinas o despachos administrativos.

No le quedaban más opciones.

Pese a todo, no quiso rendirse.

Volvió a la primera valla, al agujero, metió la cabeza, no vio nada y se apostó en la acera de enfrente, disimulando lo que pudo, que no era mucho. Quizá Eduardo Alameda saliera en diez o quince minutos para ir a otra parte.

Quizá.

Media hora después tiró la toalla.

Regresó a la parada del tranvía, sabiendo que, por allí, taxis, ni uno. Mitad ofuscado, mitad preocupado, se reafirmó en la idea de que seguir a personas era un trabajo tan pesado como aburrido. De entrada, la espera. Después, los nervios de la persecución. El bueno de David Fortuny a lo mejor se lo pasaba bien con eso, pero él...

¿Más excusas para no colaborar con el detective en el futuro?

Su enfado consigo mismo aumentó.

—Primero, a ver si sale de ésta —gruñó.

Esperó el 42 casi diez minutos y quemó la impaciencia leyendo un poco más *La Vanguardia*. Iba a coger un taxi que vio acercarse a lo lejos cuando apareció el tranvía y se lo pensó mejor. Llegó bastante lleno, así que tuvo que hacer parte del trayecto de pie porque nadie le ofreció el asiento. Por otra parte, si alguien se lo hubiese cedido, probablemente se habría sentido molesto. Lo peor de cumplir años no era ser viejo, sino sentirse viejo y que los demás le vieran viejo a uno.

Reconoció que estaba de un humor de perros.

Incluso contempló con irritación a los demás pasajeros.

¿Qué pensaban? ¿Qué sentían?

Cuando se bajó en la última parada, la de la Ronda de San Pedro, echó a andar antes de detenerse a los pocos metros.

Ni siquiera sabía a dónde iba.

Repasó sus opciones y se dio cuenta de que estaba cerca de la casa de los Domènech.

Así que, ahora con el paso más firme, se internó por el dédalo de callejas cortas y enrevesadas que dominaban la parte alta del casco antiguo.

14

Cuando llegó a casa de los abuelos cruzó los dedos.

De momento, el día no estaba resultando para nada provechoso. Al parecer, David Fortuny había resuelto el embrollo en tres días. Un buen trabajo, sin duda. Y más tratándose de tres casos tan diferentes. Seguir a Eduardo Alameda o a la señora Milagros, la esposa de Esteban Cisneros, tarde o temprano le daría algunas respuestas a sus actividades. Pero los Domènech... Necesitaba que le contaran su historia, o no sabría por dónde empezar.

Subió al segundo piso.

Llamó a la puerta.

A los cinco segundos, ya se dio cuenta de que allí no había nadie.

Lo probó de nuevo.

Nada.

Reapareció su mal humor.

¿Bajaba al primero y volvía a preguntarle a la mujer que ya por la mañana le había dicho que no sabía dónde podían parar sus vecinos?

Optó por subir al piso de arriba.

Le abrió la puerta otra mujer, ésta ya mayor. Por detrás de ella, procedente de las entrañas del piso, escuchó el sonido de la radio a todo volumen. Era un consultorio. Probablemente el de Elena Francis. Una voz cadenciosa, armónica y, sobre todo, piadosa, le decía a una mujer «que tuviera paciencia, que él seguro que la amaba, y que su pérdida de interés podía ser ocasional, producto de un cansancio o apatía momentáneos».

—Perdone que la moleste...

—¿Sí?

—Estoy buscando a los señores Domènech. He venido esta mañana y no los he encontrado. Vuelvo ahora y lo mismo. ¿Podría decirme si sabe algo de ellos, dónde puedan estar, si regresan más tarde...?

—Pues no sabría decirle. —Envolvió la respuesta con una cara de pesar—. Trabajar no, porque él tiene la baja permanente y lleva años sin hacerlo. Ella a veces ayuda aquí al lado, en la costurera. Cose muy bien y le gusta. Cuando hay mucho que hacer, la dueña, la señora Mercè, la llama y de paso se gana unas pesetas. Pero no sé más. Yo salgo poco de casa, así que, como viven en el piso de abajo, no los veo entrar o salir.

—¿Y el señor Domènech, no va a algún bar cercano a tomarse un café...?

—No, no creo. No es de ésos. Son personas muy íntimas y discretas, muy buenos los dos. Siempre van juntos.

—No recuerdo sus nombres.

—Carlos y Julia.

—¿Usted conoció a su hija?

—¿Julieta? Sí, claro. Una chica estupenda, aunque tuvo mala suerte.

—¿Por lo de su embarazo y lo que pasó después?

La mujer se dio cuenta de que estaba hablando demasiado con un desconocido.

—¿Quién es usted? —Dejó de mostrarse amable.

—Un viejo conocido, nada más. Llevaba muchos años fuera, en la cárcel, a causa de la guerra.

—¡Oh! —Se le entristeció la cara.

La voz radiofónica, piadosa y regia, seguía insistiendo en

que «únicamente el amor, la paciencia y la dedicación plena a la causa matrimonial, harían que el esposo aburrido, o descarriado, recuperara la mejor de las predisposiciones para cumplir con sus deberes de marido».

—Gracias por todo, señora —se despidió amablemente.

—No hay de qué.

Bajó la escalera despacio, sobre todo porque estaba muy oscura y no quería descalabrarse, y al llegar a la calle miró a derecha e izquierda. La costurera quedaba dos portales más allá. Era un pequeño espacio en el que cosían tres mujeres y una cuarta planchaba. Ninguna era mayor. Ellas también oían la radio, el mismo programa, aunque con un volumen mucho más discreto. No hablaban, escuchaban.

Una de ellas se levantó al verle entrar.

—Buenas tardes, caballero. —Le sonrió.

—¿Es usted la señora Mercè?

—Sí, para servirle.

—Estoy buscando a la señora Domènech.

—¿Julia? Pues hace días que no la veo. ¿Por qué? ¿Quién es usted? —Se quedó un poco más seria.

Miquel perdió un segundo en responder.

—Yo...

—¿Es el detective? —preguntó la mujer con gravedad.

—Sí, soy el detective —aceptó.

—Me lo dijo. —La costurera bajó la voz—. Están tan obsesionados con el tema que ya ni descansan. Y no me extraña, ¿sabe? Se oye cada cosa que parece mentira que pueda ser verdad. Pero, si se dice, es que algo pasa. Cuando el río suena... ¿Seguro que no están en casa?

—No.

—Qué raro. No son de salir. Ni siquiera al cine. Llevan tiempo ahorrando para poderle pagar a usted. La policía no les hace caso. —Su rostro adquirió un marcado tono de gravedad—. Si supiera por lo que pasaron...

—¿Tan duro fue?

—¿No se lo contaron?

—Sí, pero es bueno escuchar otras versiones.

—No hay más que una versión. ¿Y duro? Ya me dirá. ¿A usted qué le parece? Primero se les queda embarazada Julieta, con diecinueve años, porque fíjese que la tuvieron tarde, ¿eh? ¡Un milagro para ellos! Luego el novio, un caradura, desaparece, y para postre madre e hijo mueren en el parto. Si es que no me diga que... Porque, a ver, ¿quién aguanta eso? ¡Nadie!

—Se agitó ella sola—. Esa niña era toda su vida, y pese a su desliz, la perdonaron. Otros la hubieran echado de casa. Ellos no. La perdonaron y decidieron salir adelante, con valentía. Después de morir Julieta, todo se les vino abajo. Estuvieron unos años perdidos, parecían cadáveres ambulantes. Puras sombras. Y poco a poco...

—¿Salieron del bache?

—¡No! Poco a poco fueron oyendo comentarios, voces aquí y allá. Se enteraron de que en la clínica se habían producido otros casos, y todos muy parecidos: madres solteras, jóvenes, algunas sin familia... Se les fue subiendo la mosca a la oreja. Primero incluso a mí me parecía algo imposible, producto de su desesperación, pero... mire, acabaron convenciéndome. Por lo menos de que había algo raro. Hablaron con otras familias y siempre era lo mismo: bebé muerto en el parto, pero sin pruebas. Nadie veía los fetos. Que si era desagradable, que si las malformaciones... Así llegaron a la conclusión de que en esa clínica sucedía algo y la obsesión acabó siendo su única razón de vida. Julia no hacía más que hablar de eso, de que su nieto estaba vivo. Yo... ¿qué quiere que le diga? Me daba mucha pena, porque esa ansiedad, ese sinvivir la estaba matando. Encima con su marido ya enfermo.

—No me dijo qué tenía él.

—Problemas pulmonares. No puede hacer esfuerzos. Trabajaba en una empresa que fabricaba no sé qué y la mitad de los empleados acabaron igual.

—Dado que la señora Domènech está tan mal, me gustaría confrontar con usted unos datos que me dio...

—¿Qué datos?

—El nombre de la clínica, la fecha del suceso...

—Clínica del Sol, sí. Y fue el día 9 de febrero de 1943. —La mujer miró de pronto el brazo izquierdo de Miquel—. ¿Usted no tenía una mano impedida?

—Ése es mi socio —estuvo al quite—. Nos repartimos el trabajo y, encima, hoy está enfermo.

—Vaya por Dios. —Paseó una mirada por las mujeres que cosían y la que planchaba, que parecían estar a lo suyo pero agudizaban el oído para ver si pillaban algo. Incluso habían bajado el volumen de la radio al mínimo—. Mire, ojalá dé con la verdad, sea la que sea. Si ese niño se murió realmente, al menos se quedarán en paz de una vez.

—¿Les dijeron que era niño o lo supuso ella?

—Les dijeron «el niño ha muerto en el parto y no hemos podido hacer nada tampoco para salvar a la madre». Exactamente eso. Imagínese. A Julia esa frase se le quedó grabada en la mente.

—¿Y no hay forma de ponerme en contacto con ellos? Es que ya he venido dos veces hoy.

—Bueno, han de ir a casa a dormir, ¿no? —Lo dijo con la mayor de las evidencias—. Tendrá que volver más tarde, está claro. Desde luego teléfono no tienen, ya lo sabrá.

—¿Tampoco hay parientes, algún primo lejano...?

—No, no, están solos. Muy solos, aunque se tengan el uno al otro. Si no están en casa... —Contrajo la cara en una mueca de preocupación inesperada—. A lo peor han tenido que ir al hospital porque él se ha vuelto a encontrar mal, ¡ay, señor!

No quiso prolongar más el interrogatorio.

Era suficiente.

—Ha sido muy amable. Perdone la molestia.

—No, para nada. Y si puedo pedirle un favor...

—Usted dirá.

—Se han gastado lo que tenían para pagarles a ustedes, ya se lo he dicho. Así que, se lo ruego, ténganlo en cuenta.

—Lo tendremos.

—Hagan lo que puedan por ellos, y no quieran sacarles más dinero, porque no lo tienen.

—Descuide. Somos honrados.

—Entonces que Dios le acompañe, señor.

Le estrechó la mano y salió a la calle.

Lo último que escuchó procedente de la radio fue un esperanzador: «Dios provee siempre».

Caminó unos primeros pasos entre irritado por esto último y preocupado por la ausencia de los Domènech.

Clínica del Sol. 9 de febrero de 1943.

Algo era algo.

Detuvo un taxi, ya cerca de la Vía Layetana, y le pidió que lo llevara al Clínico. Nada más hundirse en el asiento, al taxista se le disparó la lengua.

—Parece enfadado, señor.

Estuvo a punto de pedirle que parara para bajarse.

No contestó.

—¿Sabe lo que dice mi mujer? —siguió el hombre yendo a lo suyo—. Pues que no vale la pena disgustarse por nada; que si te ríes, el corazón te lo agradece. Y mire, yo aquí, en el taxi, es lo que intento. Sobre todo para que los pasajeros estén bien y bajen contentos. Si un día vuelve a subir a mi taxi, seguro que se acuerda, ¿no le parece?

—Supongo que sí.

Ya no pudo detenerle. El resto del viaje fue un monólogo salpicado por breves afirmaciones de compromiso. El taxista ni se dio por enterado. Miquel bajó frente al hospital y se olvidó de todo mientras subía al último piso del Clínico.

Amalia seguía allí, incólume, firme.

Al verle aparecer, salió de la sala de espera, en la que había otras personas con los rostros graves, y los dos se quedaron en el pasillo, hablando en voz baja.

—¿Cómo está?

—Sigue igual, ni mejor ni peor, estable.

—Pero eso debería de ser buena señal, ¿no?

—Supongo, no sé. —Suspiró bordeando el límite de su cansancio—. ¿Y usted? ¿Qué ha hecho?

—No mucho —reconoció—. He seguido al chico del que su padre sospecha algo, aunque sin encontrar nada; he conocido a la presunta mujer infiel y he tratado de localizar a los señores Domènech, sin éxito. También he visto de lejos a los dos hombres que contrataron a David.

—¿Por qué?

—Porque el hecho de que le hayan contratado para algo no significa que no puedan ser responsables de su intento de asesinato. Las reglas del juego han cambiado con eso. Es más, el marido es un maltratador que pega a su mujer. Y el padre del muchacho es un falangista con cierto poder. Que pidiera ayuda a un detective me parece raro, como si temiera algo. De momento, también me preocupa la falta de noticias de esos abuelos. He ido a su casa dos veces y nada. Una mujer me ha dicho que, a lo peor, estando él mal de salud, tal vez haya recaído. Sería una explicación lógica.

—¿Tiene esperanza de resolver algo de este embrollo? —La pregunta estuvo envuelta en una tácita súplica.

Miquel subió y bajó los hombros.

—No he hecho más que empezar, estoy solo, no tengo mucho por donde tirar de cada hilo... Lo siento.

Amalia le abrazó. Fueron diez o doce segundos de silencio y ternura compartidos.

—¿Quiere verle? —Tiró de su mano al separarse de él.

Miquel no quería. Ya sabía lo que se iba a encontrar: lo mismo que la última vez.

Pero la siguió sin decir nada.

15

Eran poco más de las seis de la tarde.

Y los frentes abiertos, demasiados.

Pasó un minuto en la puerta del Clínico, bajo un inesperado viento que amenazaba lluvia, ordenando sus ideas, buscando la forma de serenarse un poco. En una investigación policial, las prisas eran malas, aunque siempre, siempre, tuvieran que ir con prisas para resolver los casos antes de que los responsables borraran sus huellas o pistas. En el equilibrio residía el éxito.

Y no se sentía nada equilibrado.

¿Eduardo Alameda? El misterio del solar y el edificio abandonado. ¿La esposa infiel? Tenía que seguirla, como había hecho con el chico, y ya era tarde para eso. Quedaban los abuelos Domènech. ¿Y si Fortuny les informó ya de algo antes de sufrir el atropello? El detective debió de ir a la clínica del Sol, seguro. El presunto delito, si lo hubo, se cometió en ella el 9 de febrero de 1943.

¿Cómo acceder a esos registros?

Habían pasado ocho años y medio.

Se sorprendió de que fuese la misma cantidad de tiempo que él había estado preso en el Valle de los Caídos.

Entró de nuevo en el Clínico y se acercó a la primera enfermera que encontró.

—Perdone, ¿sabe usted dónde está una clínica llamada Sol?

—Sí, señor. —Su sonrisa fue amable—. Está por la Meridiana. En la calle Murcia, aunque no sé el número. Creo que hay una parada de metro cerca.

Prescindió de la posibilidad de ir en metro y paró un taxi. Estaba decidido a hacerse el mudo antes que tener que hablar de lo que fuera con el conductor. Por suerte, el hombre era de los taciturnos, aunque quizá por ello no era el más rápido del mundo. Se lo tomó con calma. Cuando le dejó en el cruce entre Navas de Tolosa, la calle Murcia y la Meridiana, lo que sí hizo fue agradecerle la propina como si fuera un aguinaldo navideño.

Apenas tuvo que caminar unos pasos.

La clínica del Sol no era muy grande. Un edificio pequeño, cuadrado, algo viejo y necesitado de algunos arreglos exteriores. No parecía privada, pero tampoco adscrita al Instituto Nacional de Previsión. Quizá los Domènech habían acudido a ella por el tema de la falta de padre para su nieto. ¿Un lugar discreto? Con una dictadura férrea, eso no existía. Las madres solteras seguían pagando sus pecados.

Había un pequeño mostrador de recepción. Una mesa de un par de metros gobernada por una mujer joven y de uniforme. Por detrás se veían unas oficinas con otras dos personas trabajando en medio de un buen número de papeles. Miquel cinceló la mejor de sus sonrisas al acercarse a preguntar, sabiendo bien que la cordialidad siempre abría algunas puertas.

No disimuló.

—Perdone que la moleste, señorita. Hace dos o tres días vino por aquí un hombre con el brazo izquierdo ligeramente paralizado, puede que lo recuerde si le atendió usted.

La mujer abrió los ojos.

Le miró desde una prudente seriedad.

—¿Quién es usted?

—Policía —dijo sin cortarse.

—No me extraña. —El suspiro fue casi un vendaval—. ¡Menuda labia se gastaba, por Dios! Primero no sabía si estaba loco o si se hacía el simpático. Pero al final habló con una compañera, no conmigo. —Volvió la cabeza—. Ahora no la veo.

—¿Está por aquí, por la clínica?

—Mire en la cafetería —le indicó—. Es bastante alta y delgada, cabello castaño. Se llama Natividad.

—Gracias.

—¿Ha hecho algo malo?

—No, no, al contrario. Es muy buen detective.

—Pues quién lo diría.

La dejó atrás.

David Fortuny y sus métodos.

Hubiera sonreído de no estar en coma y tratarse de algo tan serio.

La enfermera Natividad estaba en la cafetería. Tomaba un café, o algo parecido, sentada muy solitaria en una mesa, de espaldas a la entrada y de cara al ventanal que daba a la calle. Tendría unos cuarenta años y se mantenía atractiva aun con el uniforme y el cansancio habituales. Miquel se acercó a ella despacio, para no asustarla.

—¿Es usted Natividad?

La mujer no cambió la cara.

—Sí.

—Perdone que la moleste. —Se sentó delante sin pedirle permiso, como hubiera hecho un policía de verdad o él mismo antes de la guerra—. Me han dicho que usted atendió a David Fortuny hace unos días.

—¿Quién? —Frunció el ceño.

—David Fortuny.

—No me suena.

—Tenía el brazo izquierdo ligeramente paralizado, aunque podía mover algo la mano.

—¿David Fortuny? —Exageró un poco la mueca—. ¡A mí

me dijo que se llamaba Rodolfo Porta! ¡Por Dios! —Levantó un poco las manos—. ¡Menuda cara!

—En su trabajo suele usar seudónimos. —Buscó la forma de parecer comprensivo.

—¿Quién es usted?

No quería ir diciendo que era policía, por si acaso.

—Mire. —Se revistió con su mejor piel de cordero—. Seré sincero: David sufrió un accidente anteayer y está muy grave, en el Clínico. No sabemos si saldrá de ésta. Yo... perdone la osadía pero necesito hacerle unas preguntas.

—¿Un accidente? ¿Habla en serio?

—Me temo que sí.

—Bueno. —Se echó para atrás en la silla—. Ahora entiendo por qué no me ha llamado.

—¿Dijo que lo haría?

—Y que me llevaría a dar un paseo en su moto con sidecar, sí. —Movió ligeramente la comisura del labio abortando una media sonrisa—. Yo... bueno, ni siquiera sé cómo le hice caso.

—Es muy persuasivo.

—¡Y que lo diga! —Movió la cabeza de arriba abajo—. Menudo pico de oro.

—Mi amigo es detective privado.

—Eso me dijo, aunque primero pensé que era para darse importancia y que la licencia era falsa.

—Pues lo es. Y de los buenos. ¿Qué más le dijo?

—Que estaba investigando un caso de altos vuelos —espetó—. Se daba mucha importancia y... la verdad, me pilló, sí. Una tiene una vida normal y aburrida y de pronto aparece alguien como él, con una historia desmedida. —Lanzó un largo suspiro, como si despertara de un sueño—. ¿Usted trabaja con él?

—En ocasiones. —Siguió sin arriesgarse.

—Entiendo —dijo ella como si, de pronto, fuese parte de un secreto.

—Si me responde a unas preguntas, me iré y no la molestaré más. Por supuesto, cuando salga del coma, le diré que la llame.

—No hace falta. ¿Rodolfo? ¡Por Dios, podía haberse inventado un nombre menos pomposo! ¿Qué quiere saber?

—Mi amigo debió de preguntarle algo acerca de un niño nacido en esta clínica el 9 de febrero de 1943.

—Así es.

—¿Le facilitó los datos de ese parto?

—Miré en los archivos, sí, y no había nada raro. La madre murió por complicaciones diversas y el bebé por graves problemas. Hidrocefalia la principal. Apenas sobrevivió unos minutos.

—¿Qué más le preguntó?

—El nombre del médico que la atendió.

—¿Y?

—El doctor Almirall. Bernardo Almirall.

—¿Sigue trabajando aquí?

—No. Dejó la clínica hace unos años y se estableció por su cuenta, pero no sé la dirección. Yo acababa de entrar como enfermera y apenas le traté. Lo más que recuerdo es que era un buen médico.

—¿Le contó algo más?

—Bueno, la madre del niño era soltera, no había padre, así que intervinieron las monjas que siempre andan por aquí atendiendo a las chicas desamparadas.

—Pero esa joven tenía padres.

—¿Y qué? Un hijo natural es un hijo natural. En 1943, por lo visto, incluso podían habérselo quitado nada más nacer. No fue el caso, porque murió.

—¿Alguna monja en particular?

—Rodolfo... Bueno, ¿David? —Miquel asintió con la cabeza—. Pues bien, David me hizo buscar su nombre. Y lo hice, ya ve usted. —Elevó los ojos al cielo—. La que se cuidaba en aquellos días de los casos como el de esa joven se llamaba Resurrección Casas.

—¿Tampoco está ya aquí?

—No. A su compañero le dije que preguntara en el convento de las Carmelitas de la Caridad y eso fue todo.

—¿Nada más?

—¿Le parece poco? —Dilató las pupilas—. Ahora que lo pienso, tanta simpatía, tanto buen ánimo... ¡y lo hacía para sonsacarme todo eso! ¡No sé en qué estaría yo pensando! ¡Menuda cara tiene su amigo, aunque desde luego le funciona! ¿Está casado?

—No.

—Al menos en eso fue sincero. ¿Y lo de que es héroe de guerra?

—Eso sí.

—Pues vaya. —Hizo una mueca de desagrado—. A veces soy idiota.

—Es un profesional. No se sienta mal.

—¿Y usted? ¿Puedo preguntarle a qué viene todo esto?

—Es un caso que estamos investigando; sí, no le mintió. Pero rutinario, no de altos vuelos. Como usted misma ha dicho, eso debió de contárselo para darse importancia.

—¿Tiene que ver con esa joven y su hijo muertos?

—Será mejor que no le hable de esto a nadie —dijo Miquel obviando la respuesta.

—Por el lado que me toca... tranquilo. Prefiero no saber nada.

—¿Puedo preguntarle yo algo más, por simple curiosidad?

—Puede. —Se encogió de hombros.

—¿Qué hacen con los bebés que mueren al nacer?

—Depende. En muchos casos, el simple hecho de verlos hace que a uno se le rompa el corazón o se le retuerzan las tripas. Es bastante duro, una vida rota antes del primer aliento. Algunos muestran deformidades tremendas. Así que lo mejor con los nonatos es no mostrarlos ni entregarlos a los padres para un posible entierro y se dedican al estudio.

—¿Perdone?

—Sabiendo las causas de una muerte se aprende y se evitan males mayores en otros partos.

—¿Y luego?

—Después se tiran los restos, claro.

Miquel tragó saliva.

Una pregunta sencilla.

Una respuesta en la que jamás había pensado.

Hora de irse.

—Le ruego me perdone haberla molestado tanto. —Se puso en pie para despedirse.

—Me ha abierto los ojos, no se preocupe. —Puso cara de resignación—. Tampoco hacía falta montar tanto número para hacerme las preguntas que me hizo. Si se pone bien, dígaselo.

—Se lo diré. Y también que es usted una mujer estupenda.

—Gracias. —Sonrió pesarosa.

Miquel le estrechó la mano y salió de la cafetería primero y de la clínica después. Ya en la calle miró la hora.

Tarde para visitar un convento. Las monjas se acostaban temprano.

Levantó el brazo y paró el enésimo taxi del día.

16

No se bajó delante mismo del número 50 de la calle Juan Blancas, sino un poco antes y en la acera opuesta. Esperó a que el taxi se alejara y, como un conspirador, escrutó el panorama de manera disimulada.

El portero del edificio estaba allí, en su puesto.

Sólo quería confirmar algo, estar seguro, para no meter la pata, y podía hacerlo al día siguiente. Pero dada la hora y salvo intentar por tercera vez contactar con los Domènech, poco más le quedaba para rematar la jornada.

David Fortuny le habría dicho que perdía el tiempo, que era demasiado minucioso, que la esposa de Esteban Cisneros era el objetivo a seguir, nada más.

Pero no. No era simplemente eso.

Se lo tomó con calma y esperó un rato. Miró al cielo, encapotado y amenazando lluvia. Por desgracia le había dejado el periódico a Amalia, así que no tenía nada con lo que entretenerse, excepto sus pensamientos. Y sus pensamientos, a lo largo del día, se movían siempre en la misma dirección: la mujer del álbum de fotos y sus propios recuerdos en torno a su hijo Roger y la pobre Quimeta.

El miedo a perderlos para siempre en el fondo de la memoria.

El portero de la casa seguía allí. Si era de los que permanecían en su sitio hasta el cierre del portal...

No quería que el hombre le viera. La insidiosa pregunta de la mañana, acerca de si pensaba subir estando la señora Cisneros sola, le había dejado mal sabor de boca. Un marido celoso daba para mucho. Sí, lo más seguro era que le hubiese pedido al portero, de hombre a hombre, que la vigilara.

Por más que él, a su edad, tuviera poco aspecto de amante.

¿Y qué amante visitaba a la querida en su propia casa?

Pasaron quince minutos.

Miquel empezó a ponerse nervioso.

Iba a subir igualmente, para no perder más tiempo, cuando apareció una mujer como surgida de la nada. Habló con el portero un minuto y, de pronto, éste se marchó calle arriba. La mujer se quedó en su lugar.

O era la portera y ese día había tenido cosas que hacer, o lo relevaba o...

Le dio igual.

Miquel no perdió el tiempo. Cruzó la calle y pasó por el lado de la nueva celadora con aplomo. A pesar de todo, el relevo cumplió con su papel.

—¿A qué piso va?

Le dijo la verdad:

—Al último, segunda puerta.

—¿Los señores Puig?

—Sí.

—Ah, bien.

Subió en el ascensor. Por la mañana había llamado a la primera puerta. Ahora Miquel pulsó el timbre de la segunda. Lo peor que podía suceder era que por la puerta frontal aparecieran Esteban Cisneros o su esposa Milagros. Él no le conocía. Ella sí.

No sucedió nada de eso.

Los ecos del timbre todavía flotaban en el aire cuando una mujer bien vestida, maquillada y peinada, como si acabase de llegar de la calle o fuera a salir de casa, le abrió y se lo quedó mirando con seriedad. Por detrás de su figura, el piso parecía cómodo, confortable.

Miquel adoptó su nuevo papel.

—¿La señora Puig?

—¿Sí?

—Perdone que la moleste tan tarde, ya sé que no son horas, pero... —Hizo un gesto de resignación—. Es sobre sus vecinos, los señores Cisneros.

—No entiendo...

—Los malos tratos. —Lanzó el anzuelo sabiendo que se movía por arenas movedizas.

—¡Ah, sí, claro! —El gesto de la mujer fue mitad de alivio, mitad de pesar—. Pase, pase. No hablemos aquí. —Dirigió una mirada acerada a la puerta frontal a la suya.

Miquel entró en el recibidor y ella cerró la puerta, aunque eso fue todo y no le invitó a seguir. Por el pasillo apareció un hombre en mangas de camisa, cuello desabrochado. Fumaba en pipa.

—Manel, viene por los de aquí enfrente —le informó la mujer.

Otra reacción de alivio.

—Bueno, ya era hora, menos mal. —Le tendió la mano a Miquel—. ¿Es policía?

—Asuntos Sociales.

No hubo ningún cambio.

—Mientras hagan algo, da igual. Mire: las peleas se han hecho ya cada vez más constantes, ¿sabe? No son ni momentáneas ni aisladas, y desde luego son demasiadas. Primero sólo eran gritos de vez en cuando. Ahora es casi a diario, y están los golpes... El día menos pensado la mata. Yo no sé cómo... —Hizo un gesto de impotencia.

—A mí, me da mucha pena, qué quiere que le diga —intervino la esposa—. Me parece una mujer tan frágil...

—¿Son amigos suyos?

—¿Amigos? —El hombre pareció horrorizarse—. ¿De ese bestia? Nosotros también tenemos problemas con él. ¿No ve que compartimos terraza? Hay una medianera de cristal, sí, pero nos ensucia igual. Riega y moja todo lo nuestro; pone la música alta, y en verano, con las ventanas abiertas... Es un infierno, se lo juro. Y si le digo algo... ya la hemos liado. Que me meta en mis asuntos, que en su casa hace lo que quiere, que...

—Grita por todo. Por todo —le relevó su esposa—. Por la comida, por esto, por aquello...

—No sé cuántas veces le hemos denunciado. Y no únicamente yo, todos los vecinos. Porque encima, como se piense que es únicamente uno, es capaz de matarle. Pero ya ve, viene la policía, le advierten, y al día siguiente más de lo mismo, con alevosía, porque entonces lo hace a conciencia.

—Yo no sé cómo ella resiste tanto.

—¿Y qué quieres que haga? —justificó su marido.

—Ay, no sé, pobrecilla —se disgustó la mujer.

—Si es que no basta con llamarle la atención, se lo digo yo. ¿Qué piensan hacer?

Miquel no quiso meterse en camisa de once varas.

—El señor Cisneros tiene el taller de corte y confección, pero su esposa... ¿Trabaja?

—¡No! —La señora Puig acentuó la expresión—. ¿Trabajar? No la deja. La quiere en casa. Y menos mal que ella no pasa por eso, faltaría más. Por supuesto que sale, claro, a pasear o a que le dé el aire, y por las tardes a ver a su hermana. Si por él fuera, la ataría y todo.

—No tienen hijos, claro.

—No, no. Menos mal.

—Si hubiera niños de por medio, eso ya sería...

—¿Dice que sale por las tardes para ver a su hermana?

—Sí, eso sí lo sé. No porque ella me lo haya dicho, sino porque les oí gritar también por ese motivo. Él estaba enfadado, le dijo que por qué iba cada tarde, y ella insistía en que lo necesitaba. Y él que por qué no venía la hermana a verla, y ella insistiendo en que... Bueno, para qué seguir.

—¿Cuándo ha sido la última pelea?

—Hace tres días. ¿No ha venido por eso? Llamamos a la urbana porque fue tremenda.

—Tuvo que molerla a palos.

—¿Qué dijeron los de la urbana?

—¡Pero si cuando le preguntan, ella dice que se ha caído, de puro miedo que le tiene! Sin denuncia, no sé yo...

—Que esto pase en un país normal y civilizado como el nuestro...

Miquel le lanzó una opresiva mirada al hombre.

Se abstuvo de comentarle nada.

¿País normal y civilizado?

—Me gustaría hablar con la hermana de la señora Milagros —dijo.

—Pues no sabemos dónde vive, ¿verdad, Manel?

—No, no, ni idea.

—Pero va a verla todas las tardes.

—Sí, después de comer, aunque no tiene hora fija. A veces son las dos y media, a veces las tres, a veces incluso las cuatro...

—De acuerdo. Vamos a tomarnos esto muy en serio —les prometió, sintiéndose culpable por darles aquellas falsas esperanzas—. Ojalá lo arreglemos en unos días.

—¡No sabe cómo se lo agradeceríamos! —suplicó la mujer.

—Yo, la verdad, no sé cómo lo harán. Salvo que le detengan. —Se revistió de escepticismo el señor Puig—. Y que conste que confío en la ley. Nosotros, por nuestra parte, bastante hacemos hablando con usted, como buenos ciudadanos. Si se entera, es capaz de cualquier cosa.

—Se les oye desde toda la escalera, pero nosotros, estando al lado... Es como tenerles en la misma sala.

—Estén tranquilos. —El falso empleado de Asuntos Sociales adoptó un aire de perfecto empleado de Asuntos Sociales—. Esto es confidencial.

—Pues gracias. —Manel Puig le tendió la mano—. Ese hombre es un loco desequilibrado, en serio.

—Sí, gracias. —La mano de Miquel pasó a la esposa.

Abandonó el piso, echó una mirada de soslayo a la puerta de enfrente y, para no tener que esperarse en el rellano, optó por bajar la escalera a pie a pesar de encontrarse en el último piso.

La mujer que había relevado al portero seguía en su lugar.

Salió a la calle con mal sabor de boca. ¿Aquella bestia había contratado a David Fortuny para seguir a su mujer? ¿El detective lo había hecho? Aunque tuviera un amante, ¿se lo diría al marido, sabiendo que era capaz de matarla?

Y la pregunta definitiva: ¿se arriesgaría la señora Cisneros a vivir una aventura extraconyugal?

Se detuvo.

Fuera como fuere, su amigo seguía en coma en el hospital.

Alguien no quería que contara lo que había descubierto.

La «bomba».

Le tocó un taxista cansado.

—Ya iba a guardar el coche, pero usted también parece agotado, señor.

—Hay días que son muy largos.

—Y que lo diga. Yo llevo aquí sentado desde las seis de la mañana, con una horita para comer a mediodía. No vea las ganas que tengo de llegar a casa y comerme las lentejas que me habrá preparado la parienta. ¿Usted ya se retira?

—Más o menos.

—Encima, ya refresca a esta hora.

El resto del trayecto hasta la calle Baja de San Pedro fue de retórica urbana y poco más. Le dio un poco de propina extra. Ya no importaban unos céntimos de más. Cuando se quedó solo en la acera y elevó los ojos para ver el edificio, cruzó los dedos.

Los Domènech tenían que estar en casa.

Era lo lógico.

Subió a su piso, llamó y esperó.

La idea de que él hubiera empeorado y estuvieran en el hospital se agigantó cuando, por tercera vez a lo largo del día, nadie abrió aquella puerta.

La contempló lleno de aprensión.

¿Iba llamando o preguntando por ellos, hospital por hospital, al día siguiente?

Regresó a la calle despacio.

Y, aunque estaba cansado, se fue a casa a pie.

Después de todo, una mala idea, porque finalmente empezó a llover a lo bestia.

17

Patro corrió a su encuentro nada más abrir la puerta de casa.

Siempre lo hacía, pero más cuando estaba preocupada.

—¡Miquel! ¿Te has mojado?

—Un poco. —Le quitó importancia al hecho de estar empapado.

—¡Anda, quítate esto, que te va a dar una pulmonía!

La siguió hasta la habitación. Se desnudó por completo y se puso ya el pijama. Patro se llevó la ropa mojada al lavadero. Cuando regresó, se fundió con él en un abrazo largo y prolongado. La mano derecha en la nuca, la izquierda apretándole la espalda para pegarse a su cuerpo. La voz fluyó como una deliciosa corriente cálida junto a su oído.

—¿Cómo estás?

—¿Yo? Bien.

—¿Has ido a ver a Fortuny?

—Sí, a mediodía. Sigue igual. Amalia está con él.

—Oh, cariño...

Mantuvo el abrazo.

Miquel cerró los ojos.

Estar en casa a veces era algo más. En este momento «se sentía» en casa.

Desde el interior del piso, el silencio.

—¿Raquel?

—Duerme.

—Voy a verla.

Fueron juntos, como dos recién casados víctimas del asombro de la paternidad. La habitación estaba envuelta en el claroscuro procedente del pasillo. El rostro de Raquel quedaba en la penumbra. Su silueta menuda se recortaba igual que un policromado perfecto insertado en la cuna. Dormía de lado, con un brazo extendido, y los labios, pequeños y rosados, formaban un bonito corazón coronando su rostro. La respiración era acompasada, densa.

—Bueno. —Suspiró él.

—Vamos. —Patro tiró de su mano.

Le abrazó de nuevo en el pasillo.

—Estoy bien. —Quiso tranquilizarla.

Ella continuó absorbiéndole.

Un minuto, o más.

Luego, el beso.

—No me quito de la cabeza a Fortuny, en coma.

—Saldrá de ésta, ya lo verás.

—¿Qué has descubierto?

Finalmente, la pregunta que se resistía a hacer.

—No demasiado. —Miquel caminó con Patro pegada a él hasta la sala y se dejó caer en la butaca—. No sólo es que parta de cero, sino que no tengo apenas nada por donde empezar a tirar de los hilos.

—Te conozco. Cuando dices eso después de haberte pasado todo el día fuera de casa, es que algo tienes, por poco que sea.

—Pues esta vez te equivocas.

Patro se arrodilló en el suelo, frente a él. Hizo que abriera las piernas y se encajó entre ellas, con las manos cogidas a las de Miquel.

—Cuenta —le pidió.

La miró con ternura.

No, nadie podía entender el amor absoluto de un hombre mayor hacia una mujer joven.

—La mujer supuestamente infiel recibe palizas de su marido, que es un maltratador loco y cruel. El chico sospechoso se esconde en un edificio en ruinas, aunque no he logrado descubrir por qué. Su padre trabaja en el Gobierno Civil de Barcelona y lleva la camisa azul. Por último, los abuelos del presunto bebé robado no aparecen por casa y nadie sabe de ellos.

—Vaya.

—Sí, vaya —se resignó.

—Pero tú no te rindes nunca.

—Tampoco lo haré en este caso. Lo malo es que mañana es sábado, y el otro, domingo. No sé cómo podré seguir investigando y con tres frentes abiertos.

—¿Te has sentido amenazado en algún momento?

—No, eso no, tranquila.

Patro bajó la cabeza y la apoyó sobre la pierna izquierda de él, de lado. Las cuatro manos continuaron unidas unos segundos hasta que Miquel liberó la derecha para acariciarle el pelo. Le gustaba hundir los dedos y presionarle la nuca. La tenía perfecta, redonda. A veces ella se estremecía.

—Me ha pasado algo más —dijo de pronto.

Patro volvió a mirarle.

—¿Qué ha sido?

—Estaba comiendo en un pequeño bar restaurante y ha aparecido una anciana con un álbum de fotos, escapada del interior del local. Ha empezado a contarme quiénes eran, hasta que la camarera, al darse cuenta, se la ha llevado de nuevo adentro pidiéndome perdón. Luego la misma camarera ha venido a contarme que el álbum no era de la anciana, que lo había comprado en el mercado de San Antonio, entero, y que se había inventado una nueva familia a su medida, o poniéndole los nombres de los suyos a las personas de las fotografías.

—Oh, Miquel... —Se entristeció más y más a medida que él hablaba.

—Esa mujer lo había perdido todo, como yo. Y se ha vuelto loca, o la edad ha hecho que confunda la realidad.

—Pero tú no estás igual.

—¿Sabes cuánta gente habrá así, sin nada, con todo su pasado perdido? —insistió.

—Vamos, no te tortures. Seguro que tu hermano se llevó algunas fotografías al escapar en el 39. —Patro se levantó del suelo y se sentó encima de él, cruzada, para abrazarle—. Le das muchas vueltas a la cabeza, y cuantas más le das, más pierdes la imagen de Roger o de tu mujer.

La que le acariciaba ahora era ella.

—Supongo que me angustio demasiado —admitió.

—¿Puedo decirte algo?

—Claro, ¿por qué lo preguntas?

—Porque es personal.

—Cariño, no tengo secretos para ti.

Patro pareció reunir un poco de valor.

—Nunca hablas de tus padres.

Miquel acusó el golpe.

—Cierto —reconoció.

—¿Por qué?

Tardó tres segundos en responder.

Y lo hizo desde la reflexión tanto como desde la serenidad.

—Mi padre era una persona muy violenta, Patro. Mucho. En más de una ocasión había llegado a ponerle la mano encima a mi madre. Y no digamos a mí.

—¿En serio? —Mostró su asombro.

—Siempre odié la violencia. Crecí aborreciéndola y creo que por eso me hice policía. Pensé que desde dentro podía ayudar mejor.

—Nunca me lo habías dicho.

—No es fácil ponerle palabras a eso.

—Pero no es bueno guardárselo. Creía que ya me lo habías contado todo.

—¿Y entonces de qué hablaríamos dentro de veinte años?
—Quiso hacer broma.

—Ese padre que hace seguir a su hijo, y esa mujer maltratada por su marido... ¿Te han hecho recordar eso?

—Supongo que sí, por más que un detective no debería tomar partido y limitarse a cumplir con su trabajo, que por algo le pagan.

—¿Tu padre...?

—Murió, ya da igual.

—No, no da igual. Él te hizo ser como eres, ¿no lo ves?

—¿Y cómo soy?

—¡La persona más buena, tierna y cariñosa del mundo!

—En eso la responsable eres tú. Tú eres la que despierta todo eso en mí.

Patro le dio un beso.

—Siempre he creído que le querías —susurró.

—Y le quería. Fue la persona más importante de mi vida, precisamente porque le quería y me dolía que fuera así. Pero, al mismo tiempo, cuando salía su lado oscuro y se convertía en otro... Al morir, nos sentimos liberados. Es duro que lo diga, pero es la verdad. —Tomó un poco de aire—. Hoy, al ver a esa mujer golpeada, ha sido como volver atrás. Y, haga lo que haga el chico en esa casa hasta la que le he seguido, estoy ante uno de esos padres intransigentes que usan el cinturón en lugar de las palabras y que quieren que los hijos sean como ellos quieren que sean y hagan lo que ellos quieren que hagan.

El nuevo beso le selló los labios.

—No hablemos más de eso, ¿quieres?

—Tú has preguntado.

—Pues lo siento.

—De acuerdo.

—Ven, ayúdame a preparar la cena. —Se levantó de encima de él y le tendió la mano para sostenerle.

Miquel la siguió en silencio.

El tono de Patro cambió radicalmente nada más entrar en la cocina y recoger los primeros cacharros. Incluso sonó jovial al decirle:

—¡He conocido al novio de Teresina!

La vida seguía.

Las personas simples y sencillas continuaban viviendo.

—¿Y?

—Se llama Bernabé. Parece un buen chico, aunque la idea de conocerte creo que le asusta un poco.

—Ni que fuera un ogro.

—Después de lo de aquel que la engañaba fingiendo ser lo que no era y encima estaba casado... Éste es una joya, pronto lo verás. Y sabes que Teresina confía en ti ciegamente. Eres lo más parecido a un padre, ya que no tiene al suyo.

—Sí, supongo que es una buena chica —reconoció.

—Hemos tenido suerte con ella. Incluso yo, al margen de la tienda. Con mi hermana viviendo fuera de Barcelona, Teresina ya es casi de la familia.

—¿Te sientes sola a veces? —se preocupó Miquel.

—¡No! ¿Cómo voy a sentirme sola contigo y con Raquel? ¡No quería decir eso! —Dejó el cazo con el que iba a calentar la sopa para volver con él y abrazarle—. ¡Parece mentira que pienses esas cosas! Además, también está Mar, y ahora la novia de tu amigo Fortuny.

Mar, la mujer de Lenin, y Amalia, la inesperada novia del reaparecido David Fortuny.

Nuevos tiempos, nuevas amistades.

Pero Patro era feliz.

Y si lo era Patro, lo era él.

Como un niño renacido.

—Supongo que soy un tipo solitario —se resignó.

—Pues mira, sí. Pero eso es cosa tuya —le disparó ella.

—Te prometo que seré más afable.

—¿Con todos?

—Sí, con todos.

—Lenin se equivocó toda la vida, pero ha cambiado gracias a ti. Ahora es honrado. Cuando le sacaste de aquel lío en diciembre del 49 se dio cuenta. ¡Bien que me lo dice Mar! Y estoy segura de que, a tu lado, Fortuny también cambiará. Intenta entenderle, y él te entenderá a ti, ya lo verás.

—Eres la persona más positiva que he conocido nunca.

Positiva «pese a las circunstancias», iba a decir.

Lo obvió.

—Y tú el hombre más difícil pero encantador que he conocido jamás.

Ella también obvió lo evidente: su pasado.

El último beso.

—Venga, cenamos y nos acostamos tempranito, ¿de acuerdo? Quiero que me abraces.

—¿Sólo eso?

—Ah, el resto es cosa tuya.

—Voy a poner la mesa. —Miquel iba a salir de la cocina, pero en la puerta se detuvo, se volvió y preguntó—: Por cierto, ¿tenemos un martillo?

Día 4

Sábado, 6 de octubre de 1951

18

Ramón se alegró de verle, como siempre. Después de la inesperada derrota del Barcelona en casa ante el Valencia el domingo pasado, no estaba de humor para hablarle de fútbol, así que se ahorró el discurso. Miquel le pidió algo rápido para desayunar y la guía telefónica. Prefirió examinarla en el bar y no en la mercería, bajo la atenta mirada de Patro. Mejor no decirle lo que iba a hacer ni a dónde encaminaría sus pasos. Bastante representaba para ella tener la certeza de que estaba investigando algo, y además peligroso, con David Fortuny en el hospital.

En la guía encontró un único Almirall médico y con la inicial B.

Anotó las señas y el número telefónico.

Los médicos solían tener una casa y trabajar en una consulta. Si únicamente había un B. Almirall, quizá viviera y trabajara en el mismo lugar.

De todas formas no era por donde se disponía a empezar el día. Almirall tendría que esperar.

Pagó el desayuno y, al levantarse, Ramón señaló la bolsa que llevaba en la mano. Como si fuera a comprar el pan o ya lo hubiera comprado.

—¿Qué lleva ahí? —curioseó.

—Un martillo —le respondió Miquel.

Ramón se lo quedó mirando un par de segundos. Luego se echó a reír.

—¡Tiene cada cosa!

—Adiós. —Se encogió de hombros él.

Salió a la calle y detuvo al taxi en la esquina.

El conductor le hizo repetir la dirección.

—Calle Llacuna con Tánger.

—Vaya. Hace mucho que no paso por esa parte. Como apenas hay nada... —Arrancó para sumergirse en el tráfico de la mañana—. Pero el día menos pensado se pondrán a construir, no pararán, y entonces ya verá, ya.

Miquel no le contestó, y eso puso fin a la conversación.

El día anterior se había quedado sin dinero, a pesar de ir prevenido. Ahora llevaba más que suficiente: doscientas pesetas. Intuía que no iba a parar.

Se lo tomó con calma.

Bajó en el cruce de las dos calles, con la bolsa en la mano y el martillo en su interior. No era muy aparatoso, pero sí fuerte. Una vez estuvo solo, anduvo hasta el agujero de la primera valla por el que la tarde anterior se había introducido Eduardo Alameda. Se coló en el descampado, caminó por entre los escombros y la tierra reblandecida, ahora muy mojada por la lluvia de la noche pasada, y se detuvo en la segunda valla, la infranqueable. Antes de sacar el martillo de la bolsa, miró a derecha e izquierda, para estar seguro de que nadie le observaba.

Luego asestó el primer golpe a la pared.

Sólo uno.

Volvió a prestar atención al entorno.

Nada.

Golpeó la pared media docena de veces más, con los cinco sentidos puestos en su acción, y ya no tardó en abrir un boquete que acabó convirtiéndose en un buen agujero. El resto lo hizo con el pie.

Un enorme trozo de valla se vino abajo.

Guardó el martillo en la bolsa y cruzó aquella frontera.

Entró en el edificio por la puerta principal, aunque habría podido acceder a él perfectamente por cualquier otra parte. No quedaba ni un resto de madera. Una vez en su interior, comenzó el registro sistemático de la planta baja.

Habitaciones vacías, viejos despachos sin ni siquiera un papel por el suelo, una sensación general de abandono, como si la Guerra Civil hubiera terminado allí hacía unos pocos días en lugar de doce años, casi trece en cuanto llegara enero.

Subió al segundo de los tres pisos, por entre algunas zonas llenas de agua.

La escalera estaba casi hundida en un par de tramos. Tuvo cuidado. Afianzó el pie antes de dar cada paso y alcanzó la segunda planta.

El resultado fue el mismo.

Tercer piso.

Nada más desembocar en él, vio las huellas de los pasos en el suelo, por entre el polvo acumulado. Huellas en nada disimuladas. Iban en una misma dirección, tanto de ida como de vuelta. Caminó igualmente despacio y, por si acaso, empuñó por segunda vez el martillo que se había llevado de casa.

La habitación por la que se asomó estaba protegida por una cortina, a modo de puerta. Al otro lado descubrió lo más sorprendente, aunque en el fondo quizá no lo fuera tanto: un colchón viejo y degradado, mantas, una sábana, dos almohadas, trozos de vela hundidos en una base de cera, cerillas usadas. La ventana estaba tapiada con maderos cruzados y junto al hueco de la entrada vio una vieja puerta arrancada de su lugar y que, probablemente, debía de tapar el acceso cuando la habitación estuviese ocupada, para dar mayor sensación de intimidad y evitar corrientes de aire.

Un nido de amor.

Triste, humillante, pero un nido de amor al fin y al cabo.

Miquel guardó el martillo.

—Así que tienes novia... —rezongó.

Y se iba al otro lado de la ciudad para estar con ella.

Se preguntó cómo se lo tomaría el padre cuando lo supiera.

¿Le mataría?

¿Y si Eduardo Alameda se escondía porque ella era... diferente, gitana, mulata, o incluso mayor que él? ¿Tan difícil era llevarla a su casa y presentársela a su padre, máxime no siendo ya un crío, sino todo un universitario? ¿No quería que tuviese novia antes de acabar la carrera?

Allí ya no hacía gran cosa.

Los escarceos amatorios, desde luego, tenían lugar por la tarde.

No tocó nada, y regresó a la escalera sin dejar nuevas huellas en el polvo, pisando por donde lo hacían ellos y evitando los charcos de agua. Una vez abajo decidió salir por donde había entrado, que era lo más práctico. Salvó la primera valla y en la segunda asomó la cabeza para otear el panorama antes de pasar al otro lado. La calle seguía estando desierta.

Eduardo Alameda había encontrado un buen escondrijo.

Bajó por la calle Llacuna y se dirigió por si acaso a la parada del tranvía, pero detuvo el primer taxi que, afortunadamente, apareció en el horizonte. Las Carmelitas de la Caridad estaban en la calle Lladó, por debajo de la plaza de San Jaime y cerca de la plaza de San Justo, así que se acomodó en el asiento con cara de no querer conversación. El taxista la captó.

Debía de ser un buen psicólogo.

El único comentario que hizo el hombre fue:

—¡Como a la gente le siga yendo tan bien y todo Dios se compre un coche, llegará el día en que no se podrá circular por Barcelona, válgame el cielo!

Así que a la gente «le iba bien».

Pura prosperidad.

Y, algún día, todos motorizados.

La entrada del convento era pragmática. Uno abandonaba el mundo exterior e ingresaba en una realidad nueva y desconocida. Los ruidos de la calle, allí, no existían. Como si Dios lo protegiera con un manto de aislamiento. La monja que hacía las veces de celadora dejó de leer la Biblia al verle aparecer. Era menuda. El escaso rostro que dejaba ver por entre los hábitos se correspondía con el de una mujer mayor, de piel muy lisa y blanca, ausente de calor y de color.

Le sonrió.

—Buenos días nos dé el Señor —lo saludó.

—Buenos días, hermana. —Fue directo—. ¿Podría ver a la hermana Resurrección Casas?

La monja se santiguó.

Dejó de sonreír.

Y si ya tenía la piel blanca, ahora se le convirtió en un pergamino transparente.

Papel de fumar.

—Ay, Señor...

—Perdone...

Estaba a punto de llorar.

—Es que ha sido tan repentino...

—¿Le ha sucedido algo? —Miquel se puso en guardia.

—¿Para qué quería verla? —No respondió a su pregunta.

—La conocí hace unos años —mintió—. Quería saludarla.

—Pues... —Se santiguó de nuevo—. La hermana Resurrección murió el miércoles a mediodía, señor.

—Santo Dios... —Trató de estar a la altura.

—Que Él la tenga en su seno.

—Pero ¿cómo fue? ¿Estaba enferma?

—La pobrecilla... se cayó al metro.

Miquel se tensó.

—¿Un accidente?

—Ya ve, señor. O quizá un desmayo. Tan tranquila ella, que nunca corría por nada, siempre serena, equilibrada... Según nos han contado, había mucha gente, era la hora de mayor afluencia de público. El caso es que...

—Terrible.

—Sí, sí lo es. Lamento habérselo tenido que decir.

Sentía el vértigo, la campanita de alarma. El flujo de sangre circulaba de pronto a toda velocidad por las venas, y el corazón lo bombeaba con fuerza. Iba a retirarse.

Y, entonces, volvió el control.

—Perdone la molestia —dijo—. ¿Preguntó alguien por ella el día anterior a su muerte, o incluso el lunes aun siendo festivo?

—El día anterior, no. Pero ese mismo día sí, por la tarde, al poco de que conociéramos la triste noticia.

—¿Un hombre con el brazo izquierdo ligeramente rígido?

—Sí. —Abrió los ojos desconcertada—. ¿Por qué?

—Otro amigo —respondió lo más rápido que pudo—. Gracias por todo, hermana. Siento mucho lo que ha sucedido.

—¡Rece por ella! —Fue lo último que la oyó decir antes de abandonar el convento y salir a la calle.

19

¿Una casualidad?

¿Un accidente?

¿Y justo antes de que David Fortuny preguntara por ella?

Miquel tuvo que apoyarse en la pared.

El caso del presunto bebé robado, de pronto, se volvía oscuro.

Mucho más con los abuelos desaparecidos.

Subió hasta la plaza de San Jaime y cruzó por el centro. Se detuvo a la altura de la calle Fernando. Le molestaba cargar con la bolsa del martillo, pero no había otro remedio. Lo malo era que no podía metérsela en el bolsillo. Odiaba no tener las manos libres. Siempre había sido así.

No encontró ningún taxi hasta casi la Rambla. La dirección del doctor Bernardo Almirall estaba en el Ensanche, en la calle Enrique Granados, a la altura de Provenza. Se la dio al taxista y eso fue todo.

O casi.

—Ya va a refrescar, ¿verdad, señor?

—Sí, eso parece.

—Habrá que sacar el abrigo.

—Sí, sí.

—Si le pudiera poner una estufita al taxi...

—Claro, claro.

No hubo más.

Miquel pensó por un momento, una vez más, cómo sería la vida de un policía si no fuese por las porteras celosas de su trabajo y las vecinas curiosas, amén de los taxis que reinaban en las calles de todas las grandes ciudades. Sabían más ellos que toda la Central de Policía junta.

Se preguntó si alguno sería informante del régimen.

Apartó la idea de su cabeza.

El taxi le dejó justo delante de su destino. Abonó la carrera y se bajó.

—¡Señor, la bolsa!

Cerró los ojos, suspiró, la recogió y cerró la puerta.

—Gracias.

—¡Si viera usted la de cosas que se deja la gente!

—Ya, ya.

El taxi se alejó.

Las señas de Bernardo Almirall, el médico que había atendido a Julieta Domènech en su parto, se correspondían con una pequeña casa de una sola planta. No había vecinos posibles. La puerta estaba cerrada y en la placa de la pared lateral, a la derecha, leyó la información que, por desgracia, esperaba: «Horario de visitas, de lunes a viernes, de 10 a 13.30 y de 16 a 19 horas».

Tenía todo el sábado y todo el domingo por delante para aguardar al lunes y poder hablar con el hombre.

Hizo una mueca de fastidio.

Debajo de la placa, vio un timbre. Quizá tuviera suerte. Sin otro Bernardo Almirall, médico, en la guía, la idea de que viviera allí mismo se acrecentó. Pulsó el timbre y al otro lado no escuchó ningún tintineo o zumbido. Contuvo la respiración al pulsarlo de nuevo y pegó el oído a la puerta.

El mismo resultado.

Estaba empezando a hartarse de tropezar con puertas cerradas y ausencias prolongadas.

Encima, ahora, con una monja muerta.

Por un momento, se quedó sin saber qué hacer, hasta que un ramalazo le recorrió el cuerpo al darse cuenta de dónde se encontraba.

Calle Enrique Granados.

A dos manzanas de la calle Córcega.

Del número 256.

La casa de su primera vida.

Tragó saliva.

¿Por qué no?

Tenía que haberlo hecho mucho antes, así que... ¿por qué no ahora? No podía seguir a la señora Cisneros hasta la tarde, ni cerrar el caso de Eduardo Alameda y ver con quién se veía en la casa en ruinas, ni mucho menos continuar con lo de los abuelos Domènech. Los caminos estaban cerrados.

Le quedaba su propia vida.

Necesitaba saber.

Se metió la bolsa con el martillo bajo el brazo y echó a andar calle arriba. Pasó el cruce de Rosellón y dobló por Córcega a la derecha. Volver al tramo de calle en el que había vivido con Quimeta y Roger se le hizo duro. Evitaba siempre pasar por él. Cuando bajaba por la calle Balmes, volvía la cabeza a la izquierda para no ver el edificio, aquella última planta, el balconcito que daba a la calle...

Cuando la señora Remedios le vio entrar por el portal, se levantó de su eterna silla, al fondo, a la derecha, siempre vigilante fuera de su pequeñísimo cubículo.

Volvieron los olores, las sensaciones.

—¡Señor Mascarell!

—Hola, Remedios —Se detuvo en mitad del largo vestíbulo.

—¡Cuánto tiempo!

—Sí, ¿verdad?

—¿Cómo está?

—Bien, bien.

La portera le había cogido las dos manos. Notó el anillo.

—¡Ha vuelto a casarse! —manifestó sorprendida.

—Es una larga historia.

—Como todas, como todas, ¿verdad? —Le mostró una de aquellas caras de resignación que solían poner las personas mayores y sin esperanza, pero aferradas a la vida con uñas y dientes porque no había otro remedio—. Hay que seguir adelante como sea, ¿no?

—Y que lo diga. Es lo que nos toca a todos. —Recordó algo de pronto—. En julio del 47 me encontré al señor Sierra por la calle. Me dijo que su mujer esperaba un hijo. ¿Siguen viviendo aquí?

—¡Sí! Tuvieron un niño. Se llama Jordi.

—Qué bien. Me alegro.

—Pero... ¿y usted? ¿Qué le trae por aquí?

—Nostalgia, Remedios. Nostalgia.

—¡Ay, sí!, ¿verdad? Uno no puede desprenderse del pasado.

—¿Los nuevos inquilinos de mi piso siguen también en él?

—¿Los señores Argumí? Sí, por supuesto.

—¿Sabe si están arriba?

—No les he visto salir. Supongo que sí. ¿Usted dónde vive ahora?

—En el otro lado del Ensanche, en el cruce de las calles Valencia y Gerona.

—¿Y todo le va bien?

¿Le contaba que sí, que estaba enamorado como un crío de quince años y que era padre desde hacía seis meses?

¿Valía la pena?

—Me va bien —se limitó a decir—. Calma y tranquilidad.

—Ya, para los años que nos quedan... —Suspiró con aquel aire de derrota prematura que tanto sobrecogía—. ¡Qué se le va a hacer!

Miquel soltó sus manos, todavía presas de las de ella.

—Quiero preguntarles algo a los Argumí —se despidió.

—Bien. —Lo dejó ir.

Mirada dulce, como la de una madre hacia su hijo a pesar de que ella sólo era un poco mayor que él.

Miquel inició la larga ascensión. Contando el entresuelo y el principal, eran seis pisos. Se lo tomó con calma. A punto estuvo de sentarse en el banquito de madera situado a mitad del recorrido. Un simple triángulo incrustado en el ángulo de la pared. Al pasar por el lugar en el que, por última vez, había hablado con Vicens en enero del 39, sintió un escozor en los ojos. Lo dominó. En el rellano siguiente, una vez, Roger se había caído de bruces abriéndose una brecha en la barbilla.

—Coño con los recuerdos... —barbotó.

Sintió una opresión en el pecho.

Tomó aire al llegar a la última planta. No pulsó el timbre de inmediato. Primero se calmó. Cuatro años antes, casi le habían echado. No le dejaron entrar en el piso. No esperaba un mejor trato ahora.

Pero lo único que quería era hacer una pregunta.

Nada más.

Finalmente tocó el timbre.

Se envaró al instante.

Le abrió la misma mujer que entonces, cuatro años mayor pero con el mismo semblante hierático y el rostro endurecido. Por detrás, la sensación de *déjà vu* aumentó para él. Allí estaba la foto del hombre con traje de falangista y el porte altivo.

El de los vencedores.

Dominó la rabia y la tristeza.

—Señora Argumí...

—¿Sí?

—Perdone que la moleste de nuevo. Estuve aquí hace cuatro años, no sé si me recuerda.

La mujer arqueó las cejas y abrió los ojos.

Le recordaba.

—El señor que vivía aquí antes, sí, me lo dijo. Y le repito lo que...

—No, no, espere. —Evitó que diera un paso atrás y cerrara la puerta—. No quiero entrar, sólo hacerle una pregunta.

Por detrás de la mujer, la fotografía se hizo carne. Aun sin el uniforme, el hombre que apareció era sin duda el señor Argumí.

No parecía más amable que su esposa.

—¿Pasa algo? —tronó con voz autoritaria.

—Este señor es el que vivía aquí antes —le informó ella.

El tono rozó la violencia.

—Váyase, ésta ya no es su casa.

Miquel apretó los puños.

¿Le fusilarían por pegar a un falangista, o únicamente le devolverían a la cárcel?

—Una pregunta, por favor. Es cuanto les pido.

—¿Qué pregunta? —Se cruzó de brazos el hombre, tomando ya las riendas de la situación por delante de su ahora sumisa mujer.

—Cuando se instalaron aquí, ¿todavía estaban los muebles, las cosas...?

—No, el piso estaba vacío.

—¿Vacío?

—Sí, vacío. —Creció la irritación—. Si quiere saber a dónde fueron a parar sus cosas, pregúntele al dueño, ¿estamos?

—Sí, por supuesto...

No hubo más.

La puerta se cerró en sus narices, con algo más que desprecio.

En el Valle, lo peor no eran los castigos, el trabajo, la derrota. Lo peor eran las humillaciones.

Se sintió igual que allí.

Humillado.

Miró la puerta con aprensión. La misma puerta tras la cual había vivido la primera parte de su vida, feliz y entregado a su familia y su trabajo. La misma puerta tras la cual había nacido Roger. La misma puerta tras la cual había muerto Quimeta. La misma puerta por la que se lo llevaron preso aquel día.

Seguían sin perdonarles que todavía vivieran.

Se alegró de no ser ya inspector de policía y no llevar una pistola encima.

Escuchó un grito proveniente del interior del piso.

—¡Si vuelve a aparecer ese individuo, llama a la policía! ¡Habrase visto!

Miquel empezó a bajar la escalera.

Tardó una eternidad en llegar al primer piso, como si en lugar de poner un pie en cada peldaño en sentido descendente, los colocara subiendo empinadamente la cumbre de una montaña. Se detuvo en la puerta del dueño del edificio. Lo recordaba como un hombre mezquino, tacaño, siempre amargado, miserable. Si vivía, más de doce años después, sería aún peor, así que no guardaba muchas esperanzas de que su conversación fuera mejor que con los Argumí.

Llamó al timbre.

Tardó en reconocer a la esposa. No era la edad, sino la manera de vestir, astrada, como si fuera la peor de las criadas, el pelo hirsuto, el rostro demacrado. Una oleada de aire cerrado, que pareció buscar la libertad al abrirse la puerta, le golpeó la pituitaria. Todo estaba oscuro.

—¿Señora Rosa?

—¿Sí?

—¿Está su marido?

—Sí. —No dio muestras de reconocerlo.

—¿Podría hablar con él?

—¿Para qué?

—¿No me recuerda? Viví aquí toda mi vida, hasta el 39. Soy el señor Mascarell.

Ninguna emoción, el mismo semblante.

—Sí, ¿y qué?

—Quería preguntarle por mis cosas.

—Yo no sé nada de sus cosas. Pregúntele a él.

—Es lo que quiero. ¿Puedo pasar?

La mirada fue seca.

La espera absurda.

—Sí, pase. —Se apartó del quicio—. Él no puede moverse.

La mujer tomó la iniciativa. Le condujo por el pasillo de la izquierda. Los dos pisos de cada rellano daban tanto a la parte delantera como a la de atrás. La galería quedaba justo en ese lado. El trayecto, sin embargo, no estaba despejado. Por todas partes había cosas, desde muebles u objetos hasta pilas y pilas de periódicos amontonados. Más que un piso, parecía una trapería.

Miquel se preguntó si allí, por alguna parte, no habría algo suyo, una lámpara, un objeto, un mueble...

El dueño de la casa se había convertido, además, en un ave de rapiña.

—Teodoro, quieren verte —le anunció ella antes de entrar en la galería.

El hombre estaba sentado en una butaca medio destripada, con la pierna derecha en alto, vendada hasta la rodilla, sobre un taburete. Llevaba unas gruesas gafas de miope, con cristales que convertían sus ojos en dos peces inmersos en una pecera, y parecía no haberse peinado en días. Vestía una bata gris, oscura, tan deprimente como la butaca. El sol que penetraba por los cristales de la galería no borraba la sensación de ahogo que el piso producía, porque incluso allí había montañas de periódicos y trastos amontonados.

—¿Quién es? —Forzó la vista para verle.

—Es el señor Mascarell, el que vivió aquí, ¿recuerdas?

No se movió para darle la mano, ni Miquel hizo el gesto. La mirada escrutadora hizo que contrajera la cara en una mueca.

—Le creía muerto. —Fue lo único que dijo con voz áspera.

—Lo estuve.

—¿Y vuelve después de tantos años?

—Quisiera saber qué hizo con mis cosas.

Teodoro Martí tensó la espalda. Los ojos se le empequeñecieron todavía más. Si su tono de voz ya era desagradable, ahora lo acentuó.

Rozó el desprecio.

—Oiga, se lo llevó la policía militar, iban a fusilarle, ¿qué quería?

—No he venido a culparle de nada, sólo a preguntar.

—¿Culpar? ¡Sólo faltaría!

—Responda, por favor.

—¿Es por el dinero? ¿Es eso? ¿Quiere los cuatro cuartos que me dieron por todo? ¡Fue una miseria!, ¿se entera?

—¿Vendió mis cosas? —Se dominó a duras penas.

—¡Pues claro que las vendí! ¿Qué esperaba que hiciera? ¡Se lo repito: usted no iba a volver y la gente quiere los pisos vacíos, para poder poner sus propios muebles! ¡Nadie se queda con lo de otros teniendo lo suyo! ¡No se le ocurra acusarme de nada, porque estaba en mi derecho! ¡Ni siquiera me pagó el alquiler del último mes!

Habría matado al falangista de su piso.

Al dueño del inmueble además le habría torturado.

—¿Lo vendió todo?

—¡Todo, sí, en bloque! ¡Vinieron y vaciaron el piso!

—¿Hasta las fotos?

La pregunta debió de chocarle.

—¡Y yo qué sé si había fotos! —rezongó.

—Tuvo que abrir los cajones, por si había algo de valor.

—¡Ni me acuerdo, maldita sea! ¿Fotos? ¿Está usted loco?

La mujer seguía allí, a un lado, quieta como un candelabro. Se asustó al ver que su marido se ponía a toser.

—Teodoro, que te va a dar algo.

—¡Si es que...! ¡Me viene doce años después...! —Tosió un poco más, mientras ella le golpeaba la espalda sin mucho brío—. ¡Es increíble!

Miquel quería irse de allí cuanto antes.

—¿A quién se lo vendió?

El hombre logró dominarse.

—¡A un trapero! ¿A quién quería que se lo vendiera, a un coleccionista?

—Dígame dónde puedo encontrarle y me iré.

Otra mirada incendiaria. Teodoro Martí no era más que un despojo humano cargado de veneno. Ya odiaba al mundo antes de la guerra.

—¡Está loco! —Se aferró a la irritación que le producían las preguntas—. ¿Para qué quiere saberlo? ¡Han pasado doce malditos años!

—Dígamelo y no volverá a verme.

—¡Es aquí cerca, en la calle Casanova, bajando a la izquierda; no sé el número, ya verá los trastos en la puerta!

Suficiente.

Miquel dio un paso atrás. Iba a salir de la galería. Le echó una última mirada al hombre y no pudo evitar decirle lo que pensaba.

—¿De qué le sirve a usted el dinero?

Fue suficiente. El dueño de los pisos se puso rojo como la grana y ya no pudo contestar porque estalló en una tormenta de tos. Su mujer volvió a golpearle la espalda.

Miquel caminó hasta la puerta por el pasillo atiborrado, salió y la cerró violentamente.

El estampido hizo retumbar el edificio entero.

La despedida de la señora Remedios fue muy breve.

Quería salir a la calle cuanto antes.

20

La trapería era en realidad una tienda de muebles usados. No tenía nombre, pero, como le había dicho Teodoro Martí, se veía desde la distancia. Los objetos llegaban hasta la misma calle. Los más nuevos, claro. Porque en el interior lo que se ofrecía eran los despojos de otro tiempo, los restos del pasado de muchas casas. La mayoría ni siquiera estaban enteros. Sillas rotas, mesas con una pata menos, espejos manchados, percheros, galanes de noche, mesitas, mecedoras, fonógrafos, lámparas, cuadros, estatuillas...

La joven que se le apareció era un rayo de luz entre tanta tiniebla. Tendría unos diecinueve o veinte años y una sonrisa diáfana coronada por unos ojos risueños. De alguna forma, Miquel lo agradeció.

Por desgracia, ella debía de ser una niña en 1939.

—Quería ver al dueño —la saludó.

—Es mi padre.

—¿Está aquí? —Temió que, por ser sábado, fuera mal día. Se tranquilizó cuando ella volvió la cabeza y gritó:

—¡Papá, te buscan!

Un hombre emergió de entre las profundidades de su negocio. Parecía tan amable como su hija, porque sonreía como ella. Igual era por necesidad, para vender bien y satisfacer a los clientes.

—Usted dirá. ¿Necesita algo en particular?

—Mire, perdone que le moleste. —Miquel escogió las palabras—. En 1939 me detuvieron y mi piso quedó vacío, porque quedaba únicamente yo. El dueño le vendió a usted todo lo que contenía.

—¿En el 39?

—Sí.

—Caray, señor, no ha llovido ni nada desde entonces.

—Lo sé, y por supuesto imagino que no conservará nada de todo aquello. Sólo quería saber qué se hace con el contenido de los cajones en estos casos, porque una cosa son los muebles, y otra lo que haya en ellos, ropa, recuerdos, fotos...

—Por lo general los muebles van aquí. —Abarcó la tienda con las manos—. Es de lo que vivo. La ropa, depende de su estado: a veces la vendo a una sastrería de segunda mano y, las prendas que están muy mal, van a la iglesia, que los curas y las monjas se lo quedan todo y no le hacen ascos a nada en estos tiempos. Tirar, no se tira nada.

—Ya, pero las cosas íntimas, sobre todo las fotografías...

—Todo lo que es papel, desde fotos a cartas, postales, cromos, propaganda de cines, suele interesar a las tiendas de coleccionismo. Se asombraría de lo que guarda la gente en sus casas y más aún de lo que coleccionan otros. Todo es vendible, ¿sabe?

—¿Como lo que hay en el mercado de San Antonio los domingos?

—Exactamente. Ahí encuentra lo que quiera, y además, todos los que se dedican a esto están juntos.

Miquel intentó seguir el hilo de sus pensamientos, no olvidar ninguna pregunta, como cuando investigaba un caso.

Esta vez era un caso propio.

—¿Lleva usted un control de lo que compra?

—Un registro, sí. Por lo menos del global, no es tan exhaustivo como para detallarlo pieza a pieza. ¿Cuándo dice que fue lo suyo?

—Entre febrero y marzo de 1939, imagino.

—Vamos a ver. Venga.

Tomó la iniciativa y Miquel le siguió. La muchacha se quedó atrás. Había estado pendiente de toda la charla, mitad curiosa, mitad sorprendida. No había dejado de sonreír.

Llegaron a un despacho, no menos lleno de cosas. Los papeles se amontonaban en la mesa. Había varios archivadores y únicamente una silla. El dueño de la tienda abrió un cajón de un mueble situado a su izquierda y de él extrajo un viejo libraco de tapas gruesas.

—En el 39 todo empezó a volver un poco a la calma, ya lo sabe —comentó el hombre—. Pero aun así, fue muy difícil. No había muebles. La gente los había quemado para calentarse en sus casas. Como mucho, dejaban un par de sillas, el colchón en el suelo... Recuerdo lo que me costó retomar un poco las riendas de todo esto. ¿Qué dirección?

—Córcega 256.

—Veamos... —Fue al comienzo del libraco—. ¿Ha salido usted ahora?

—Hace cuatro años.

—¿Cárcel?

—Valle de los Caídos.

Le miró con respeto, también con pesar.

—Mi hermano murió en La Modelo —dijo—. Y un tío mío fusilado en el muro del castillo de Montjuich. De hecho, yo me libré por los pelos. Me costó llenarle la casa a un capitán, pero así son las cosas. Dicen que este año ya se han vaciado por fin las cárceles. Un primo mío salió en verano. —Trató de concentrarse en la búsqueda, aunque no dejó el tema—. Siento lo de sus cosas, señor.

—Sí, yo también.

—Aquí está. —Puso un dedo en una hoja—. Piso entero, comedor, sillas, armarios, cama... Córcega 256. El día 28 de febrero de 1939.

El hijo de puta del dueño no había esperado demasiado. Quimeta había muerto el 4, y a él se lo llevaron el 10.

Había bajado la escalera a rastras.

—Me interesa sólo una cosa: las fotografías.

La mirada del hombre fue triste.

Casi crepuscular.

—Lo entiendo, pero eso... —Volvió a ojear el libro. Pasó varias páginas antes de detenerse en otro punto—. Sí, mire, a los pocos días le vendí un montón de fotos y postales a una empresa llamada Gráficas Doncel, aunque lo de «gráficas»... Ya me entiende. Era una tienda de compraventa de ese tipo de cosas en la calle Aribau, poco antes de llegar a la Gran Vía, bajando a mano izquierda.

—¿Era?

—Sí, lo siento. Que yo sepa, el dueño murió hace tres años y los hijos no quisieron seguir con el negocio. Lo cerraron. La última vez que pasé por delante vi un bar en ese mismo lugar.

Todo estaba dicho.

—Ha sido usted muy amable —se lo agradeció Miquel.

—Pero no le he ayudado mucho.

—Acabo de hablar con dos personas que merecerían ser fusiladas. No sabe lo importante que es encontrar a alguien amable. Al menos eso.

—Sí, la gente está un poco tensa, ¿verdad?

—No lo sabe usted bien.

Enfiló la salida, seguido por el dueño. Saludó a la hija. Luego se despidió de él.

—Suerte. —Fue lo último que le deseó el hombre.

Caminó calle abajo. Por simple instinto. Fue doblando esquinas hasta llegar a la calle Aribau. El único bar que encontró a mano izquierda antes de la Gran Vía se llamaba Buen Gusto. Entró en él y ocupó uno de los taburetes de la barra. Primero pidió un café con leche. Cuando el camarero, un hombre de unos treinta y pocos años, se lo sirvió, le hizo la pregunta.

—¿Es usted el dueño?

—¿Yo? No. —Se volvió hacia un lado y, sin preguntarle nada, gritó—: ¡Paco!

El dueño tenía más o menos la misma edad. El camarero señaló a Miquel sin decir nada.

—¿Sí? —Se inclinó el hombre sobre la barra.

—Aquí había antes una librería de segunda mano y objetos de coleccionista o algo así, ¿verdad?

—Sí, de mi padre.

—Solía comprarle cosas.

—Bueno, después de la guerra hubo una buena época para según qué. Mucho que vender para la mayoría y, por lo tanto, mucho que comprar por parte de los que se aprovechaban. Mi padre, además, era un romántico. Estaba enamorado de lo suyo. Al morir vimos que lo mejor era cambiar, porque no teníamos ni su entusiasmo ni sus conocimientos.

—¿Quedan muchos lugares ahora donde buscar fotos antiguas, por ejemplo?

—Bastantes, sí, pero no vale la pena liarse a dar vueltas. Los domingos, en *Els Encants*, están todos.

—¿Su padre llevaba un registro de lo que compraba y vendía?

—¿Mi padre? Era un puro desorden. Gran cabeza, eso sí. Todo lo guardaba en ella. Pero de papeles... Y eso que ni siquiera se imagina lo que sacamos de aquí cuando mi hermana y yo cerramos.

—Gracias y perdone.

—No hay de qué, hombre.

Miquel se quedó en la barra.

Silencio.

La mirada perdida.

Imaginó que, si alguien le viera en ese momento, si alguien

se fijara detenidamente en él, lo único que vería sería un hombre cansado y viejo, abrumado por el peso del pasado.

Con Patro y con Raquel, pensaba que eso ya no volvería, o que lo superaría más fácilmente.

Le había dicho ya a Patro que no iría a comer. Aun así, pidió un par de fichas y se dirigió al teléfono público, colgado de la pared al final de la barra.

Quería escuchar su voz, nada más.

Marcó el número de la mercería y esperó.

Apareció ella.

—¿Dígame?

—Soy yo.

—Ah, hola. ¿Cómo te va?

—No muy bien. Estancado.

—Lo siento.

—No iré a comer.

—Sí, ya me lo has dicho.

—Lo había olvidado. —Mintió sabiendo que ella no era tonta y sabía de su memoria.

—¿Dónde comerás?

—Voy a ver a Fortuny. Luego, tomaré algo en cualquier parte. Por la tarde seguiré a la señora Cisneros y ya veremos.

—Me ha telefoneado Amalia.

—¿Y qué tal?

—Él sigue igual. Pero me ha dicho que quería verte. Menos mal que has llamado, ¿ves?

—Pues voy ahora.

—Ten cuidado.

—Siempre lo tengo.

—Oh, sí —dijo ella en tono burlesco.

—Te quiero.

—Y yo a ti.

Había verdades que no necesitaban de más.

Puso el auricular en la horquilla antes de que sonara la señal de que se le acababa el tiempo y, en segundo lugar, marcó el número telefónico del doctor Almirall.

Media docena de zumbidos después, colgó y recuperó la ficha, regresó a su café con leche, acabó de apurarlo, la devolvió, pagó y salió del bar.

Lo mejor era que no tenía que coger ningún taxi, aunque tampoco habría estado de más que lo hiciera, para ahorrar fuerzas y evitar la leve subidita hasta el Clínico.

21

Un hospital era siempre un lugar lleno de dolor, salvo para los que salían curados y con una nueva esperanza. Uno podía ir cada día y hasta parecía que las personas eran las mismas, se movían por los mismos lugares, ocupaban las mismas salas, pasillos o escaleras. Subió al último piso del hospital junto a dos mujeres enlutadas de pies a cabeza. Una lloraba y la otra, la más joven, la sostenía. El tono deprimente se acentuó cuando se abrieron las puertas del ascensor y vieron a una pareja, estrechamente unidos y también llorando, una en brazos del otro.

Intentó mostrarse sereno.

Amalia estaba allí.

Primero no le vio. Sentada, hundida, incluso empequeñecida, no parecía ser la mujer animosa y vital que había conocido. Pensó que si él había tenido suerte al encontrarse con Patro, para salvarla de su vida y salvarse a sí mismo con ella, David Fortuny también era un hombre afortunado por compartir su amor con Amalia.

Tanto que, si el detective salía del coma y sobrevivía, pensaba tirarle de las orejas para que aceptara ser algo más que el paciente novio que era, sin muchos ánimos para casarse.

Una simple novia quizá no hiciera jamás lo que Amalia estaba haciendo por él.

Protegerle.

Se detuvo en la puerta de la sala de espera, sin querer molestarla, cuando ella alzó la cabeza y le vio.

Se levantó de un salto y corrió a su encuentro con los brazos abiertos y el rostro consternado.

—¡Mascarell!

Miquel se la encontró encima, temblando.

—¿Qué pasa? —Se temió lo peor—. ¿Fortuny...?

—No, sigue igual. —Amalia lo apartó de la puerta y se lo llevó al pasillo, pero sin dejar de cogerle del brazo—. Estoy muy asustada.

—¿Por qué?

—Puede que no sea nada... Es que... —No encontró las palabras que buscaba, atrapada en el nerviosismo—. Me han dicho que esta mañana ha venido un hombre preguntando por David.

—¿Sólo preguntar?

—Sí, y como no era de la familia, lo único que le han dicho es que estaba en coma. Luego le han sugerido que hablara conmigo y entonces él se ha ido.

Miquel intentó parecer sereno.

No la engañó.

—¡Quien sea, sabe que está vivo! ¡Lo sabe! ¡Por fuerza ha de ser el que lo atropelló!

—Si sigue en coma, está a salvo. —Buscó la manera de tranquilizarla.

—¿Por cuánto tiempo? ¡Ese hombre volverá, lo sé!

—¿Ha hablado con la policía?

—¡Les he llamado, sí, y como si nada! ¡Siguen pensando que estoy loca y veo fantasmas! ¡Han dicho que sería un amigo! ¡Insisten en decir que no pueden dejar a nadie aquí, para vigilarle, basándose únicamente en mis sospechas! ¡Mascarell, no me he movido de aquí, por si despierta!

—Y acabará agotada, o enferma.

—¿Y qué quiere que haga, que me vaya y le deje solo?

¡Soy su única defensa! ¡Estoy segura de que averiguó algo, y el responsable no va a dejar que lo cuente!

—Una persona no sale de un coma y se pone a hablar como si tal cosa. Se necesita tiempo.

—Vamos, Mascarell... No me trate como a una ingenua, que ya tengo mis horas de vuelo.

—De acuerdo. —Bajó la cabeza—. ¿Cómo era ese hombre?

—Me han dicho que muy alto, fornido, espaldas anchas, como un luchador, cara recia y peinado al cepillo. Llevaba una gabardina.

Por lo menos no era un hombre que pasara desapercibido.

Aunque si actuaba a cara descubierta y con tanta impunidad...

No le gustó el detalle.

—¿Ha podido averiguar algo? —Hizo la primera pregunta Amalia.

—Supongo que estoy siguiendo las mismas pistas que David, y dando los mismos pasos, pero empecé ayer y... No, la verdad es que estoy todavía muy empantanado. Es demasiado pronto. Sin olvidar que él tenía más datos y más información que yo, que voy a ciegas. —Tomó una bocanada de aire—. Ese comentario suyo de que lo que investigaba era algo gordo es lo que más desconcertado me tiene. Los casos grandes suelen ser oscuros.

—Él estaba entusiasmado, como si hubiera acertado una quiniela.

—Lo imagino. Igual era su primer gran asunto como detective.

—¿No tiene ni siquiera una pista?

—Tengo dos candidatos, pero nunca se sabe si el más inocente, al final...

—¿Cuál es el inocente?

—La mujer llamada Milagros, la esposa del hombre que le pidió a David que la siguiera. Parece una buena mujer. Claro que, si le engaña, habría un amante dispuesto a todo para que el marido no se enterara.

—¿Y los otros dos?

—Ese joven, Eduardo Alameda, se ve con alguien en secreto, y el padre es un camisa azul del Gobierno Civil. En apariencia, tampoco tiene sentido que uno de ellos quisiera matar a David. El chico muestra una pinta de buen chaval que asusta. En cambio, el caso de los dos abuelos... Ése empieza a asustar.

—¿Por qué?

—Casualmente o no, ha muerto la monja que estaba en ese hospital cuando nació la criatura y murió junto a la madre.

—Dios...

—Se lo repito: estoy a oscuras. Voy dando palos de ciego. Me quedaría aquí si no fuera porque lo más urgente es encontrar al responsable del atropello de David.

—No, no, aquí ya me quedo yo —dijo ella con firmeza.

—No aguantará mucho más sin dormir.

—Doy alguna cabezada. —Se hizo la fuerte.

—Hable con las enfermeras. Dígales que no permitan que nadie se acerque a él. La crean o no, son mujeres y entenderán que esté preocupada. Descríbales al hombre que acaba de decirme, por si le ven, para que den la alarma.

—Lo hare así, esté tranquilo.

—¿Puede hacerme un favor?

—Sí, ¿de qué se trata?

Le entregó la bolsa con el martillo.

—¿Puede guardarme esto en la habitación de David, por algún cajón o en el armario?

—Claro. —Cogió la bolsa sin esperar tanto peso—. Pero ¿qué lleva aquí dentro?

—Un martillo. He tenido que usarlo esta mañana para echar una pared abajo.

—¿En serio?

Miquel se encogió de hombros.

—Ya ve.

—No se preocupe. Ya lo recogerá cuando quiera.

—El día que salgamos de aquí con David —le animó.

Un último abrazo.

Largo, denso, firme.

Luego le dio un beso en la mejilla y regresó al ascensor, dejándola sola en medio de aquel rincón cargado de dolor en torno a la suerte de los hombres y mujeres que esperaban sobrevivir en aquella planta.

Llegó a la calle más preocupado que al entrar.

Un hombre alto, fornido, espaldas anchas, como un luchador, cara recia y peinado al cepillo. Con gabardina.

La angustia de Amalia estaba justificada.

Y el tiempo apremiaba.

Su tiempo.

Se subió a un taxi envuelto en sus pensamientos y le dio la dirección de los Domènech.

Algo le dijo que tampoco iba a encontrarlos en su piso.

Algo. Su instinto.

En ese momento no le gustaba sentirlo.

Cuando el taxista se detuvo en la calle Baja de San Pedro, Miquel le dijo:

—¿Podría esperarme un minuto? He de comprobar una cosa.

—Claro, pero no tarde. Si interrumpo mucho el tráfico... Estas calles son estrechas, señor.

—Bajo enseguida y seguimos, o le pago la carrera si me quedo.

Subió al segundo piso a toda velocidad. Si los abuelos le abrían, bajaría a despedir el taxi. Llamó a la puerta y contuvo la respiración.

Su cuarta visita.

El mismo fracaso.

A los Domènech les había pasado algo.

¿Como a la hermana Resurrección?

Eso significaría...

Regresó a la calle a la misma velocidad y llegó al taxi jadeando cuando ya un camión, por detrás, estaba haciendo sonar la bocina.

El taxista arrancó antes de que le diera un nuevo rumbo.

—A la calle Juan Blancas.

—Sí, señor.

Ni una palabra más.

¿Iría la señora Cisneros a ver a su hermana también en sábado? ¿Era la excusa para encontrarse con su presunto amante? ¿Perdería unas horas preciosas vigilando el portal de aquella casa?

Las preguntas se amontonaban.

Ninguna respuesta.

Se bajó a veinte metros del edificio. Era temprano y quería comer algo antes de iniciar la vigilancia. Buscó algún bar o restaurante y no localizó ninguno. Eso le hizo llegar hasta la Travesera. Allí, en dirección al mercado, localizó su objetivo. No era un sitio grande ni hacían las mejores comidas, pero se resignó. Tampoco se sentía un sibarita. Como mucho, espartano. Después de pasar hambre en los tres de la guerra, y de comer mierda luego durante ocho años y medio, todo era un manjar.

Le pidió un plato de alubias y unos arenques al chico que le atendió. De cualquier forma, era lo que parecía más suculento de todo el menú. También le preguntó si tenía algún periódico.

—¿Le va bien *El Mundo Deportivo*?

En los bares parecía que era la Biblia.

—Bueno —se conformó.

Mientras esperaba la comida ojeó el periódico deportivo. Entre el batiburrillo de la primera página, destacaban algunas noticias: la principal, la onomástica de Su Excelencia el Jefe del Estado, que «se celebraba en la intimidad del hogar» porque al Caudillo le era «grato pasarla en familia», lejos de los avatares de su iluminada gestión al frente de «La Patria». El texto decía que en los «hogares españoles habría muchos pensamientos y oraciones elevadas al Altísimo para suplicar para él una larga vida llena de salud y, así, proseguir la ardua tarea que pesaba sobre sus hombros».

Miquel se lo tomó con calma.

Llevaba ya años leyendo la misma bazofia exaltada.

Aun así, no se acostumbraba.

—¡Coño, si es que ni siquiera escribís bien! —lamentó—. Para, para... ¿No veis que lo repetís?

El resto de las noticias eran deportivas. La lluvia de la noche anterior había llevado a la suspensión de la velada de boxeo que iba a celebrarse en el Pabellón de Deportes. El campeonato de España de los pesos pluma quedaba aplazado hasta el próximo sábado. Un grupo de atletas patrios subía al avión para viajar a Alejandría, ciudad organizadora de los Primeros Juegos Mediterráneos. También había un dibujo de un beisbolista americano para hablar de ese deporte en Nueva York. Además, el próximo encuentro del Sabadell ante el Ferrol en el primer grupo de la segunda división de fútbol, el empate de Inglaterra y Francia, a dos tantos, en Highbury...

¿Por qué le aburrían tanto los deportes, y más las noticias deportivas, siempre iguales, monótonas, repetitivas...?

¿La vejez era eso? ¿El cansancio de lo vulgar?

Cuando llegó la comida, dejó el periódico a un lado.

El local sería pequeño y humilde, pero lo que se zampó estaba bueno. Una cocinera de las de antes. También disfrutó del pan, crujiente.

¡Cuánto había echado de menos el buen pan en su encierro!

No quiso demorarse mucho más. Pagó y se marchó. Tampoco era cosa de esperar de pie, así que escogió un lugar en la acera, desde el cual podía ver a distancia la puerta de la casa de los Cisneros, y se dispuso a montar la guardia así, sentado en el bordillo.

Miquel parecía una estatua, pero su cabeza no dejaba de dar vueltas.

Las fotos, los Argumí, el dueño de su viejo piso, el hombre de los muebles, la monja «accidentalmente» muerta, la ausencia del médico, la desaparición de los Domènech, la inocencia de Eduardo Alameda, la violencia contra Milagros Cisneros...

—¿Señor?

Levantó la cabeza.

Una anciana de rostro amable y bondadoso estaba inclinada sobre él. Llevaba un bastón y semejaba una estampa extraída de otro tiempo, con un sombrerito, velo, un camafeo prendido del pecho y la ropa muy trasnochada pero regia.

—¿Sí?

—¿Se encuentra bien?

—Oh, sí, ¿por qué?

—Lleva un rato aquí sentado... Perdone, es que creía que le pasaba algo.

—No, no, estoy esperando a mi nieto y me cansa estar de pie.

—Ah, menos mal. —Se alegró—. Es que si no cuidamos los unos de los otros...

—Es usted muy amable.

—No, no, por Dios.

—Gracias.

La mujer se alejó revestida de su dignidad, bastón en ristre.

Miquel siguió oteando el portal.

—Que no llueva más —dijo mirando al cielo.

No quiso echarle ni un vistazo al reloj.

Hasta que le vio salir a él.

El hombre de los gritos en el taller de corte y confección.

Eran las tres menos cinco de la tarde.

Le vio bajar por la calle Juan Blancas. Pasó a menos de dos metros de él, sin mirarle. Caminaba con el ceño fruncido y cara de malas pulgas, pisando firme y con fuerza.

Cuando le vio desaparecer, se levantó.

No se equivocó.

Milagros, su esposa, salió a las tres y cinco.

22

La señora Cisneros bajó también por Juan Blancas, hasta la Travesera, manteniendo un paso muy vivo y casi nervioso. Miquel esperó a que le rebasara, de espaldas, y la siguió a una decena de metros. Estaba preparado, pero aun así le pilló por sorpresa que ella detuviera un taxi nada más llegar al cruce.

De hecho, no creía que fuera a coger un taxi.

Se equivocó.

Echó a correr. Cuando llegó a Travesera, el taxi ya se había alejado unos metros, circulando con parsimonia. Miró al otro lado y le agradeció a los cielos que un segundo taxi libre transitara a poca distancia en el mismo sentido.

No sólo levantó la mano para detenerle. Casi se le echó encima. Se metió de cabeza en la parte de atrás, se acercó al conductor y con un dedo imperioso señaló a su objetivo.

—¡Siga a ese taxi!

El conductor volvió la cabeza con los ojos muy abiertos.

—¿En serio?

—¡Sí, vamos! ¡No le pierda!

Arrancó de inmediato. Volvió a mirarle, ahora por el retrovisor, sin perder su atisbo de emoción.

—No sabe cuánto he esperado este momento, algo así. ¿Se lo puede creer? —manifestó impresionado.

Miquel tuvo la rara sensación de haber vivido algo parecido en los últimos años, aunque no supo recordar en cuál de los líos en los que se había metido desde su regreso a Barcelona. En cuatro años había seguido a demasiadas personas, tomado decenas de taxis, aguantado incluso que le dispararan.

Siguió inclinado hacia delante, sujetándose en el asiento, con los ojos fijos en su perseguida.

—Imagino que no puede decirme el motivo. —Suspiró el taxista.

—Pues no.

—Es que me gustaría contárselo a la parienta.

—Lo siento.

—¿Es policía?

—Detective privado.

—¡No me diga! —De nuevo volvió la cabeza con un deje de admiración.

—Pues ya ve. —No quería hacerse el interesante, y sin embargo...—. Este año han empezado a dar licencias.

—¡Qué fascinante!

—Cuidado no le corte el urbano y le perdamos.

—Tranquilo.

—Ya.

—Conozco al que va delante, y le aseguro que no es Fangio. A ése no le pierdo de vista yo ni aunque me tape los ojos. —Movió la cabeza un par de veces de arriba abajo—. Así que detective privado. Nunca lo hubiera dicho.

—No todos tenemos la cara de Bogart.

—Hombre, lo imagino, pero no lo decía por eso.

—Entonces será por la edad.

El hombre no quiso meter la pata. Aceleró para situarse un poco más cerca del taxi al que seguía. La distancia que les separaba ahora era de escasos metros.

—¿Quiere que me quede un poco más atrás?

—No, no. No hay problema. Ella no sospecha nada.

—Así que ella, ¿eh? —Sonrió.

Miquel empezó a disfrutar de su papel.

Como un niño.

A los policías muchas veces se les miraba mal; en cambio, a los detectives privados...

Sí, Bogart, Cagney y los demás habían contribuido mucho a mitificar el tema.

—¿Se gana uno la vida con eso? —siguió hablando el taxista.

—Regular.

—¿Y hay tiros?

—Esto es España, amigo. Los únicos que llevan armas ya sabe quiénes son.

—Ahí atrás, donde está usted, he visto de todo y de todos los colores, incluido un parto. Como que se bajó del taxi y antes de entrar en urgencias ya lo había soltado. Pero nunca había perseguido a otro coche.

—Siempre hay una primera vez.

—Y que lo diga.

Estaban subiendo en dirección al Carmelo u Horta. Ya empezaban a dejar atrás el barrio de Gracia. Barcelona, allí, era distinta. En algunos lugares conservaba el sabor a pueblo, casas bajas, menos tráfico. Ya no hubo necesidad de circular pegados al taxi de delante. La distancia se hizo mayor. La persecución, relajada.

Miquel se dejó caer hacia atrás, para estar más cómodo.

De todas formas, su conductor siguió hablando.

Y hablando.

—¿Cuál es el caso más complicado que ha resuelto?

El taxi de la señora Cisneros no siguió en dirección a Horta. Se internó por el dédalo de callejuelas y calles enrevesadas que rodeaban el parque del Guinardó por la parte de arriba. Acabó reduciendo la velocidad al llegar a una calle llamada Pedrell, que desembocaba directamente en la rambla del Carmelo. Había casitas unifamiliares a ambos lados, algunas con jardincitos minúsculos. Algo que evocaba el sabor de un tiempo pasado que trataba de mantenerse pese a la pujanza devoradora de la nueva Barcelona, en la que se construía por todas partes.

—Está parando —avisó Miquel.

Lo hizo.

—¿Qué hago, jefe? —le preguntó su taxista.

—Páselo muy despacio y deténgase unos metros más allá.

—¡A la orden!

Miquel volvía a estar tieso, agarrándose con las dos manos al asiento del copiloto, como si lo abrazara. La señora Cisneros se bajó del taxi y cruzó la calle. Echó a correr sin volver la vista atrás. Justo al pasar ellos por delante de la casa en la que se metió, atravesando a la carrera la verja del jardincito, un hombre apareció por la puerta del edificio, como si la esperase con la misma ansiedad con la que ella corría.

Los dos se abrazaron con todas sus fuerzas.

Posiblemente temblando.

El taxi acabó de circular por delante en el momento en que también se besaban como si quisieran comerse el uno al otro.

—¡Vaya con la señora! —Silbó el taxista.

—Ya puede parar —le avisó Miquel.

Obedeció la orden y recibió el dinero que él ya tenía en la mano. Mientras le daba el cambio siguió mostrándose orgulloso de su labor.

—¿Lo he hecho bien?

—De película —aseguró su pasajero.

—Pues nada, oiga. ¡Suerte!

—Gracias.

—¡Y que no le peguen un tiro!

Miquel se quedó en la acera. Su taxi y el ocupado por Milagros Cisneros subieron calle arriba hasta la rambla.

Regresó a la entrada de la casa.

Era una construcción vieja, pero sobria, con sabor. Una

sola planta, discreción absoluta, el pequeño jardín necesitado de cuidados.

Había un letrero en la verja de entrada.

«Se alquila o vende», y un teléfono.

Pasó por delante de la verja mirando distraídamente hacia el edificio. Milagros y su amante ya no estaban a la vista. Se imaginó lo que estarían haciendo.

La voracidad del desnudo antes de la entrega...

No supo qué pensar.

Sí, la señora Cisneros tenía un amante.

Pero...

¿Cómo olvidar su rostro machacado?

¿La mataría, una vez confirmada su infidelidad?

Se preguntó si sería acertado colarse en el jardincito, fingir que le interesaba la casa por si aparecía alguien, aprovechando que ellos no estarían pendientes de nada que no fuese de sí mismos. Pero no le pareció una buena idea. Ella le había visto en su piso. Le reconocería en caso de que, por la razón que fuera, se asomase a una ventana.

Entonces todo se iría al garete. Adiós al factor sorpresa.

Por la puerta de la casa situada casi frente a la del amante de Milagros Cisneros, apareció un hombre mayor, de unos setenta años. Llevaba un perro atado con una correa. Un animal simpático, porque tiró de la correa para acercarse a él. Miquel le permitió aproximarse. El perro, blanco, grandote, movió la cola y se dejó acariciar. El dueño sonrió.

—Es muy noble —dijo.

—Sí, se le nota.

—He visto que miraba esa casa.

—¿La que se alquila o vende? Sí, sí.

—¿Le interesa?

—Pues... —Plegó los labios reaccionando—. Depende; aunque sí, es posible. Mi mujer está mayor, vivimos en el centro y cada vez hay más ruido. Sufre de los nervios. Tenemos el cuartel de los bomberos al lado y cada vez que salen con las sirenas a toda mecha...

—Pues le aseguro una cosa: para tranquilo, esto. Aquí hay un silencio... —Abrió la mano libre—. Fíjese. Ni una mosca. Ni los perros ladran, ¿verdad, Sultán?

Sultán movió más la cola, como si le entendiera.

Después, quizá porque conocía a su amo, se tendió en la acera.

—¿Y la gente? —preguntó Miquel.

—Muy buena. —El hombre remarcó la primera palabra—. Es una vecindad como ya no quedan. Cada cual en su casa, eso sí, pero si necesita algo... No es como en esos edificios de pisos, en los que ya nadie conoce a nadie ni del mismo rellano. Lo sé porque mis hijos viven en uno de ésos.

—Es lo que le digo yo a mi mujer. A nuestra casa han llegado varias parejas jóvenes, y claro, al ser nosotros mayores, ni nos hablan. «Buenos días» o «Buenas noches» y eso es todo.

—¡Los nuevos tiempos!

—Y que lo diga.

—¡Pues anímese! —Señaló la casa objeto de su conversación—. Ya ve que se vende, pero también se alquila.

Hora de pasar a la acción.

—¿Quién vive ahí?

—Ahora una persona. Alberto se llama. Alberto Aguadé. Su madre murió hace seis meses. —Puso cara de pesar—. Una gran mujer, lo mismo que él, listo y trabajador. Yo le he visto crecer, ¿sabe? Una pena que se mude.

—Sí, es extraño. Si es su casa de toda la vida...

—No sé muy bien el motivo. A mí me dijo que tenía nuevas expectativas. Lo que sí sé es que se va con su novia. La hermana de su madre vive en la Cataluña francesa, en Perpiñán. Imagino que se casarán allí.

—Sí, he visto entrar a una mujer hace un momento.

—Pues era ella. Ya ve qué tiempos estos. Una pareja aquí, sola... En fin, yo no me meto. Allá cada cual. Ya no estamos en el siglo pasado, ni antes de la guerra. Yo llamaba a mi padre de usted, y en cambio ahora...

—¿Tendría que hablar con él por lo de la casa?

—No, no, con el dueño. Alberto y su madre estaban de alquiler. El dueño también es buena persona. Varias casas de esta misma calle son suyas. Seguro que se entiende con él, aunque le subirá el alquiler, claro.

—¿Cuándo va a irse el señor Aguadé?

—Pues me dijo que en unos días, a comienzos de esta misma semana, quizá el lunes o el martes. Lo tiene todo a punto. Es cosa del trabajo de ella y ya está.

—¿Así que a Perpiñán? Bonito lugar, sí. Deben de irse en coche, claro.

—¿Alberto? No, no tiene. Cogerán un autobús, o el tren, vaya usted a saber. ¡Estos jóvenes...!

La cabeza de Miquel empezó a dar vueltas.

Una mujer casada, sin su marido, no lo tenía fácil para atravesar una frontera. El único modo de hacerlo era ilegalmente, por las montañas.

Una verdadera fuga.

Para no regresar jamás.

—Oiga, pues ha sido usted muy amable. —Le tendió la mano al vecino parlanchín.

—Nada, hombre. Además, le ha caído bien a él, ¿verdad, Sultán?

El perro se puso en pie.

Miquel volvió a acariciarle. Tenía el pelo suave.

—El letrero lo pusieron hace menos de dos semanas, pero no se descuide. Ya verá cómo su mujer está de maravilla aquí. Y hará migas con la mía, seguro.

—Seguro, sí. Gracias.

—¡A usted, amigo!

Miquel se alejó de su lado.

Le dirigió una última mirada a la casa.

Quizá en su interior Alberto Aguadé y «su novia» no estuvieran únicamente haciendo el amor.

Quizá hablasen de la escapada, ultimando los detalles finales.

23

Tuvo que subir hasta la rambla del Carmelo para encontrar un taxi. Tardó cinco minutos. Cuando se acomodó en uno, le dio la dirección de la calle Llacuna.

Había tenido bastante cháchara con el anterior taxista, así que agradeció que el nuevo fuera de la especie taciturna. Tomando tantos taxis, empezaba a diseccionarlos según unas características precisas: charlatanes impenitentes, joviales impulsivos, habladores si conseguían respuesta del cliente, profesionales serios y taciturnos con cara de aburridos.

Éste era de los últimos.

Abrió la boca una vez para quejarse cuando una moto le pasó por la derecha de manera inesperada. Tanto, que le hizo dar un brinco.

—¡Hala, hala! —gritó—. ¡A ver si te matas, loco! ¡Y si te matas tú, es tu problema, pero si te llevas a alguien por delante...! ¡Si es que cada vez hay más motos, y te salen por todas partes!

En cambio, no dijo nada cuando le tocó ir detrás de un carro tirado por un burro a lo largo de toda una calle.

Miquel se resignó.

Estaba en hora.

La tarde anterior, Eduardo Alameda había llegado a su refugio sobre las tres y media o más. Si estaba en él ahora, le sorprendería in fraganti, aunque por supuesto lo que menos quería era descubrirse. Sólo saber quién era ella, quizá seguirla, despejar la duda de si uno de los dos podía ser el que había intentado matar a David Fortuny.

Se bajó en la misma calle Llacuna, frente a la valla. El taxista miró a derecha e izquierda, buscando alguna casa, pero no le hizo ninguna pregunta. Cobró y se marchó rumbo a la parte civilizada de Barcelona. Miquel esperó a quedarse solo. Una vez tuvo la certeza, entró en el descampado por el agujero. La tierra seguía mojada, por lo que intentó no meter el pie en ningún agujero o en un charco. Pasar el resto de la tarde con el zapato mojado era ganarse un resfriado seguro.

Llegó a la segunda valla y la salvó sin problemas después de haber echado abajo aquel trozo.

¿Le habría sorprendido a Eduardo Alameda encontrársela rota?

Cuando llegó a la casa en ruinas, se movió más despacio.

El menor ruido, les alertaría.

El chico sí podía volverse peligroso en el caso de verse acorralado, aunque no tenía la menor pinta de serlo.

—Algún día tu maldito instinto te jugará una mala pasada —musitó en un susurro para sí mismo.

Subió despacio el primer tramo de escaleras.

Al llegar al segundo, y pese al polvo del suelo, lo que hizo fue quitarse los zapatos, para mayor seguridad.

Coronó el último piso con ellos en la mano y se acercó muy, muy despacio a la habitación del colchón y las mantas. No se oía nada. Llegó a unos tres metros del hueco de la puerta, tapado por la cortina y con la puerta arrancada apoyada en el vano por el interior.

Entonces sí.

Un gemido.

Se detuvo.

Agudizó el oído y percibió, todavía más nítidamente, un segundo gemido.

Le siguió un suspiro prolongado.

Estaban haciendo el amor.

Se sintió mal, como un intruso violentando el más íntimo de los actos entre dos personas. Pero necesitaba ver, saber, tomar nota de la escena. Ella podía ser una joven, como lo era Eduardo Alameda, o bien una mujer quizá mayor, y de ahí el misterio. No sería la primera que se acostaba con un chico.

¿Aunque... allí?

¿En un lugar tan sórdido?

Cubrió los últimos pasos. El suelo estaba frío. Cuanto antes se marchara y se calzara, mejor. También corría el riesgo de clavarse un clavo o un cristal. Los gemidos y suspiros se multiplicaban e intensificaban. Habrían ahogado cualquier ruido que hubiera hecho él.

Llegó a la cortina.

La desplazó un poco.

La puerta estaba apoyada, no cerraba del todo el hueco. Quedaba un espacio lo suficientemente grande como para atisbar en el interior. Pudo ver con claridad el colchón.

Y encima, sin taparse, completamente desnudo, a Eduardo Alameda abrazando y besando a alguien con pasión.

Alguien que se retorcía de placer debajo de él.

Una escena de puro deseo.

No veía a la chica.

Esperó.

Hasta que, de pronto, ella dejó de ser ella.

La persona que estaba debajo se dio la vuelta, para situarse encima de Eduardo, y lo que vio Miquel no fue un rostro de mujer, un cuerpo de mujer, un corazón de mujer.

Vio un muchacho de más o menos la misma edad que su perseguido.

Bello, hermoso.

Dos ángeles de Botticelli.

Se echó para atrás.

No porque la escena le repugnara. Fue sólo por el efecto de la sorpresa, el impacto emocional que el descubrimiento le acababa de producir.

Si Esteban Cisneros era capaz de matar a su mujer por serle infiel, Leonardo Alameda era capaz de matar a su hijo por ser homosexual. Eso o internarle en un manicomio, donde sí acabaría realmente loco.

Se quedó de pie, en medio de aquella nada vacía que representaba el edificio en ruinas, sin saber qué hacer, conmocionado.

Por el hueco de la puerta se escucharon nuevos gemidos, nuevos suspiros, unas palabras que no logró entender, pero que poco importaban.

El amor siempre producía palabras que únicamente los amantes entendían.

No volvió a mirar por el hueco. Retrocedió. Regresó a la escalera y bajó al piso inferior antes de sacudirse el polvo de los calcetines y volverse a colocar los zapatos. Ya tenía los pies fríos.

Cuando salió a la calle Llacuna por el hueco de la valla, todavía tenía aquella imagen grabada a fuego en su mente.

—¿Y ahora qué? —se dijo en voz alta.

¿Uno de ellos había atropellado a Fortuny? Probablemente ni supieran conducir, así que mucho menos iban a tener coche. Eduardo Alameda desde luego no.

Echó a andar, calle Llacuna abajo.

La cabeza le daba vueltas.

¿Qué haría Fortuny?

¿Cómo cerraba sus casos?

¿Un informe y listos?

¿Así de sencillo?

Se detuvo de pronto en medio de la calle, tan aturdido como excitado.

La señora Cisneros y Eduardo Alameda ya no importaban, de momento.

La última certeza estaba allí.

Había eliminado dos incógnitas para quedarse únicamente con la tercera. De los tres casos, uno se agigantaba hasta convertirse en el motor de la causa del atentado al detective.

Ya no era casual la muerte de la monja, ni la ausencia de los señores Domènech. Toda su experiencia le gritaba que las casualidades no existían.

Lo intuía, pero ahora estaba seguro.

Habría que empezar echando abajo la puerta de los abuelos.

Buscó un taxi a la desesperada, nervioso. Le costó encontrarlo. Casi estuvo a punto de dirigirse a la parada del tranvía. Cuando paró uno le dio la dirección de Baja de San Pedro y, a la primera palabra que le dirigió al conductor, se hizo el sordo.

—¿Cómo dice?

—¡Que ya no llueve, menos mal!

—Ah, sí. Es que soy un poco sordo, perdone.

El taxista ya no le dijo nada más.

Eso sí, al detenerse y darle el importe, le habló despacio y le gritó, para que le escuchara bien.

En ese instante lo único que le importaba a Miquel era el tumulto de gente reunida en la calle, precisamente frente a la puerta de los Domènech.

Se quedó sin respiración.

—No, no... —gimió.

Llegó hasta ellos. Formaban una masa compacta integrada por casi dos docenas de personas, lo cual, unido a la estrechez de la calle, dejaba muy poco espacio para los peatones o el tráfico, ya absolutamente paralizado. Un coche de bomberos presidía el escenario con el rojo de su carrocería. Otro de la Guardia Urbana y una ambulancia completaban el pequeño caos.

Miquel no tuvo que preguntar nada.

Una camilla con una persona cubierta por una sábana salía en ese momento por la puerta de la calle.

Un par de mujeres rompieron a llorar.

Otra se santiguó.

No, Miquel no tuvo que preguntar nada.

Sabía quiénes eran.

Carlos y Julia Domènech.

Los abuelos habían estado siempre en casa. Todas aquellas veces que él llamó a su puerta inútilmente. No se habían ido a ninguna parte.

Vio cómo introducían el primer cadáver en la ambulancia. El segundo apareció de inmediato, sostenido por dos hombres fuertes, aunque ninguno de los dos cuerpos debía de pesar demasiado. Los murmullos se acrecentaron.

También las lágrimas.

—Vamos, vamos, desalojen —pidió uno de los de la urbana.

Nadie le hizo caso.

Las voces ya no eran silenciosas. Formaban una amarga espiral cada vez más audible, como si cada cual quisiera compartir sus sentimientos con el vecino. Una forma de liberarse y solidarizarse entre sí, para protegerse contra los fantasmas de la tristeza frente a la muerte.

—Pobrecillos.

—Yo les veía pasar cada día, siempre juntitos, cogidos del brazo.

—Sí, se querían mucho.

—Tan buenos...

—Si es que cada vez hay más soledad.

—Se tenían el uno al otro, pero claro...

—Yo lo decía siempre: el día que se muera uno, se muere el otro.

—Y con lo que les pasó hace años...

—Lo de su hija, sí.

Miquel se situó junto a dos de las mujeres que más hablaban. Eran mayores. Una llevaba ya un pañuelo negro cubriéndole la cabeza, como si estuviera de luto. La otra era de las que lloraban constreñidas de dolor.

—¿Qué ha pasado? —se atrevió a preguntar.

Las dos mujeres le miraron.

Pero como era un señor mayor, de su edad, le respondieron.

—Unos vecinos, que al parecer se han suicidado.

—Sí, él estaba enfermo. Imaginamos que no ha querido sufrir.

—Y ella no ha querido quedarse sola.

—Un pacto de amor.

El responsable de su muerte ni siquiera había dejado huellas.

Nada de asesinarlos violentamente.

—¿Un suicidio? —repitió Miquel—. ¿Los dos?

—Sí, ya ve —asintió la primera mujer.

—Dicen que se han tomado todas las pastillas que le recetaban a él —se hizo eco de los rumores la segunda.

—Llevaban días sin dar señales de vida. Nadie les veía subir ni bajar.

—Una vecina ya olía mal por el patio y ha avisado a los bomberos.

—Los han encontrado en la cama, uno al lado del otro, cogiditos de la mano.

—Ni siquiera una nota. ¿A quién iban a decirle nada? No tenían a nadie.

—A saber cuántos días llevaban muertos.

—¡Qué triste, señor! ¡Qué triste!

—No puedo ni creerlo...

—Yo estoy muy conmocionada...

La primera mujer abrazó a la segunda.

La ambulancia cerraba sus puertas.

—Vamos, vamos, circulen, por favor —insistía el de la urbana.

Todos sabían que, en cuanto se fueran el coche de bomberos y los otros dos, sobre todo la ambulancia con los cadáveres, la gente seguiría allí, en la calle, compartiendo la experiencia que marcaría sus vidas por unas horas, unos días.

Miquel notó cómo la presión de la sangre se le aceleraba más y más, a medida que la dimensión del horror se apoderaba de él.

Y cómo el corazón le latía más y más fuerte.

David Fortuny en el hospital, una monja y dos abuelos muertos desde que el detective había empezado a investigar. Y, encima, al día siguiente era domingo.

Imposible ver al doctor Almirall antes del lunes.

Podía ser tarde.

Les dio la espalda a las dos mujeres y caminó con paso incierto, aplastado por la abrumadora carga de sus pensamientos.

¿Qué había hecho Fortuny?

¿Qué tecla había tocado para desatar todo aquello?

Y, sobre todo, ¿quién estaba detrás?

¿Cómo se había enterado?

No se dio cuenta de dónde estaba ni de lo que hacía, hasta que se encontró en la calle Trafalgar.

Entonces supo que, inconscientemente, se dirigía a casa.

24

Estaba sentado en la galería, envuelto en la penumbra, viendo cómo empezaba a anochecer, cuando Patro entró por la puerta del piso llevando a Raquel en brazos.

Primero no se dio cuenta de su presencia.

Luego, se llevó un susto.

—Pero ¿qué haces aquí, y a oscuras? ¿Por qué no has pasado por la mercería? El novio de Teresina ha estado esperándote un buen rato.

—Siéntate —le pidió él.

Raquel ya alargaba los brazos para cambiar de soporte, con la carita iluminada de alegría. Patro se la pasó con el semblante asustado.

—¡Ay! ¿Qué sucede? No me asustes... ¿Se ha muerto David?

—No —la tranquilizó un poco—. Después iré a verle. Es... por todo lo que he averiguado hoy. O quizá deba decir lo que no he averiguado.

Patro se sentó delante de él. Raquel ya ejercía su tiranía favorita: agarrarle de la nariz. Miquel se dejó palmear sin protestar. Besaba a su hija casi de forma maquinal, acariciándola con la mano libre.

—¿Te ha pasado algo? —insistió su mujer.

—No, no. Estoy bien. De momento, nadie sabe que estoy metiendo las narices en lo que hacía David.

—¡Ay, menos mal! —Alargó las manos para cogerle las mejillas—. Va, cuenta.

—Caso uno. El del padre que quería que se siguiera a su hijo por sospechar que pudiera estar haciendo algo malo. —Apartó la manita de Raquel, que insistía en meterle un dedo por los agujeros de la nariz—. Eduardo Alameda se ve por las tardes con otra persona, en una casa en ruinas de la calle Llacuna. Tienen incluso un colchón para hacer sus cosas. Todo un nido de amor.

—O sea, que el padre llevaba razón —dijo Patro.

—Sí —reconoció Miquel—. Lo malo es que la otra persona con la que se ve... es un chico de su misma edad.

—¡Ay, Dios! —exclamó ella—. ¡Ése acaba en la cárcel, pobrecillo! ¡Ya sabes cómo tratan a los maricones por todas partes!

—Sí, lo sé. Ahí está el problema.

—Yo no sé si está bien o mal —admitió Patro—. Hace años, cuando estaba en... lo otro, tenía dos amigas que se lo hacían con hombres, claro, pero estaban enamoradas... enamoradísimas entre ellas. Se querían... Yo no he visto amor más puro y sincero, te lo juro. Eran la mar de felices. Sólo así soportaban a los hombres que pagaban por sus servicios. —Hizo un gesto incierto con las manos para agregar—: De todas formas, entre mujeres parece algo más limpio que entre hombres, ¿no?

—No seas absurda. —Se lo reprochó él—. Es lo mismo. Y, por desgracia, no sólo está perseguido aquí. Lo está en todas partes.

—Pobre chico... —Suspiró Patro.

—Pobre chico si se lo digo a su padre.

Ella abrió los ojos.

—¿No lo harás?

—No lo sé. —Cambió rápido de tercio—. Caso dos. El marido que hace seguir a su mujer por sospechar que le es infiel.

—¿Lo es? —se le adelantó ella.

—Milagros Cisneros tiene un amante, sí. Finge ir a casa de su hermana, que naturalmente debe de estar al corriente y la cubre, pero va a casa de un hombre mucho más joven que el marido. El hombre, Alberto Aguadé, vive solo desde que murió su madre. Les he visto abrazarse y besarse como lo hacemos tú y yo, puedes creerme. Están enamorados. Tanto que los dos planean fugarse esta próxima semana a Francia, probablemente pasando la frontera de manera ilegal, ya que ella está casada, él soltero, y no tienen libro de familia que justifique que puedan salir de España así como así.

Incluso Raquel estaba ahora pendiente de las palabras de su padre, como si le entendiera.

A Patro se le descolgó la mandíbula.

—Por Dios, Miquel...

—Espera, hay más. —La detuvo antes de que dijera nada.

—¿Más?

—El marido, el que le pega, porque ante todo es una mala persona, la matará en cuanto sepa que sus sospechas son ciertas. Fijo. —Sacó el dedo índice a pasear y lo movió en el aire—. Te apuesto lo que quieras a que ella se casó joven, con dieciocho o diecinueve años, por el motivo que sea, incluso puede que hasta por amor, sin saber que él era un hijo de puta.

—¡No hables así delante de la niña!

—¡Pero si no se entera!

—¡Que te crees tú eso! ¡Ya lo pilla todo! ¡Es más lista que el hambre! ¡Y si no, se le queda en el cerebro, seguro!

Miquel no quiso discutir acerca de las habilidades cognitivas de su hija.

—Los Cisneros no tienen hijos, él es mayor y violento, ella joven y seguramente tan tierna como encantadora. Al menos me dio esa impresión, y sabes que soy buen psicólogo. Es una historia vieja como la humanidad. Diferencia de edad, el paso de los años, él se convierte en una bestia por el motivo que sea, inseguridad, celos, y ella lo acepta, pese a los malos tratos, resignada como muchas, hasta que se enamora de verdad. ¿Y entonces qué?

—¡Se escapan!

—Lo que te he dicho: si quieren estar juntos, no tienen otro remedio. No pueden dormir en ningún hotel, en sus documentos de identidad lo pone bien claro: él soltero, ella casada. Se han liado la manta a la cabeza y están dispuestos a todo para ser felices.

—Puede que hayan conseguido papeles falsos.

—Puede, pero no lo creo.

—Miquel. —Patro abrió las manos para centrar sus ideas—. Si David Fortuny averiguó todo esto, ¿alguno de ellos pudo intentar matarle?

—Mira, cariño. —Besó a Raquel porque volvía a querer jugar con él—. Eduardo o su amigo... lo dudo. No dan el tipo, son muy jóvenes. Y a Fortuny lo atropelló un coche. Ninguno de ellos creo que sepa ni conducir. En cuanto al novio de Milagros... Si se hubieran sentido vigilados y él hubiera intentado matarle, ya se habrían ido a Francia a toda mecha, sin esperar más. Y un vecino me ha dicho que tampoco tiene coche.

—O sea que quien intentó matar a David es alguien del tercer caso, el de los abuelos.

—Sí.

—¿Sabes también algo de él?

—Sí.

—Espera, espera. —Patro no quiso correr. Su mente empezaba a asimilarlo todo—. Dices que si le cuentas al padre del chico lo suyo, lo mata. Y lo mismo hará ese marido violento en cuanto sepa que su mujer se la pega, ¿no?

—Sí, Patro, así es.

—¡Pero son los clientes!

—¿Te crees que no lo sé? —El tono era amargo—. Soy

consciente de ello. Siempre me había preguntado cómo tiene estómago un abogado que sabe que su cliente es culpable y, sin embargo, ha de defenderle.

—¿Qué haría Fortuny?

—No lo sé. No paro de preguntármelo.

—Ay, Miquel... —Pareció desinflarse ella—. ¿Crees que se limita a hacer los informes, cobrar y adiós?

—Eso no lo sabré hasta que se despierte.

—¿Y si no se despierta o tarda en recuperarse? Tendrás que hacer los informes tú, que para algo le suples. Y dices que esa mujer y su amante se van ya dentro de dos o tres días.

—Patro, cada cosa a su tiempo.

—Ya, pero...

—Patro —la detuvo—. Mañana es domingo. Déjame pensar en todo esto con calma, por favor. Y queda el tercer caso. El malo.

—¿Cómo de malo? —Volvió a preocuparse.

Miquel se preparó para lo peor, pero no quiso ocultárselo.

—Me ha dicho Amalia que un hombre alto y fornido ha preguntado en el Clínico por David, así que quien quiso matarle sabe ya que está vivo, aunque en coma.

—¡Oh, no!

Raquel miró a su madre. Debió de verla asustada. Como su padre no le hacía mucho caso, extendió los brazos hacia ella y cambió de bando.

—Los señores Domènech sospechaban que les habían robado a su nieto al nacer. Podía ser una paranoia. Pero resulta que la monja que se ocupó de su hija por ser madre soltera murió el otro día al caerse al metro y ellos, los abuelos, han aparecido muertos hoy en su casa, aparentemente suicidados en los mismos días, en plena investigación de David.

Patro estaba pálida.

Miquel no esperó a escuchar su miedo.

—Queda únicamente una persona que sepa dónde puede

estar ese presunto niño, que cada vez tengo más claro que existe: el médico que atendió a la madre en el parto.

—¿Y le has encontrado?

—Tiene la consulta cerrada. Atiende de lunes a viernes. Hoy es sábado. Mañana domingo. No sabré nada hasta el lunes. Y si alguien está matando a los que intervinieron en aquel alumbramiento...

—¿Crees que David se acercó tanto a la verdad que por su culpa han matado a esa monja y a los abuelos, además de que se atentara contra él?

—Sí. —Fue rotundo Miquel—. Ahora sí. La muerte de la monja no fue un accidente. Alguien debió de empujarla. Y el suicidio de esos dos abuelos... Tuvo que ser un montaje. El responsable quizá les cloroformizó y les hizo tomar esas pastillas que les han causado la muerte. Eso o algo parecido.

—Entonces ¿el médico...?

Patro no terminó la frase.

Miquel se puso en pie.

—He de ir a ver a Fortuny —dijo.

—Estoy empezando a tener miedo. —Se estremeció ella.

—¿No decías que el trabajo de detective es fácil y que bastaba con seguir a personas y cosas así? —Continuó al ver que no respondía—. Te dije que no hay investigación sencilla, que siempre hay cosas oscuras, mentiras, problemas inesperados.

—De acuerdo, no me lo restriegues por la cara. —Bajó la cabeza.

—No te lo restriego, cariño. Lo único que te digo es que no hay casos fáciles, que toda acción tiene una reacción. Causa y efecto. Mi teoría, por mi experiencia, es que si algo puede complicarse, se complicará. Y, si algo puede salir mal, ocho de cada diez veces saldrá mal. ¿Pesimista? No. Realista.

—Me gustaría ir contigo al Clínico. —Suspiró Patro—. ¿Y si me la llevo en brazos?

—No te la dejarán entrar en el hospital. Es demasiado bebé. —Raquel empezaba a adormilarse en brazos de su madre. Miquel le dio un beso en la cabeza—. Volveré enseguida. Quiero ver a Amalia y saber cómo está él.

—No le contarás todo esto a la policía, ¿verdad?

—¿Y decirles que estoy haciendo de detective? Ni que estuviera loco.

—Pero ellos no investigarán lo de esa monja; y, si creen que los abuelos se han suicidado, tampoco harán nada.

—Lo sé.

—¿Y si el médico está en peligro? Podrías salvarle la vida.

No hubo respuesta.

A fin de cuentas, si la monja había sufrido «su accidente» el miércoles y los Domènech llevaban días muertos...

No quiso pensar en ello.

Abrazó a Patro. Raquel quedó un instante sepultada entre los dos. Se los quedó mirando con su carita redonda y, de nuevo, los ojos muy abiertos.

—¡Gu! —exclamó.

—Yo también te quiero —le dijo su padre besándola otra vez.

25

Cuando desembocó en el último piso del hospital sucedieron dos cosas. La primera, que no vio a Amalia en la sala de espera. La segunda, que en la habitación de David Fortuny había una mujer.

—¿Y el señor que estaba aquí? —Se dirigió con inquietud a la primera enfermera que pasó cerca de él.

—Lo han bajado a planta.

—¿Ha despertado?

—No, pero estaba estable y con las constantes mucho mejor y necesitábamos la habitación para un caso más grave. Le cuidamos igual, no se preocupe, señor.

—¿En qué planta está?

La enfermera se lo dijo. Miquel dio media vuelta y echó a correr escaleras abajo. Ni tomó el ascensor. Al llegar a la nueva planta, sí localizó a Amalia en mitad del pasillo, caminando nerviosa, probablemente para no quedarse dormida si se sentaba demasiado rato en una silla.

—¡Mascarell!

—¡Hola, Amalia!

Se abrazaron como si llevaran tiempo sin verse.

—Lo han bajado hace un rato...

—Lo sé. Me lo han dicho arriba. Según la enfermera, sigue estable pero con las constantes mucho mejor.

—Eso me han dicho también a mí, aunque no sé si ha sido

porque necesitaban la habitación. Creo que están a tope. —Las ojeras de la novia de Fortuny eran enormes, con los ojos muy empequeñecidos por la falta de sueño—. El médico me ha dicho que ahora es sólo cuestión de tiempo, que parece fuera de peligro, pero que de ahí a que despierte...

—¿Han vuelto a preguntar por él?

—No.

Miquel volvió a abrazarla. La mujer se dejó hacer, rendida, cobijada bajo su amparo.

—Amalia, ¿cuánto lleva ya sin dormir?

—No importa, en serio.

—Sí, sí importa. En primer lugar, por su salud. Y, en segundo, porque mientras David siga en coma, es probable que esté a salvo.

—Querrán matarle antes de que abra los ojos —insistió ella—. Incluso cuando he de ir al baño o a comer algo, le pido a una enfermera que se quede con él y le vigile. Creo que ya me toman por loca, pero se portan bien. Lo hacen. Son muy amables todas.

—¿Quiere que me quede yo?

—No, se lo he dicho antes. Usted ha de investigar. Si no resuelve este embrollo, David seguirá en peligro. ¡Es nuestra única salvación! —Contrajo la expresión del rostro al preguntar—: ¿Ha descubierto algo?

No era momento para guardar secretos.

Así que se lo contó.

Todo.

Como había hecho con Patro.

Amalia le escuchó en silencio. Absorbió sus palabras. Las convirtió en cuñas de dolor hundidas, una a una, en su mente. No dijo nada acerca de la homosexualidad del joven Alameda, ni de la infidelidad de Milagros Cisneros. Pero se crispó con la parte final. Las presuntas muertes de los abuelos Domènech y la monja Resurrección Casas.

Al final, lo resumió en una simple pregunta.

—¿Todo por un niño robado?

—Depende de quiénes sean los nuevos padres, pero parece que alguien no quiere que demos con ellos.

—¿Y si es el propio médico?

—Podría ser. Quizá tuviera un negocio de bebés presuntamente muertos y robados a madres solteras.

—Entonces ¿David averiguó la verdad?

—Creo que sí. O al menos se acercó bastante a ella y eso alertó a quien fuera. Esa persona decidió eliminar las pruebas de lo sucedido hace ocho años y medio y, de paso, quitarse de en medio a los dichosos abuelos y al detective que habían contratado.

—Mascarell —vaciló—. ¿Todo esto no implica que hablamos de algo... muy grande?

—Tal vez se trate de una red de niños entregados en adopción o...

—¿O qué?

—Que al nieto de los Domènech lo adoptara alguien tan importante como para poder cubrir hoy toda huella matando a tantas personas años después.

La verdad cayó a plomo entre ellos.

—¿No hay forma de dar con ese médico antes del lunes? —Bajó los hombros Amalia en señal de desesperación.

Miquel se mordió el labio inferior.

Cerca de donde estaban hablando, se ubicaba el centro neurálgico de la planta, el espacio desde el cual las enfermeras regían los destinos de los pacientes, con sus horarios, medicinas, pautas y procesos.

—Voy a preguntar algo —le dijo a Amalia.

Caminó hasta el lugar. Había una enfermera sentada detrás del mostrador principal, otra de pie tomando un vaso de agua y una tercera examinando algo en un archivador.

—¿La enfermera jefe? —le preguntó Miquel a la primera.

—Rosa —llamó ella.

Era la que estaba en el archivador.

—¿Sí? —Se aproximó a él sonriendo.

—Perdone que la moleste —dijo con exquisita cortesía—. Estoy buscando a un médico que conocí hace años, cuando mi mujer dio a luz, y únicamente tengo las señas de su consulta. Lo malo es que atiende de lunes a viernes, mañana es domingo, y no sé si el lunes podré ir a verle. Ustedes deben de tener listados de todos los médicos de Barcelona, ¿no es así? Consultorios, viviendas...

—Por el Colegio de Médicos, sí. Si a un paciente lo trata un doctor, siempre podemos ponernos en contacto con él para que nos amplíe datos y detalles en caso necesario.

—¿Podría buscarme la dirección?

—¿Cómo se llama ese médico?

—Bernardo Almirall. Tiene la consulta en la calle Enrique Granados.

La mujer examinó un listado. No tardó nada, teniendo en cuenta que, si estaba por orden alfabético, Almirall debía de ser de los primeros.

—Calle Enrique Granados, sí —le confirmó.

—Pero ésa es la consulta —insistió Miquel.

—Consulta y domicilio. Suele ser habitual en muchos casos.

—Pues he ido, he llamado al timbre, también por teléfono, y nada.

—Puede que esté fuera, de excursión... Ya sabe.

—Desde luego, sí. Será eso. —No tuvo más remedio que rendirse—. Ha sido usted muy amable.

—A su servicio, señor.

Se apartó del mostrador. Amalia le esperaba apoyada en la pared, observándole de lejos. Se irguió y cruzó de brazos al verle aproximarse.

—El médico vive en el mismo lugar de su consulta —la

informó—. Y, desde luego, no responde al timbre ni antes ha cogido el teléfono cuando le he llamado.

—¿Volverá a intentarlo?

—Por supuesto.

—Pero si sigue sin dar señales de vida...

—Habrá que esperar al lunes. —Prefirió no decirle lo que pensaba.

—¿Y si llamo ahora a la policía y les cuento lo de esa monja y esos abuelos? —Se aferró a su débil esperanza ella.

—En primer lugar, dudo que la crean. La monja se cayó al metro y los abuelos han aparecido en la cama muy plácidos. Un montaje perfecto. En segundo lugar, si la creen, querrán saber cómo ha averiguado eso si no se ha movido de aquí en estos días. Yo no puedo dar la cara, ni aparecer en todo este lío. Lo entiende, ¿verdad?

—Sí, perdone. —Se llevó la mano derecha a los ojos y se los frotó con fuerza—. Es... esta impotencia, que me está matando.

—Se matará a sí misma si no descansa.

—Esto no es tan malo. —Señaló las habitaciones—. Puedo dormir en una butaca. O incluso en el suelo. Peor lo pasé en la guerra. Quiero estar aquí cuando despierte. Porque despertará, lo sé.

—Se lo dije el otro día: es una mujer valiente.

—Todas lo somos. La suya, yo... Es el signo de los tiempos. Los hombres hicieron la guerra, pero nosotras también, unas en las trincheras y otras en la retaguardia.

Miquel pensó en Quimeta.

Incluso en Patro, obligada a hacer lo que hizo para poder comer ella y dar de comer a sus hermanas pequeñas.

—Ande, váyase a casa. —Amalia le puso una mano en el brazo—. Y gracias por todo lo que hace.

—No me las dé. Si hubiera ayudado a David cuando me lo pidió...

—Las cosas son como son y pasan cuando pasan —se resignó—. A lo peor entonces el que estaría aquí en coma sería usted. O, dado que es mayor, ese atropello quizá le habría matado. ¿Cómo saberlo? Lo importante es que le está ayudando a sobrevivir y que va a salvarle la vida por segunda vez, así que estarán dos a uno. —Alzó las cejas al ver que Miquel no podía evitar una sonrisa—. ¿De qué se ríe?

—Desde que la conocí en junio, me he preguntado cómo puede una comunista enamorarse de alguien que dice ser de derechas como él.

—En primer lugar, David cae siempre de pie. De haber ganado la izquierda, se habría apuntado al bando ganador igualmente, y no porque sea amoral. En segundo lugar, ¿qué mejor que una mujer guapa y potente como yo para convertir a un hombre y llevarle por el buen camino?

La sonrisa de Miquel se hizo más franca y abierta.

—Como teoría no es mala. —Bajó la voz—. ¿No tiene una hermana para que se vaya a Madrid a seducir a Franco?

—Una cosa es ser comunista y otra imbécil y carecer de gusto. —Se estremeció—. ¡Por Dios, qué asco! —Volvió a su novio para cerrar la conversación y decirle—: Mascarell, se lo repito: David no es mala persona. Se adapta, como los camaleones. Y no sabe lo que me río con él, que buena falta me hacía. Es de lo más simple.

Miquel le dio un beso en cada mejilla.

—Vendré mañana —se despidió—. ¿Quiere que le traiga algo, ropa, una muda, comida, lo que sea?

—Quizá unas bragas limpias, si no es mucha molestia, aunque estoy un poco más llenita que su mujer.

—Haré lo que pueda. Y ojalá también pueda venir ella si conseguimos dejar a Raquel con alguien.

No hubo más.

Ya estaba en la calle, en el taxi, cuando recordó que la bolsa con el martillo seguía arriba, junto a las cosas del herido.

Bueno, tampoco iba a necesitarlo de momento.

Día 5

Domingo, 7 de octubre de 1951

26

Los domingos solían pasear.

Todo el verano lo habían hecho. Pasear o bien ir a la playa. Y ahora, a las puertas del otoño, lo mismo. Pasear tranquilamente, con Raquel.

Tocaba cambiar.

Un domingo diferente.

Miquel estuvo casi una hora despierto en la cama, sin querer despertar a Patro, que dormía como una bendita a su lado aprovechando el silencio de la niña. Una hora con la cabeza dándole vueltas y más vueltas, llena de imágenes que aparecían y desaparecían como fogonazos en la oscuridad. Los dos amantes desnudos sobre aquel viejo colchón en la ruinosa casa de la calle Llacuna. El abrazo y el apasionado beso de Milagros y Alberto Aguadé. Los cuerpos de los abuelos Domènech sacados de su domicilio para ir a Dios sabe dónde y ser enterrados quizá en una maldita fosa común, ya que estaban solos en el mundo.

Y, por supuesto, David Fortuny.

Si nunca salía de su coma...

Cuando la luz fue penetrando poco a poco por las rendijas de la persiana, hizo lo que tantas mañanas: mirar a Patro.

Aquel rostro puro, apacible, tan hermoso que le dolía.

Si por algo quería vivir cien años, además de por ver crecer a Raquel, era por ella.

Envejecer juntos.

La visión se estropeó antes de que pudiera abrazarla, besarla y acariciarla bajo la combinación, para despertarla suavemente. El primer llanto de Raquel hizo que su madre saltase de la cama y echara a correr para calmarla.

Miquel la vio salir de la habitación.

Patro ya no regresó.

Casi tres cuartos de hora después, salieron de casa juntos, pero no para ir a desayunar al bar de Ramón.

Tenían teléfono en la mercería.

Dejaron la persiana a medio subir y se colaron dentro. No hizo falta encender la luz. Raquel, feliz en su cochecito sabiendo que el paseo era uno de sus grandes momentos, se quedó un poco frustrada y miró a su madre como preguntándole qué hacían allí. Miquel rodeó el mostrador y sacó de debajo el aparato telefónico. Buscó el número de Bernardo Almirall y lo marcó.

La espera fue breve.

Después de seis tonos sin obtener respuesta, colgó el auricular y lo marcó de nuevo. Esta vez, como si así mejorara la llamada, hizo girar el disco más despacio.

El mismo resultado.

Nada.

—O es el responsable de todo esto, o bien lo han matado. —Exhaló con abatimiento.

—¿Y si es esto último? —quiso saber Patro.

—Pues entonces no habrá por dónde seguir investigando, cariño. Se habrán cerrado todas las puertas.

—Salvo una.

La que quedaba era David Fortuny.

—Tuvo que descubrir algo —insistió ella sin tener que decir de quién hablaba.

—Quizá lo único que hizo fue alertar a alguien sin pretenderlo.

—Han matado a sus clientes, los abuelos —le hizo ver Patro—. Puede que el asesino no vuelva a intentarlo aunque recobre la consciencia.

—No creo que sea una persona que deje cabos sueltos —reflexionó él—. Una vez matas a dos, o a tres, ya no te viene de uno más.

—Pero Miquel... eso es mucho poder, ¿no?

Se miraron en silencio.

Mucho poder.

¿Por un niño desaparecido al nacer?

—Asusta un poco que haya gente así. —Se estremeció ella.

Miquel guardó el teléfono bajo el mostrador, salió de detrás y la abrazó. Hubieran seguido así un minuto o dos, de no ser por la inquietud de Raquel, que miraba la puerta a medio cerrar sabiendo que al otro lado había luz, y sol, y una calle, y gente...

Le encantaba mirarlo todo.

Se relajaron, salieron fuera y volvieron a cerrar la tienda.

Después de una semana de mal tiempo y lluvias, y aunque ya hacía un poco de frío, el día era radiante y el cielo estaba despejado.

—¿Qué vas a hacer ahora, Miquel? —le preguntó Patro en la calle.

—No lo sé.

—Sí lo sabes, pero no quieres decírmelo.

—Es domingo, cariño. Y te digo la verdad: no sé cómo llegar al fondo de esto, ni qué hacer con los otros casos. Son de David. Yo me siento como un intruso.

—Te conozco.

—¿Y qué?

—Tú no vas a permitir que ese hombre mate a su mujer ni que ese padre encierre a su hijo en un manicomio.

Miquel sostuvo la intencionalidad de su mirada.

—Necesito pensar. —Suspiró.

—¿Me lo contarás después?

—Sí.

—Bien.

—¿Podrías dejar un par de horas a Raquel con la vecina?

—¿Quieres ir al cine por la tarde? —se extrañó Patro.

—No. Es para que vayas a ver a Amalia y le hagas compañía. Debe de estar muy sola, la pobre.

—Me parece bien.

—Yo... —No supo qué más decirle, porque no estaba seguro ni él—. Sólo daré una vuelta, reflexionaré...

—¿Vendrás a comer?

—Sí, claro.

Los besos en la calle estaban mal vistos. Cualquier santurrona o caballero defensor de las buenas costumbres podía afeárselo y, si pasaba un guardia civil, hacerle algo más que eso. Así que lo único que se permitió Patro fue abrazarle muy fuerte y darle el beso en la mejilla.

—Siempre sabes qué hacer —le cuchicheó al oído.

Miquel no estaba tan convencido.

Al menos esta vez.

Se agachó para despedirse de Raquel, que extendió los bracitos para que la cogiera.

—Ahora no, cariño. Cuida de mamá.

Se marchó calle Gerona abajo sin volver la cabeza, sintiendo los ojos de Patro fijos en su espalda.

Sí sabía a dónde iba.

Lo tenía muy claro.

Y, pese a la distancia, hizo el camino a pie, olvidándose de los taxis por un momento, decidido a vaciar su mente para poder pensar con mayor claridad.

Tardó media hora en llegar al mercado de San Antonio, *Els Encants*. Como cada domingo desde primera hora de la mañana, el enclave ya rebosaba de gente, no solo en la periferia, con los cuatro lados de la manzana repletos de paradas, sino también por las calles que lo envolvían, Tamarit, Conde de Borrell, Urgel y Manso. Una marea humana, paciente y en apariencia quieta por lo apretada, que se movía por entre los puestos o ante los vendedores callejeros buscando lo que necesitaban o curioseando sin más, aunque todos acabasen comprando algo atraídos por las gangas a buen precio: libros de segunda mano, cromos, sellos, antigüedades, carteles de cine, entradas, monedas viejas, chapas...

No supo por dónde empezar.

Así que, como pudo, se sumergió en la corriente de cuerpos que se desplazaban a cámara lenta.

Cada parada tenía uno, dos y hasta tres grupos compactados frente a ella. Los de la primera fila husmeaban, preguntaban precios, regateaban. Los de la segunda fila escuchaban atentos mientras oteaban ya lo que iban a coger en cuanto los de delante se fueran. Y los de la tercera fila alargaban el cuello simplemente para ver qué se vendía allí. Cuando había paradas a ambos lados, por el centro apenas se podía avanzar, y menos en las dos direcciones.

Miquel cazó conversaciones al vuelo.

—¿Cuánto por los dos?

—Tres pesetas.

—¡Venga, hombre, eso sería por tres!

—Por tres son tres pesetas con cincuenta céntimos.

—Pero si más abajo...

—Pues vaya más abajo. Yo no puedo darle otro precio. ¿Qué quiere, que pierda dinero?

Siempre había sido igual.

Los mismos eternos diálogos y regateos entre compradores buscando la ganga y vendedores defendiendo sus mínimas ganancias. Como cuando Roger era pequeño.

En las paradas de cromos, era peor.

—¿Por qué el número 97 vale cincuenta céntimos y los demás treinta?

—Porque es el más buscado, señor. Y mire que sólo me quedan dos. Usted mismo. Si el niño quiere completar el álbum...

—¡Papá, papá, cómpralo, que sólo me falta éste!

—¡Pero cuántas colecciones de cromos haces tú!, ¿eh? ¡Cada semana es lo mismo!

Las paradas con recuerdos de cine quedaban en la parte interior, porque aprovechaban la pared para colgar los carteles. Los entusiastas buscaban fotos, anuncios, revistas, todo lo relativo a sus estrellas favoritas. Un retrato de Greta Garbo, guapa y seductora, con dedicatoria, colgaba de dos cuerdas sujetas del techo. El vendedor aseguraba que era su firma, que por eso la fotografía valía lo que valía.

Por supuesto, nadie le creía.

Miquel dejó atrás el grueso de paradas con libros, cromos o mitomanía cinematográfica. Empezó a pensar que no encontraría lo que buscaba, o que, a lo peor, lo había dejado atrás, sin poder atisbar en alguno de los puestos a causa de los muros humanos que impedían la visión.

—Perdone. —Se acercó a un vendedor de discos para los fonógrafos—. ¿Alguna parada donde vendan antigüedades?

—¿Qué clase de antigüedades?

—Fotos, objetos personales...

—Más adelante hay un par de puestos.

—Gracias.

La siguiente zona parecía más despejada.

Y era la suya.

Las dos paradas, una al lado de la otra, vendían postales escritas y mandadas por personas ya muertas muchos años antes, fotografías sueltas, retratos de otros tiempos, incluso cartas, pequeños montones de cartas atadas con cintas de colores. El letrero anunciaba «Cartas de amor».

Miquel cerró los ojos.

Cartas que un hombre o una mujer había escrito y mandado en la intimidad, ahora al alcance de cualquiera que quisiese pagar por ellas y llevárselas a casa.

Historias vivas compradas por unas pocas pesetas.

—¿Busca algo, señor? —Le hizo reaccionar la voz del vendedor—. Tengo fotos de bodas, de niños recién nacidos... ¿Le interesa algo en concreto?

Sintió hasta vergüenza de decírselo.

—¿Álbumes de fotos, completos?

—Tengo un par, sí, pase por aquí, por favor. —Le indicó el lateral de la parada, para que dejara libre la parte frontal aunque allí los curiosos eran menos—. Uno está en muy buen estado, no falta ninguna de las fotografías, se lo aseguro.

Aparecieron dos álbumes sobre el mostrador.

Miquel se los quedó mirando.

Recordó a la anciana del bar.

Casi no se atrevió a tocarlos. Alguien, años atrás, había guardado aquellas fotografías con mimo, las había ordenado en el álbum, las había mirado evocando cada momento. Alguien que ya no estaba y que jamás, jamás, habría imaginado que su vida acabase en manos de cualquiera.

Abrió uno.

Los retratos eran diversos, de estudio o tomados con cámaras personales, en blanco y negro y grises pálidos. Bodas, bautizos, primeras comuniones, imágenes de abuelos y abuelas del siglo XIX, de cuando la fotografía empezaba a inmortalizar a las personas. Y también más recientes. Una de un soldado, un miliciano.

Seguramente muerto, como Roger.

Le temblaron las manos.

¿Qué estaba haciendo allí?

¿Qué buscaba?

¿Realmente esperaba encontrar sus fotografías en *Els Encants* más de doce años después? Quizá otra anciana loca las conservara ahora fingiendo que era su familia.

—¿Qué, le interesa alguno? —Reapareció el hombre.

—No, no... Lo siento. —Cerró el álbum como si quemara.

—Puedo buscarle más si le interesa. No sabe usted la demanda que hay de esas cosas ahora.

Quería echar a correr.

¿Se había vuelto loco?

¿Él?

—Gracias, muy amable. Buenos días.

El vendedor se guardó los álbumes.

Miquel ya no siguió buscando. Salió del centro de las paradas y alcanzó la calle, sin tráfico debido a la gente que lo impedía. Por allí lo que se vendía eran sellos. Los coleccionistas mostraban los álbumes de pie y las transacciones se hacían en voz baja.

—Eres un iluso —se dijo.

De pronto sintió mucho odio.

Un odio visceral por Teodoro Martí, que había vendido miserablemente sus cosas a las primeras de cambio; por los Argumí, que ahora vivían en su antiguo piso de la calle Córcega. Y no sólo por ellos. También por la dictadura y por todos los que, de una forma u otra, se habían beneficiado y se beneficiaban de una maldita guerra entre hermanos.

De ella y de su larga secuela sin fin.

El odio creció, se apoderó de él.

Se ramificó.

Alcanzó a lo que forjaba maridos como Esteban Cisneros o padres como Leonardo Alameda.

Mientras se alejaba del mercado de San Antonio, supo que sí, que sabía muy bien lo que debía hacer en dos de aquellos tres malditos casos iniciados por David Fortuny pero rematados por él.

Para bien o para mal.

Presumiblemente lo primero.

27

El taxi le dejó en la misma puerta de la casa unifamiliar presidida por el letrero en el que se anunciaba su venta o alquiler. La calle estaba vacía. Cruzó el acceso de la verja, caminó por el escueto y descuidado jardincito y llamó con la aldaba en forma de puño, porque no había timbre a la vista. Los golpes retumbaron por el interior, como si la casa estuviera vacía.

Y debía de estarlo.

Cuando Alberto Aguadé le abrió, lo que vio por detrás fue un lugar ya desmantelado, paredes vacías, dos maletas en el recibidor.

El hombre, de entre veinticinco y treinta años, se lo quedó mirando.

—¿Sí?

—¿Puedo hablar con usted?

—¿De qué?

—De Milagros y sus planes de fuga.

El amante de la señora Cisneros se puso pálido.

Incluso se le doblaron un poco las rodillas.

Abrió la boca, pero no pudo exhalar ni un suspiro.

—No tema —intentó tranquilizarle Miquel—. Estoy de su parte. Pero he de contarle algo.

—Señor...

—No me conoce. —Levantó la mano derecha para darle aún más énfasis a su tono sereno—. Lo único que le pido es que confíe en mí, me deje entrar y me escuche. Quiero ayudarles.

—Pero es que no entiendo... —Se aferró a su atisbo de miedo, casi pánico.

—Lo entenderá. ¿Puedo pasar?

El hombre vaciló por última vez. Miró a espaldas del aparecido y lo único que vio fue la calle vacía. Eso acabó de convencerle. Se apartó de la puerta y le franqueó el paso. Una vez cerrada, le guió hacia el interior.

Ya no quedaba nada. Probablemente se lo había ido vendiendo poco a poco, para no despertar sospechas. Las maletas de la entrada contenían las únicas pertenencias de su vida pasada y aquello con lo que iba a comenzar una nueva al lado de la mujer a la que amaba. Por una puerta abierta Miquel vio lo último, lo más necesitado hasta el instante final: una cama. Estaba revuelta, sin hacer. En el comedor, dos sillas y una mesa ratona, exigua, con los restos de una cena, quizá el desayuno de la mañana.

—¿Quiere sentarse?

—Sí, gracias. —Antes de hacerlo le tendió la mano—. Me llamo Miquel Mascarell.

—Yo Alberto Aguadé.

Iba a decir que ya lo sabía, pero no hizo falta. El inquilino de la casa seguía nervioso, escrutándole con la mirada. Tenía un rostro agradable, ojos limpios. Imaginó que la palidez era momentánea, producto del susto que acababa de darle.

Que aún le daba.

—Todo está un poco... patas arriba —se excusó.

—Natural. —Miquel se sentó en una de las sillas—. No le entretendré mucho.

Alberto Aguadé dudó un instante. Al final ocupó la otra.

—¿Quién es usted? —quiso saber.

—Se lo resumiré en unas pocas palabras. —Tomó un poco de aire antes de lanzarse a tumba abierta—. El marido de Milagros contrató hace unos días a una agencia de detectives para que la siguieran, sospechando que ella tenía un amante.

—Dios... —Se dobló sobre sí mismo y se tapó la cara con las manos.

—Míreme —le pidió Miquel.

Tardó un par de segundos en obedecerle.

Ya no estaba pálido. Estaba absolutamente blanco.

—Cuando empecé a investigar, conocí casualmente a la señora Cisneros. Tenía la cara como un mapa. Algo verdaderamente cruel.

—Fue la última paliza, por lo menos hasta ahora. —Jadeó como si le doliera a él—. Esa bestia... la tiró al suelo, la golpeó con los puños, los pies... Tiene hematomas por todo el cuerpo, señor. Llegó a orinar sangre.

—¿Sabe por qué fue la paliza?

—¿Qué más da? Una de tantas. —Su cara se revistió de amargura—. Que si la sopa está fría, que si se ha dejado una luz abierta y es un gasto, que si no le ha planchado una camisa y era justo la que él quería... Cualquier motivo es bueno. Ese hombre es... un sádico. Incluso una vez le detuvieron por golpear a una prostituta, aunque no le hicieron nada. Consiguió que se las cargara ella.

—Lo siento. —Suspiró Miquel.

—Si se lo cuenta a él... Si le dice que Milagros y yo... —Empezó a desesperarse—. La matará, señor. Créame que la matará, o la dejará inválida para siempre y la echará de casa.

—He dicho al llegar que estaba de su parte —le recordó.

—¿Qué quiere decir?

—Que una cosa es el trabajo, y otra la conciencia.

—¿Me está pidiendo dinero por su silencio? —Se envaró.

Miquel llegó a forzar una sonrisa.

—No, no es eso —manifestó con serenidad—. El señor Cisneros nos contrató para que la siguiéramos y descubriéramos si tiene un amante. Muy bien: es lo que hemos hecho. La hemos seguido y sí, tiene un amante. Por supuesto que haremos un informe, pero la clave estará en cuándo se lo vayamos a entregar a él.

Alberto Aguadé empezó a entender.

Abrió los ojos poco a poco, hasta convertirlos en dos ventanales.

—¿Cuándo tienen pensado fugarse a Perpiñán? —preguntó Miquel.

—¿También sabe eso? —Se le desencajó la mandíbula.

—Sí. —No le dio tiempo ni a respirar—. ¿Cuándo? ¿Mañana lunes, el martes...?

—El martes por la mañana. Su marido madrugará para ir a Tarragona y no regresará hasta la noche. Eso nos dará un día de margen, aunque de todas formas... no sabrá por dónde empezar a buscar, claro.

—Entonces, el mismo martes por la noche llevaré el informe escrito a su casa. O mejor aún, para cubrirnos las espaldas, primero iré al taller. Me dirán que está fuera pero dejaré constancia de que hemos resuelto el caso antes. Por la noche ya será tarde y ustedes estarán a salvo.

—No, si le dice que vamos a cruzar la frontera.

—En el informe se dirá que, ciertamente, la señora Milagros tiene un amante, y que están planeando fugarse... al sur de España. ¿Qué tal Málaga? Para cuando él ponga la denuncia el miércoles por la mañana, ustedes dos ya estarán en Francia; o, como poco, cruzando los Pirineos. Porque me imagino que lo harán por las montañas, ¿no?

—Sí. Ya he contactado con unos pastores que... bueno, se dedican a eso. Ella está casada, yo soltero. No tenemos papeles. Ni siquiera sé si se puede cruzar la frontera alegremente, sin más, sin permisos y esas cosas.

—Veo que no ha sido una decisión precipitada. —Sonrió Miquel levemente.

—No, no. Lo decidimos hace un mes, un día que ella recibió una paliza tremenda y... en fin, ¿qué voy a contarle? Si dice que la vio...

—¿No le ha denunciado nunca?

—Al comienzo eran simples malos tratos verbales y gritos, quizá un empujón como mucho. Luego, la primera vez que le pegó, se dio cuenta de que la cosa iba a más. Pero como él le pidió perdón y le dijo que había sido un pronto, ella le creyó. A la segunda, fue a la policía, y un hombre de paisano, no sé si un inspector o un comisario, se le encaró y le dijo que «algo habría hecho», que «un marido español no pega a su mujer sin motivo, y que, si lo hace, tendrá sus razones».

Miquel no supo qué responder.

Alberto Aguadé estaba ahora tranquilo.

Hablaba desde el desgarro emocional, pero también desde una reencontrada serenidad.

—Señor. —Suspiró—. ¿Por qué hace esto?

—Se lo he dicho. Porque una cosa es el trabajo, y otra la conciencia. No quiero ser responsable de que ese hombre mate o le haga daño a su mujer. O incluso a usted si se vuelve loco y viene aquí a pedirle explicaciones. Se me revolvió el estómago al verla y desde ese mismo instante lo tuve claro, a pesar de que en ese momento todavía no sabía que usted existía.

—Ella nunca le hubiera engañado de haberse portado bien él.

—Me consta.

—Le quería. Era una niña, sí, pero le quería. Pura inocencia. Fue esa bestia la que cambió. No tuvo bastante con ella, se iba de putas, empezó a maltratarla... Milagros estaba desesperada, tocó fondo varias veces, y entonces, una tarde, aparecí yo. Fue algo mágico, instantáneo. Nos enamoramos y... bueno, comenzó un largo suplicio hasta que comprendimos que la única solución, si queríamos ser felices, era irnos. En España nunca íbamos a ser libres. Milagros es la mejor persona del mundo, se lo juro.

—Le creo.

—Lo malo es que la gente juzga sin saber. Una mujer infiel siempre será vista con malos ojos. En cambio, que él la maltrate o se vaya con prostitutas... Odio esa doble moral, ¿sabe?

—¿De verdad pudo querer alguna vez a ese individuo?

—Sí, aunque también la deslumbró un poco, claro. —Se echó hacia atrás y empezó a hablar de manera sosegada—. Los padres de Milagros estaban muy necesitados. Dos hijos muertos en la guerra, sin nada. Esteban tenía su negocio y, aunque era mayor que ella... ¿Qué puedo decirle? Según Milagros, al comienzo fue todo muy distinto. Le hacía regalos, era atento, amable, cariñoso... Para una chica de dieciséis años aquello suponía la salvación. Le dio lo que quiso, ayudó a los padres. Se casaron el mismo día que cumplió los diecisiete años. De eso hace poco más de seis años. Después, con el paso del tiempo, y no demasiado, a lo sumo un par de años, a él se le cayó la careta y asomó su verdadero yo, mezquino, cruel, siempre celoso. Le preguntaba a dónde iba, con quién había estado, con quién había hablado, se peleaba por la calle con el primero que la mirase... Un día se produjo el primer empujón, otro la primera pelea, y así hasta la primera bofetada. Milagros llegó a tenerle mucho miedo. —Bajó la cabeza pero no se detuvo pese a la intimidad de su confesión—. Me contó que, cuando hacía el amor, se ponía como un salvaje, le pedía cosas extravagantes que a ella le repugnaban, al menos con él, y si no llegaba al orgasmo... siempre era culpa de ella, la culpaba de todo. Un infierno, se lo juro. Luego, por si faltara poco, Milagros no consiguió quedarse en estado. Y no me extraña. Le dolía tanto, desde el primer día, desde la noche de bodas, que era difícil que pudiera engendrar un hijo en su situación. Yo creo que los niños se hacen por amor, comprenden que han sido engendrados bajo ese sentimiento, ¿no le parece? —Volvió a levantar la cabeza y, después de su larga explicación, se quedó callado unos segundos. No demasiados—. Esteban la culpó a ella, pero un médico al que visitó sin decírselo le hizo unas pruebas y le dijo que estaba sana, capaz de procrear, así que la culpa tenía que ser de él. Naturalmente, no se lo contó, prefirió callar. —Sus últimas palabras llegaron envueltas en un suspiro prolongado—. Ahora de lo que más me alegro es de eso, de que no haya hijos de por medio; porque todo sería mucho más difícil, por no decir imposible.

—¿Y los padres?

—Ésa fue la guinda. Murieron. Primero él, después ella. De eso hace ya dos años. Le quedó su hermana mayor, pero no se habla con Esteban. Una vez la echó de su casa. Por lo menos Milagros se mantuvo firme en su deseo de no perderla. Es la excusa que pone para vernos desde que nos conocimos, desde que ella ha empezado a ser realmente feliz, aunque solo sea por los ratos que pasamos juntos.

—Lo entiendo —afirmó Miquel.

—¿De verdad hace esto de corazón? —insistió Alberto Aguadé.

—¿Tan raro le parece?

—En estos tiempos, sí. Creía que ya no quedaban buenas personas.

—Más bien románticas, como yo. —Sonrió cansino—. Puede que no estuviera hablando con usted de no haber visto esas marcas en la cara de Milagros. Llámeme antiguo, pero pegar a una mujer me parece lo más bajo a lo que pueda llegar un hombre.

—Estoy de acuerdo, señor. Pero, hoy por hoy, la mala siempre sería ella: casada, con un amante, dispuesta a fugarse con él, como se hacía antaño.

—Todavía es una práctica usual. Dos jóvenes que quieren casarse y saben que no les dejarán, se fugan, pasan la noche juntos, y entonces encima les obligan a hacerlo. Caso resuelto. Es el mundo y la sociedad que nos ha tocado vivir, donde la hipocresía campa a sus anchas.

—¿Puedo preguntarle algo?

—Adelante.

—¿Hizo la guerra?

—Fui inspector de policía en la República. Me detuvieron al acabar la contienda y salí hace cuatro años de la cárcel.

—Entiendo —asintió Alberto Aguadé.

Miquel se puso en pie.

Había sido una agradable y provechosa conversación.

—¿Estarán bien en Perpiñán? Sé que tiene una tía allí.

—Su marido es dueño de un negocio. Trabajaremos con él. —Le estrechó la mano—. Mi madre amaba Barcelona, por eso nunca quiso irse con su hermana. Ahora, por lo que a mí respecta... —Miró a Miquel con algo más que respeto: admiración—. Parece saberlo todo de mí, y no entiendo cómo, la verdad. Debió de ser un buen policía.

—Sí, supongo que sí —admitió él con orgullo.

Caminaban ya en dirección a la puerta de la casa.

Alberto Aguadé se la abrió.

—Gracias, señor —le despidió emocionado—. Si algún día tenemos un hijo, creo que lo llamaremos Miquel.

—Será un honor. —Dio dos pasos y se volvió—. Dígale a Milagros que soy el hombre que llamó el otro día a su puerta, y que, al verla, todo cambió.

—Se lo diré. Por lo menos esa paliza valió la pena.

La última sonrisa compartida.

—¡Que sean felices! —le deseó Miquel desde la misma verja de la calle.

28

Cuando llegó a casa, aún se sentía feliz.

Románticamente feliz.

Como los justicieros solitarios de las novelas baratas.

No quería pensar en lo que había estado haciendo en *Els Encants*. No quería pensar en lo ridículo de sus sentimientos. No iba a decirle a Patro que había sido tan loco como para buscar sus viejas fotos, tantos años después, en el mercado de San Antonio, como si los milagros fueran posibles, como si, por alguna extraña razón, los planetas se alinearan para favorecerlo.

A Patro le bastaría con saber que el primero de los casos, el de los amantes, estaba resuelto.

Sin embargo, nada más abrir la puerta, se le apareció corriendo y con los brazos abiertos, exultante.

—¡Tu amigo ha salido del coma! —le gritó.

El choque lo mandó de vuelta a la realidad.

—¿En serio?

—¡Esta mañana, hace un rato, justo cuando ya me iba! ¡Estaba allí con Amalia y de pronto...! ¡Ha sido increíble! ¡Ha abierto los ojos, nos ha mirado y lo primero que ha dicho es que debía de estar muerto o en el paraíso, porque parecíamos dos ángeles y estábamos muy guapas!

—Ése es Fortuny, desde luego —asintió Miquel—. ¿Ha recordado algo?

—No. —El rostro de Patro dejó de mostrar la alegría que

sentía—. Hemos llamado al médico, y después de examinarle le hemos preguntado. El doctor ha dicho que tiene la mente en blanco y que eso es de lo más normal. Un traumatismo craneoencefálico hace que se borren los momentos previos al choque. Y no sólo segundos, a veces incluso minutos, horas. Lo último que recordaba era que iba en moto a ver a Amalia y que estaba muy contento, pero ni siquiera sabía por qué.

—¿Le habéis contado que fue un atentado contra su persona?

–No, Amalia ha preferido callárselo y le ha hablado de un accidente. Entonces David ha dicho algo de que estaba trabajando en tres casos, y ella le ha pedido que no piense en eso, que te estabas ocupando tú. ¡No veas lo contento que se ha puesto al saberlo!

—Maldito tonto... —rezongó Miquel.

—Según el médico, en las próximas horas, o quizá mañana, irá recuperando la noción de la realidad y recordará más cosas —dijo Patro.

—Eso me deja poco margen. —Habían ido caminando despacio hasta la habitación y se quitaba la chaqueta y los zapatos sin dejar de hablar. Raquel debía de dormir una vez más—. Si el asesino se entera, y me apuesto a que se enterará de una forma u otra...

—¿Irás a verle?

—Después, sí. Aunque antes he de hacer otra cosa.

—¿Sobre el caso?

—Sobre el segundo de los casos. El primero ya está resuelto.

—¿En serio? ¿Cuál? —se asombró ella.

Le contó su charla con Alberto Aguadé de manera concisa y rápida. Aun antes de terminar su explicación, Patro ya le estaba abrazando.

—¡Eres un romántico! —Le cubrió la cara de besos.

—Eso mismo ha opinado él.

—¿Y lo que has de hacer tiene que ver con el chico ma... homosexual?

—Sí.

Patro lo atravesó con los ojos.

—No vas a decírselo a su padre, ¿verdad?

—No. Hablaré con el muchacho.

—¿Para que lo deje?

—No, amor. Eso no puede dejarse. Forma parte de uno. Lo único que puedo decirle es que tenga cuidado... o acabará en la cárcel si su padre no le encierra antes en un sanatorio mental, que es lo más usual.

—Miquel.

—¿Sí?

—¡Eres increíble! —exclamó casi pasmada.

—Sí, ¿verdad? —Le dio por tomárselo a broma, aunque el tema era muy serio.

—Ahora entiendo por qué no querías ser detective.

—Cuando era policía, íbamos tras los malos, siempre, y estaba muy claro quiénes eran los malos. Si detenía a un inocente, y le creía, seguía buscando. En cambio, un detective se alquila a una persona que puede no ser la buena de la historia. Ése es el problema. Lo único que he hecho yo ha sido convertirme un poco en... juez. —Asintió convencido de que era la palabra exacta—. Digamos que en los informes que escriba cambiaré un poco los hechos. Milagros tenía un amante, sí. Y se han fugado juntos, sí. ¿Adónde? Pues mira tú: me han dicho que a Málaga. Y en el caso del joven Alameda, lo mismo. Sí, se comportaba de una forma rara. ¿Por qué? Se veía con una chica. ¿Quién? No lo sé. Ella salió corriendo.

—¿Y qué le dirás a David?

—No lo sé. Ya veremos. Lo que más ha de importarle a él es que un asesino anda suelto y que el caso del presunto bebé robado se ha convertido en una pesadilla. —La dejó en el pasillo—. Voy a ver a Raquel. ¿Tardaremos mucho en comer?

—Veinte minutos, acabo de llegar.

—Bien.

Raquel dormía. Hizo lo que hacía siempre: sentarse a su lado y mirarla. Podía pasarse así el tiempo que hiciera falta. Horas. Absorbía su calma, la fijaba en su mente. La compartía con Roger. Incluso con Quimeta.

Hacía mucho que la voz de su primera mujer no resonaba en su cabeza.

Eso significaba que todo estaba bien.

—Quimeta, tendrías que ver esto. —Suspiró.

Se mantuvo el silencio.

Cuando se dio cuenta, ya habían pasado los veinte minutos y Patro estaba detrás de él, acariciándole la nuca.

—¿Vamos? —le susurró.

Se sentaron a la mesa. Comida de domingo. Rápida pero suculenta. El mejor de los caldos y carne. Carne de la buena. Carne como la que no había en los años del racionamiento. Carne que Patro todavía pagaba a un precio más alto, porque la carnicera la guardaba escondida para los clientes que pudieran hacerse con ella.

Sí, nuevos tiempos.

—Miquel.

No era fácil olvidar el caso.

—¿Qué?

—Esta mañana has dicho que, si alguien había conseguido matar impunemente a esa monja y a los dos abuelos, significaba que tenía mucho poder, y que ya no le vendría de otro crimen más.

—Sí.

—Eso da mucho miedo, ¿sabes?

—Lo sé.

—No me lo he quitado de la cabeza, y ahora que David está despierto...

—Confía en mí, ¿quieres?

—Tú mismo has dicho que no tienes nada, salvo hablar con ese médico si es que sigue vivo... o es precisamente el responsable de todo.

—Mañana saldremos de dudas, en cuanto abra el consultorio. Hay que cuidar a Fortuny esta tarde y esta noche. Con suerte, el que quiso matarle también ha de saber que no recuerda nada.

—Hubo un niño, ¿verdad?

Miquel bebió agua. Tenía la garganta seca.

—Sí, creo que sí lo hubo. No pienso que mataran a la madre, Julieta, pero sí que ella murió en el parto y ellos, quienes sean, aprovecharon la coyuntura para quedarse con el pequeño y dárselo a alguien.

—¿Hablamos de una red organizada?

—Posiblemente. Pero también de que quien adoptó a ese niño haya podido sentirse amenazado.

—Dios...

—Si los asesinatos son ciertos, eso quiere decir que están borrando sus huellas desesperadamente.

—Y todo porque David metió las narices en el asunto.

—No sólo las metió: debió de dar con algo más.

—Y ahora estás tú. —Se mordió el labio inferior y le miró angustiada.

—Te prometo una cosa. —Alargó la mano para atrapar la de ella—. Si no me salgo con la mía, iré a ver a mi amigo el comisario Sebastián Oliveros. —Remarcó las dos palabras «mi amigo» dándoles un mayor énfasis.

—Aunque en junio le sacaste de sus casillas, al menos te respeta. No es como aquella bestia, Amador.

Por un momento, Miquel se trasladó a la casa de la calle Gomis, en diciembre de 1949, cuando Patricia Gish había matado al anterior comisario, el hombre que estaba dispuesto a encerrarle y volver a pedir que se cumpliera su sentencia de muerte.

—El caso es que lo haré, ¿de acuerdo? A mí me oirá.

—Ya, pero te advirtió de que como volvieras a meterte en líos...

—Le hablaré de David, no de lo que he hecho yo.

De pronto Patro consiguió esbozar una sonrisa. Forzada, pero sonrisa al fin y al cabo.

—Si me llegan a decir que me iba a enamorar de un policía...

—Ex policía.

—Cuando te conocí, aún lo eras.

—Cuando me conociste era el último policía de la Barcelona republicana, cariño.

—Da lo mismo. Eras y serás siempre eso.

—¿Te arrepientes?

—No, aunque, desde luego, no me han faltado emociones en estos cuatro años.

—A lo mejor ha sido lo que ha hecho soportable vivir en este país ahora.

—Va, calla.

—¿Te escaparías a México, para vivir allí con mi hermano y su mujer?

—No. —Arrugó la cara Patro.

—¿Nunca lo has pensado?

—No —repitió.

—¿Por qué no querrías ir?

—Porque... no sé, soy de aquí, y está Raquel, y mi hermana, y porque... debe de ser horrible vivir en un lugar extraño, aunque la lengua sea la misma.

—Comenzar de cero es bueno a veces. Mira esos dos amantes.

—Ellos no tienen nada, y han de escapar. Nosotros tenemos algo. Y además, estás hablando por hablar. Tú llevas Barcelona en la sangre. Creo que, después de a Raquel y a mí, es lo que más quieres en este mundo.

Miquel se sintió tocado.

Atravesado.

—Quería saber qué opinabas —se rindió—. Nunca lo habíamos hablado.

—Pues ya lo sabes. Franco no va a ser eterno, tú mismo lo dices a veces.

—Dejará una estructura bien montada, y sus adláteres no van a soltar el poder así como así.

—Eso ya lo veremos.

—En cualquier caso, ya no estaré aquí.

—Pero Raquel sí.

Raquel, el nuevo centro de sus vidas.

Habría que prepararla, enseñarla, educarla...

Patro era un monumento a la esperanza.

Y tenía carácter, cada vez más, como si la maternidad la hubiese completado.

—Ya no contamos. Todo es ella, ¿verdad? —dijo Miquel con placidez.

—Sí contamos. —Fue categórica—. Vaya que sí.

—Ya sabes a qué me refiero.

Una mirada final.

Cómplice.

Dejaron de hablar. Mientras lo habían estado haciendo, aparcando poco a poco y con habilidad el caso final para no obsesionarse, disfrutaron del fuerte caldo y los gruesos trozos de pasta que flotaban en él. Miquel se llevó el primer pedazo de carne a la boca.

Se le hizo agua.

—¿A que está buena? —manifestó Patro con orgullo de cocinera.

29

Nada más salir de casa, regresó a la mercería para llamar por teléfono desde allí.

No estaba dispuesto a pasar la tarde haciendo guardia en la puerta de la vivienda de los Alameda, sin saber si Eduardo iba a salir o no. Ya no hacía falta seguirle. Para lo que tenía que hacer, le bastaba con llamarle.

Tarde de domingo.

Una semana antes, habían ido al cine, libres y felices.

La vida cambiaba con apenas un chasquido de los dedos.

Entró en la tienda dejando la persiana a medio subir y repitió los mismos gestos que por la mañana. Sacó el teléfono de debajo del mostrador y marcó el número de Bernardo Almirall.

Nadie al otro lado.

Se sentó en el taburete de Teresina y cogió la guía telefónica. Por un momento pensó que, a lo peor, Leonardo Alameda no tenía teléfono. Se alegró de estar equivocado. Ni siquiera anotó el número en un papel. Lo marcó directamente y esperó.

—¿Dígame?

El tono era de hombre mayor.

Miquel cambió un poco la voz, lo máximo que le permitió su tono habitual.

—¿Está Eduardo?

—¿De parte?

—De un compañero de universidad... —Buscó un nombre común y al final dijo el suyo—: Miguel.

—Un momento.

A través del hilo telefónico escuchó el grito que pareció retumbar por toda la casa.

—¡Eduardo, te llaman al teléfono!

—¿Quién es? —gritó otra voz.

—¡No sé, uno de tu clase, un tal Miguel!

El chico apareció en la línea a los diez segundos.

—¿Sí? ¿Qué Miguel?

La hora de la verdad.

—Escucha bien, Eduardo. —Fue muy directo—. Si quieres volver a ver a tu novio y mantener a salvo vuestro lugar secreto de encuentros en la calle Llacuna, baja a la calle con cualquier excusa dentro de quince minutos. Si aún no he llegado, espérame en la parada de metro que tienes delante de casa, ¿de acuerdo?

La voz de Eduardo Alameda apenas fue un quiebro desprovisto de alma.

—Pero... ¿quién es usted?

—Un amigo. Sólo eso. Confía en mí y todo irá bien. Pero no falles. Ven.

Colgó sin darle tiempo a más.

Pudo imaginarlo, sudoroso, pálido, temblando.

Un amigo.

Miquel guardó la guía y el teléfono. Salió a la calle y cerró la puerta de la mercería. El hecho de ser domingo se notó aún más por el detalle de que no vio ningún taxi. Subió de nuevo por la calle Gerona y rebasó Aragón y las vías del tren que pasaban por el nivel inferior. No encontró su objetivo hasta el cruce de la calle Mallorca, más de cinco minutos después.

Cuando llegó a su destino, en la parte alta de la calle Balmes, Eduardo Alameda ya estaba esperándole, moviéndose nervioso junto a la boca del metro, con las manos en los bolsillos y la cabeza gacha. Se puso a su lado y, sin detenerse, le cogió del brazo y le susurró:

—Caminemos.

El muchacho le miró asustado.

—¿Quién es usted?

—Te lo he dicho: un amigo.

—Pero ¿cómo sabe...? —Debió de hacérsele un nudo en la garganta porque las palabras se le quedaron atravesadas.

—Escucha lo que voy a decirte, ¿de acuerdo?

Tenía lágrimas en los ojos. Temblaba. Movió la cabeza de arriba abajo.

—Sí —musitó sin fuerzas.

Caminaban despacio, pero caminaban. Calle Balmes abajo, para apartarse de la casa.

—Tu padre contrató a un detective para seguirte.

—¿Qué? —Se detuvo en seco.

Miquel le obligó a seguir.

—No le juzgues mal. No es un comportamiento adecuado, lo sé, pero está preocupado por ti. Pensaba que tu manera de actuar en las últimas semanas escondía algo. No quería que te metieras en líos, eso es todo.

—Dios mío...

—¿Puede sospechar que eres homosexual?

—Señor... —Apenas si pudo andar y Miquel tuvo que sujetarle con fuerza.

—¿Lo puede sospechar? ¿Le has dado motivos?

—No... No creo —gimió.

—¿Eres amanerado, vistes raro, te comportas de manera extraña, te ha sorprendido haciendo algo fuera de lo común?

—¡No!

—Entonces, y dado su trabajo en el Gobierno Civil, su responsabilidad y sus creencias políticas, su única preocupación debe de ser que no te metas en problemas, que no frecuentes malas compañías o algo así —consideró él—. Lo único que deberás hacer es tener más cuidado y mostrarte menos misterioso.

—¿Lo único que deberé hacer? —Seguía muy aturdido, casi colapsado—. No entiendo nada, señor. Nada. ¿Es usted el detective?

—Trabajo en la agencia, sí.

—¿Y le dirá a mi padre...?

—No.

—¿No?

—¿Por qué te crees que estoy aquí y te hablo de todo esto? —Ahora sí se detuvieron los dos y Miquel se le puso delante—. Mira, hijo: te seguí. Vi esa habitación en la casa en ruinas, el colchón, las mantas. Es más: te vi con él, ayer. Tranquilo. —Levantó la mano derecha para darle confianza al ver cómo se desmoronaba un poco más—. Me fui y ya está. Trato de no juzgar, simplemente. Siempre ha habido hombres atraídos por otros hombres y mujeres atraídas por otras mujeres. Incluso en la Biblia se contempla. En mi caso lo único que importa es que creo en la libertad de cada cual. —Entristeció la mirada al seguir—. Pero vivimos en un país en el que eso está prohibido y perseguido. Puedes acabar en la cárcel, o en un manicomio, con electroshocks para «curarte», y además quedar marcado de por vida. Tú no vas a renunciar a lo que eres, porque forma parte de tu naturaleza y es imposible ir contra ella, pero si no actúas con cuidado desde ahora...

—¿Me está diciendo...?

—Te estoy salvando la vida, hijo.

—Pero ¿por qué no se lo va a decir a mi padre si les contrató para eso?

—Porque, si se lo digo en mi informe, te hará daño. Creerá que te ayuda, o que te salva, y actuando de acuerdo con su lógica y sus convicciones, serás una víctima más del sistema. Y no creas: también se hará daño a sí mismo. Por eso en mi informe le diré que te seguí varios días y que estuviste estudiando con un amigo e, incluso, que saliste con una chica. ¿Tienes alguna amiga?

—Sí.

—¿Sabe que te gustan los chicos?

—Sí. —Bajó los ojos.

—Pues ya está. Esa amiga será el plus que necesitas. ¿Te parece?

Eduardo Alameda empezaba a recomponerse.

Veía la luz al final del inesperado túnel.

—¿De verdad hará eso, señor?

—Sí.

—¿Va a pedirme dinero?

Miquel tuvo ganas de reír. El mundo se estaba volviendo material. Alberto Aguadé le había dicho lo mismo.

Los chantajistas de las películas parecían el modelo a seguir.

—No, hombre, no.

—Entonces... ¿hace esto por conciencia?

—¿Te parece poco?

El joven abrió los brazos, las manos. Abarcó el mundo en general y repitió en voz alta lo mismo que Miquel acababa de pensar.

—En esta mierda de país me parece increíble, señor. —Expresó lo que sentía con algo más que rabia—. Lo que más deseo es cumplir los veintiuno y marcharme lo más lejos que pueda.

—Pues deberás tener cuidado dos años.

—Eso es mucho tiempo. —Apretó las mandíbulas.

—Veo que tu padre y tú no estáis en el mismo lado.

—No. —Fue categórico—. Yo soy como mi madre. Siempre he creído que murió de tristeza, no por enfermedad. Mi padre cambió con la guerra. Sus ideas, la manera de pensar, todo. Es triste que lo diga, pero...

—¿No os lleváis bien?

—Ni bien ni mal. Intento callarme lo que pienso y lo que siento, no crear problemas en casa. —Le observó con recelo—. ¿Usted...?

—Tranquilo. A mí iban a fusilarme y he estado muchos años preso.

—¿Lo ve?

—Necesitamos a gente como tú, muchacho. —Se lo dijo con orgullo—. Si no cambiáis las cosas vosotros...

—Le acabo de decir que quiero marcharme.

—¿Te crees que hay cosas que únicamente suceden aquí? La homosexualidad se castiga con la cárcel también en Inglaterra o Estados Unidos.

—No será siempre así.

Se hizo el silencio entre ellos.

Había palabras muy inciertas.

«Siempre» era una de ellas.

Eduardo Alameda miró la hora.

—Le he dicho que estaría fuera quince minutos.

—Vamos a coordinarnos. Dame el nombre del amigo con el que se supone que has estado estudiando, y el de esa chica con la que has salido.

—Ignacio Sanjuán y Narciso Enrich los amigos. Ella... Mercedes Balsareny.

—¿Direcciones?

Tomó notas de las señas que le dictó en un papel. Cuando lo guardó le puso una mano en el hombro.

—No estará de más que te cuides durante unos días y que te alejes un poco de tu...

—Novio. Es mi novio —dijo con valor.

—Pues eso. Háblalo con él y tomáoslo con calma, o cavarás tu propia fosa y la suya. Ayer sábado fuiste al cine con ella, ¿te parece? Estuvisteis en el Astoria.

—Sí, señor.

—Le entregaré el informe a tu padre esta próxima semana, no sé si el martes o el miércoles, depende de algunas cosas.

—Bien.

Miquel le tendió la mano.

No veía a un homosexual. Veía sólo a un chico con problemas.

Por ser como los demás no querían que fuese.

—¿Cómo se llama usted, señor?

—Miguel.

—¿No le doy asco?

La pregunta lo atravesó.

—No.

—Durante años me lo di a mí mismo, ¿sabe? Al morir mi madre incluso pensé en quitarme la vida. Hasta que lo superé, y más cuando conocí a Víctor. Ahora por lo menos no me siento solo. Nos apoyamos mutuamente.

—¿Víctor y tú estudiáis juntos?

—Sí.

—Entonces mucha suerte.

El apretón de manos acabó ahí.

Se separaron.

—Gracias —le dijo un emocionado Eduardo Alameda.

Uno echó a andar calle arriba. Miquel lo hizo calle abajo.

30

Una vez más, cuando Amalia le vio caminar por el pasillo, echó a correr para abrazarle.

Por fin sonreía.

No dijo nada, se fundió con él.

—Me ha dicho Patro que ha recuperado la consciencia. —Habló Miquel sin dejar de corresponder a su apretón corporal.

—¡Sí! —Se mordió el labio inferior emocionada—. ¡Y, desde luego, es él! ¡Hasta hace bromas!

—¿Pero recuerda algo?

—¡No, nada! ¡Es como si tuviera un agujero en la cabeza! ¡Ve destellos, imágenes, cosas inconexas, cambios de orden temporal...!

—¿Qué dice el médico?

—Que es normal. Su mente ha de ir resituándose poco a poco. Mascarell... —Le detuvo al ver que iba a seguir andando—. Escuche, no le he dicho que intentaron matarle. Le he hablado de un accidente fortuito.

—Mejor, sí.

—Prefiero que esté tranquilo y no se preocupe. Que se concentre en recuperarse. No recuerda muy bien las cosas en las que andaba metido. Tampoco le he hablado de lo de su casa y su despacho.

—A ver si hago de sacacorchos y conmigo se desatasca un poco.

—¿Y si, al no recordar nada, está a salvo?

Miquel no supo qué responder a eso.

Entraron en la habitación de David Fortuny. Había dos camas, pero la otra, junto a la ventana, no estaba ocupada.

—¡Vaya, mira quién viene a ver al herido! —se alegró el detective.

Parecía una momia. Todo vendado y con una pierna en alto colgada de una especie de triángulo, como los de los equilibristas de los circos. El rostro le quedaba enmarcado por las vendas, igual que el de una monja.

—Hola, Fortuny. —Se detuvo junto a la cama—. ¿No se le ocurre nada mejor para que estemos pendientes de usted?

—Ya ve. —Puso cara de resignación—. ¿Cómo le va?

—¿A mí? A mí me va mejor que a usted, desde luego.

—Bueno, no acabó conmigo la guerra, así que menos iba a hacerlo un simple atropello.

—Seguro que se le puso delante.

—¿Cree que estoy loco?

—Le he visto bajarse de la moto en plan kamikaze, como si estuviera solo en la calle.

La mención de su preciado medio de transporte hizo que se acordara repentinamente de ella.

—¡Mi moto!

—Tranquilo —intervino Amalia—. Sigue delante de mi casa. Nadie te la ha tocado.

—¿Y si me la roban? ¡Es una pieza única, de museo!

—Pero ¡quién iba a robarte eso, por Dios! —protestó su novia.

—¿Una Dnepr-Ural K-750 rusa, réplica de la BMW R75 alemana? ¿Estás loca? ¡Cualquiera! —Su cara expresó un nuevo horror—. ¿Ha llovido estos días?

—No —mintió Amalia.

—¿Seguro? —David Fortuny miró a Miquel—. ¡Si me

atropellaron al bajar, no tuve tiempo de ponerle la funda protectora! ¡Si diluvia, el sidecar se convierte en una piscina!

—No ha llovido —también mintió él.

—Mira que eres peliculero. —Sonrió Amalia.

—¡Ay, si es que estar aquí todo vendado...! —Por lo visto, su cabeza volvía a funcionar a toda mecha, como siempre, pero sin demasiado orden—. ¿Qué día es hoy?

—Domingo —respondió Miquel.

—No, no, el número.

—Siete de octubre.

—¿Y el año?

Miquel levantó las cejas.

—1951.

—¿Seguro que no es 1961? —Se echó a reír antes de darse cuenta de que estaba absolutamente magullado y arrugar la cara por el ramalazo de dolor—. ¡Ay!

—¿Quieres tomarte esto en serio? —le riñó Amalia—. ¡Has estado en coma, y tienes no sé cuántas costillas rotas! ¿Cómo vas a recuperarte si haces el tonto?

—¿Nos hemos casado y no me acuerdo?

Esto no supieron si lo decía de verdad o en broma.

Amalia le enseñó la mano izquierda, libre de anillos.

—Fortuny, ¿no recuerda nada de nada? —Tomó aire Miquel—. Ni de la última vez que nos vimos usted y yo.

—Fui a verle —dijo.

—¿Sabe para qué?

—Para pedirle ayuda porque tenía varios casos.

—¿Y qué más?

—Me contestó que no quería «meterse en líos» —empleó un acusado retintín para mencionar esto último.

—¿Qué más recuerda después de eso?

El herido hizo memoria.

Tardó unos segundos.

—Creo que seguí a un chico... Y a una mujer. Hablé con

una pareja de personas mayores... No, no, ésos eran los clientes. Querían que... —Cerró los ojos, concentrándose—. Querían que buscara algo.

—¿Recuerda haber estado en un convento de monjas y en un consultorio médico?

David Fortuny abrió los ojos.

—¿Un convento?

—Buscaba a una monja llamada Resurrección Casas.

—No sé.

—¿Y el médico? Su nombre es Bernardo Almirall.

El esfuerzo llegó al máximo.

Y fracasó.

—Tengo una especie de nube blanca en mi cabeza —reconoció.

—Bueno, tranquilo. No importa —se rindió Miquel.

—¡No me diga que al final sí se ha ocupado en serio de mis casos! —iluminó la expresión el herido—. No estaba seguro de si Amalia me decía la verdad.

—He hecho algunas preguntas, sí.

—¡Lo sabía! —Contuvo otro gesto de dolor por el arranque de júbilo—. ¡Sabía que no me dejaría en la estacada, y más estando aquí imposibilitado!

—No es eso.

—¡Oh, sí lo es! —se jactó—. ¡Lleva la piel de poli encima!

—Lo he hecho para que no pierda dinero. Total, era seguir a gente. Trabajo fácil.

—Venga, refrésqueme la memoria —se animó todavía más.

—Un padre le pidió que siguiera a su hijo, un marido que siguiera a su esposa, y unos abuelos que buscara a su nieto desaparecido.

David Fortuny se quedó muy quieto.

—Coño... —masculló—. Le aseguro que lo tengo todo mezclado aquí dentro. —Se tocó la frente con un dedo de la mano libre—. Lo que pasa es que...

—Lo que pasa es que necesita descansar. Así recuperará la memoria. ¿Le duele?

—Un poco. Es como estar en medio de una niebla espesa. Sabes que hay cosas pero no las ves. —Recuperó la sonrisa—. Ay, pero no sabe lo feliz que me hace verle aquí. ¡Cuando me recupere vamos a pasarlo de fábula investigando casos y discutiendo de política!

Miquel quiso ahogarle. Directamente.

—No lo creo —dijo lleno de convicción.

—¿No se da cuenta de que somos dos buenos ejemplos de lo que es el país ahora?

—Fortuny, no me venga con cuentos.

—¡Usted necesita desahogarse, y yo alguien con quien discutir!

—¿Y yo qué? —Se cruzó de brazos Amalia.

—Contigo no se puede discutir. —Bajó la voz—. ¡Eres comunista! Además, hacemos mejores cosas que hablar.

—¡A que te doy en la cabeza! —lo amenazó furiosa.

—No, ahora no. —Se protegió con la mano.

Una enfermera maciza como un armario entró en la habitación. Su cara de malas pulgas lo decía todo.

—¿Quiere hacer el favor de descansar? —le riñó muy seria—. Y ustedes deberían irse, porque como encima le den cuerda... ¡Por Dios, qué hombre!

—¡Llevo dormido no sé cuántos días, mujer! —protestó David Fortuny—. ¡No sea mala!

—¡Pues lleva despierto apenas unas horas y yo ya le daría el alta para no oírle! ¡Mire que le gusta hablar!

—No lo sabe usted bien. —Suspiró Amalia.

—¡Cinco minutos y se van!, ¿eh? —Les apuntó con un dedo inflexible.

Los dejó solos.

—¿Se queda aquí? —Miquel se dirigió a la novia del enfermo.

—Sí, vigil... En la sala de espera.

—Yo me voy ya.

—Mascarell —lo retuvo Fortuny.

—¿Qué?

—¿Lo lleva bien?

—¿Sus casos? Sí, sí.

—Amalia, ¿dónde están mis cosas?

—En el armario.

—¿Está la cámara?

Miquel y ella se miraron.

—¿Qué cámara? —preguntó Amalia.

—La de fotos. ¿Cuál va a ser?

—Pues no. ¿La llevabas encima?

Pareció tener un flash mental.

Frunció el ceño.

—Hice fotos... —murmuró casi más para sí mismo que para ellos—. Pero no recuerdo... —Ahora sí les abarcó con una mirada de angustia—. ¡Diablos, que es una Leica! Como me la hayan robado... Me costó un buen dinero, aunque fuese de segunda mano.

—¿Por qué se ha acordado ahora de la cámara? —quiso saber Miquel.

—No lo sé. Me ha venido a la cabeza.

—En tu casa no está. Ni en tu despacho —dijo Amalia antes de darse cuenta de que estaba metiendo la pata—. Quiero decir que he ido por allí estos días y... bueno, que no la he visto.

—Debe de estar en el cajón... —siguió vacilando—. Pero sí, recuerdo llevarla encima, haber hecho unas fotos...

—Venga, descanse. —Dio por terminada la visita Miquel.

—Mañana estaré mejor, seguro —se animó.

—Si no le echa la enfermera...

David Fortuny cerró los ojos, agotado, y ellos salieron al pasillo. Apenas si caminaron media docena de pasos, bajo la atenta mirada de la enfermera-sargento que les había reñido a todos.

—¿Qué opina? —Amalia fue la primera en hablar.

—Que, por un lado, es malo que no recuerde nada. Si resolvió el caso, todo sería más sencillo y yo sabría qué hacer en lugar de ir a ciegas. Pero por el otro lado, en lo que respecta a su seguridad, es bueno que no recuerde nada porque tal vez eso le dé un margen. Es importante que hable de ello, que lo comente en voz alta, que se queje de su desgracia y que usted avise en la entrada, por si alguien vuelve a preguntar por él.

—Sigo asustada, Mascarell.

—Y yo —reconoció—. De momento puede que esté a salvo, pero si no resuelvo esto en unas horas... —intentó serenarla—. Sigo investigando, se lo juro. Puede que mañana despeje la última incógnita.

—Gracias.

—Le veo bien. Se recuperará. —Evitó decirle que no tenía nada, salvo la pista final: saber algo de Bernardo Almirall—. En unos días volverá a ser insoportable.

La hizo sonreír.

—No sabe lo animado que va a estar sabiendo que finalmente usted le ayuda y que es en serio.

—Recuérdeme su dirección.

La memorizó. No hizo falta que tomara nota. Tampoco le dijo para qué la quería. Amalia tenía suficiente con lo que dejaba atrás, en la habitación del hospital.

Volvieron a abrazarse y besarse en las mejillas, cálidamente.

—Sigue agotada.

—Pero estoy mejor, en serio. Duermo aquí, con él, cada noche. No pasa nada. Ande, váyase.

La obedeció.

Llegó a la calle y buscó nerviosamente un taxi, que no aparecía por ningún lado. Maldijo la lasitud de los domingos. Nunca había sido consciente del cambio de hábitos de la gente hasta ese momento. La distancia hasta la casa de Amalia no era excesiva, pero estaba cansado. Peor: se sentía cansado. Los nervios de los últimos días empezaban a pasar factura. Y la vuelta a la vida de David Fortuny, lejos de ayudar, lo empeoraba todo.

Era cuestión de horas que volvieran a intentar matarle.

Eso no se lo había dicho a ella.

El taxi apareció por fin. Un tipo con cara de aburrido, propia del domingo, le preguntó a dónde iba, bajó la bandera y se puso en marcha. Por lo menos, el tránsito también era menor. Tardó siete minutos en dejarle en la calle, frente a la casa de Amalia Duque.

La moto del detective estaba allí, donde la había aparcado el miércoles por la noche, donde le habían atropellado nada más bajarse de ella.

Nada más bajarse de ella.

¿Sin tiempo para recoger nada?

Se acercó a la moto con el corazón en vilo. Su instinto. Su maldito instinto. Seguía oyendo la voz de aquel eficaz sexto sentido. Más que voz, el grito.

Acompañado por las palabras de Fortuny.

«¿Y mi cámara?», «Hice fotos, pero no recuerdo...», «Como me la hayan robado...».

Miquel se inclinó sobre el sidecar.

Recordó el dichoso viaje a Olot de junio pasado. Incrustado en aquel compartimento como una sardina en una lata, viendo pasar los automóviles y los camiones igual que gigantes capaces de aplastarle como una chinche.

Había llovido, sí. Y todavía quedaba un charquito en el suelo del sidecar. No había nada a la vista en él. De haber dejado una Leica allí, en el asiento, ya se la habrían llevado durante aquellos días. Lo que hizo fue forzar la guantera, oculta bajo el pequeño tablero. Podía haberle pedido las llaves a Amalia. No se le ocurrió. O sí. Ya daba igual.

La cámara de fotos estaba allí.

La examinó nervioso.

No tenía ningún carrete dentro.

Miró un poco más en la guantera y la tanteó con la mano. Encontró dos carretes nuevos y algo más.

Un resguardo.

Un resguardo de Casa Serra para recoger el revelado de unas fotografías a las cuarenta y ocho horas de la fecha de entrega del carrete, el mismo día del atropello de Fortuny.

—Hijo de puta... —susurró admirado al comprender que sí, que el detective probablemente había resuelto el caso del bebé robado.

Día 6

Lunes, 8 de octubre de 1951

31

Eran las diez menos diez de la mañana y ya estaba en la puerta del consultorio médico de Bernardo Almirall, en la calle Enrique Granados.

Los minutos pasaban a cámara lenta.

A las diez menos cinco apareció una mujer. Era joven, pero vestía de riguroso luto. Por lógica, Miquel ya se temió lo peor. Aun así, esperó los cinco minutos restantes, hasta que ella misma, ahora enfundada en una bata blanca, abrió la consulta.

Ningún paciente.

Entró en silencio. La mujer estaba recogiendo unos expedientes, amontonando unas carpetas. Lo hacía despacio, ensimismada, envuelta en sus pensamientos y con la cara velada. Ni siquiera le oyó entrar. Fue al toser Miquel cuando ella volvió la cabeza.

La voz era triste.

—Lo siento, señor —le dijo—. Si es para una consulta... Yo estoy aquí para llamar por teléfono y atender a las citas que no han podido ser canceladas. El doctor Constantí se encargará desde ahora de los pacientes del doctor Almirall.

—No venía por una consulta médica. —Se dio cuenta de lo resignada que sonaba su voz—. Venía a verle a él.

La mirada de la joven se hizo crepuscular.

Los ojos se convirtieron en dos pedazos de vidrio capaces de tornasolar la luz del día y fragmentarla en colores.

Colores muy apagados.

—El doctor Almirall murió la semana pasada, señor.

Constatar la realidad no le hizo sentirse mejor.

Al contrario.

Almirall no era el culpable de los asesinatos, sino la última víctima.

—No lo sabía. —Mesuró lo que iba a decir.

—Fue muy... inesperado.

—¿Un accidente?

—De lo más absurdo, sí señor. Supongo que estas cosas pasan más a menudo de lo que imaginamos, pero cuando nos tocan de cerca...

—¿Cómo fue?

—Se cayó por unas escaleras y...

—¿Se rompió la cabeza?

—Sí. La cabeza, el cuello... —Se estremeció.

—Tuvo que ser un impacto muy fuerte.

—Depende, aunque sí, imagino que sí. Por lo visto trastabilló y rodó escaleras abajo. Para remate, se dio contra la pared del descansillo. —Puso una mano formando un ángulo de noventa grados—. También se rompió un brazo y una pierna, aunque eso ya fue lo de menos, pobre doctor.

—¿Era usted su enfermera?

—Sí.

—¿Llevaba con él mucho tiempo?

—Desde que montó esta consulta. Yo acababa de graduarme.

Había conseguido establecer un diálogo con ella. Continuó con la misma tónica, sereno, amigable, como lo haría cualquier persona afable pero curiosa. Era el tono de voz con el que solía interrogar a las personas sin que ellas se dieran cuenta de que lo estaba haciendo.

—¿Tenía esposa?

—Sí. —La enfermera señaló una puerta—. Vivía aquí mismo, en el piso de atrás.

—He llamado varias veces por teléfono, pero nadie me ha atendido.

—Porque su esposa se ha ido a casa de su hermana, para no estar sola. En estas circunstancias... —Reaccionó un poco al darse cuenta de que la charla derivaba ya hacia temas más personales—. Perdone, señor, ¿usted...?

Se quitó la careta.

—Disculpe las preguntas, pero se trata de algo grave y urgente. —Se acercó a ella—. Soy detective privado.

—¿Otro?

Fortuny había estado allí.

Intentó no traicionarse.

—Sé que vino uno hace unos días.

La enfermera no ocultó su malestar.

—Sí, el martes pasado, el día antes del desafortunado accidente del doctor Almirall.

—¿Habló con el doctor?

—Bueno... —Hizo un gesto incómodo—. Hablar, lo que se dice hablar...

—¿Qué pasó?

—Se presentó aquí por la mañana, muy agitado. Le hice entrar, a pesar de que ya era la hora de cierre, y a los tres minutos oí como el doctor se ponía a gritar. Luego, prácticamente le echó. Abrió la puerta —señaló una a su derecha— y aparecieron ellos dos casi peleándose. El detective como si escapara y el doctor Almirall empujándole con las dos manos. Yo... nunca le había visto tan enfadado y fuera de sí. Estaba rojo de ira; él, tan tranquilo y paciente siempre. Me asusté mucho, la verdad. No sé lo que pasó, pero tuvo que ser algo muy grave y ofensivo.

—¿No escuchó la conversación?

—No, no.

—¿Y los gritos?

—Señor, todo fue muy rápido. Yo estaba con mis cosas, a punto de irme ya a comer en cuanto saliera esa última visita.

—¿Qué hizo el doctor después de marcharse ese hombre?

—Pues... ¿Qué quiere decir?

—¿Se encerró en su despacho, salió, hizo alguna llamada telefónica?

—Sí, llamó por teléfono.

—¿Recuerda a quién?

La enfermera volvía a responder como si algo le succionara los pensamientos.

—Después de echarle, se encerró en el despacho uno o dos minutos. Yo no sabía qué hacer. No me atrevía a entrar para decirle nada, ni despedirme. Entonces me pidió que le buscara el número telefónico del cuartel del Bruch. Lo hice, se lo di, y eso fue todo.

Las tres palabras se incrustaron como una cuña en la mente de Miquel.

Cuartel del Bruch.

No quiso perderla. Podía cerrarse de un momento a otro.

—¿Llegó a llamar por teléfono?

—Sí.

—¿Sabe a quién?

—No, claro que no, aunque también le oí gritar un poco. No tanto como con el otro. Lo único que sí escuché fue que repetía: «Tranquilo, tranquilo». Cuando acabó, ya nos marchamos los dos. Y, desde luego, no me comentó nada ni yo le pregunté, válgame el cielo.

—¿Y por la tarde?

—¿Qué quiere decir?

—¿Todo fue normal?

—Sí. —Le miró extrañada—. Pasó consulta, como siempre.

—¿Le pareció nervioso?

—No sabría decirle. —Se cansó del interrogatorio de golpe—. Señor, ¿puede decirme a qué viene todo esto?

—Por favor, ayúdeme.

—No le entiendo. ¿Por qué he de ayudarle?

—Porque también atentaron contra ese detective.

—¿Qué quiere decir con «también»? —Levantó las cejas.

—Le prometo que se lo explicaré cuando todo haya pasado. Ahora... ¿Puede decirme dónde se produjo la muerte del doctor Almirall?

—Fue a ver a una paciente a mediodía, al salir de aquí. Una señora anciana que no podía desplazarse.

—¿Eso fue el miércoles, el día después de la visita del detective?

—Sí.

—¿Conserva archivos del doctor Almirall de antes de abrir la consulta?

—No, únicamente desde que estamos aquí. Lo que llevaba en el hospital debe de seguir allí.

—Un último favor: ¿puede darme las señas de la hermana de ella?

—Calle Caspe 34, pero no sé el piso. La señora Almirall se llama Roser Centells, y su hermana, Hortensia. —No pudo evitar preguntarlo—: ¿Qué es lo que están investigando, señor?

—No lo sé —mintió—. Por eso hay que hacer preguntas.

—Pero el doctor Almirall se cayó por unas escaleras... Quiero decir que fue algo... fortuito, ¿no?

—¿Le habló a la policía de la visita de ese detective? —Eludió, una vez más, su respuesta.

—No, ¿por qué? Ni siquiera he visto a ningún policía. No entiendo con qué motivo iban a querer hablar conmigo.

Le quedaba una pregunta final.

Y era importante.

Habían matado a Bernardo Almirall por lo que sabía, para

silenciarle. Pero ¿cómo sabían que David Fortuny estaba mirando debajo de la alfombra, agitándola, descubriendo los secretos enterrados desde 1943 en torno a todos ellos?

—¿Le dijo el nombre ese detective?

La clave.

—Sí, lo recuerdo bien: David Fortuny. Siempre anoto los nombres de las personas que vienen, sean o no pacientes, aunque por lo general, todos lo son.

Él mismo se había puesto la soga al cuello.

David Fortuny, detective privado.

—Ha sido usted muy amable, y le juro que me ha ayudado mucho —se rindió Miquel.

—Pues me alegro —manifestó ella con plena inseguridad.

—Si le sirve de algo, lamento su pérdida. —Miquel le tendió la mano.

—Era un buen hombre. —La joven se la estrechó—. Y un buen médico. Yo le apreciaba. Ahora ya ve, ni siquiera tengo trabajo. En cuanto los pacientes estén todos avisados, cerraré la consulta y adiós. —No pudo contener las lágrimas.

—Volveré —le prometió Miquel—. Y le explicaré qué ha pasado en todo esto.

Se lo quedó mirando llena de incertidumbres.

Posiblemente creía que mentía.

Miquel ni siquiera pensaba en ello.

32

Bernardo Almirall había destapado la caja de los truenos.

La mecha la había prendido David Fortuny.

Y el responsable final...

El cuartel del Bruch.

¿Un militar?

Le entró un sudor frío mientras caminaba, mitad aturdido, mitad asustado.

El detective había descubierto el complot, era evidente. Una madre soltera muerta, un hijo salvado. La única familia: los padres de la mujer. El resto era fácil imaginarlo. Un médico y una monja habían dictaminado la muerte del bebé, y éste había ido a parar a manos de unos padres sin hijos. La visita de Fortuny a Almirall había hecho que el médico, imprudentemente, llamara por teléfono al posible padre, en el cuartel del Bruch. O, al menos, a alguien que estaba metido de lleno en la historia. ¿La reacción de esa persona? La más elemental: cortar por lo sano cualquier investigación, no dejar pistas. Acabar con todos los que sabían algo de lo sucedido el 9 de febrero de 1943 y con el detective metementodo que acababa de remover lo sucedido entonces.

Pero ¿cuánto poder hacía falta para fingir las muertes de cuatro personas?

Poder y... seguridad.

Una monja empujada a las vías del metro; un médico echado escaleras abajo y, posiblemente, rematado allí mismo; un matrimonio «suicidado» y un detective atropellado accidentalmente, por un borracho o lo que fuera que pensase la policía.

Cuatro muertos y medio.

Todo para preservar a un niño que seguramente vivía feliz con sus padres.

Miquel se detuvo.

El sudor frío se convirtió en una bola ardiente que le saturó el estómago.

Si detrás de todo aquel lío se escondía alguien poderoso, como así lo intuía, no sólo estaba perdido David Fortuny.

También él.

¿Qué más daban cuatro muertos que cinco o seis?

Pensó en Amalia, en Patro, en Raquel...

La distancia no era excesiva, pero quería acabar con aquello cuanto antes. Cada minuto contaba. Sobre todo, y de momento, para Fortuny. Así que levantó la mano y se subió a un taxi.

Le dio las señas. Casa Serra estaba en paseo de Gracia, y de ella al domicilio de la hermana de la viuda de Almirall, apenas unas manzanas.

—¿Se encuentra bien, señor?

—Sí, sí. Me ha sentado algo mal, eso es todo.

—Está sudando, y desde luego ya no estamos en agosto.

—No se preocupe.

—Bueno.

Fue un trayecto de apenas cinco minutos. Se bajó frente a la popular casa de material fotográfico y, con el resguardo en la mano, se dirigió al mostrador de entrega y recogida de carretes. Tuvo que esperar a que una clienta examinara, una por una, las copias de las fotos que había ido a buscar. A una le faltaba contraste, a otra le sobraba saturación, a otra más... El dependiente le decía que eso no era culpa del revelado, sino de cómo habían sido tomadas las instantáneas. La mujer insistía en que su cámara era de las mejores.

Miquel estuvo a punto de apartarla de un golpe y decirle que era policía.

Se contuvo.

Finalmente le entregó el resguardo al dependiente, que empezó a buscar en un anaquel entre un montón de sobres. Encontró el suyo y lo depositó en la mesa. En letras gruesas, escritas en rojo, podía verse la palabra URGENTE.

—Recuerdo al que trajo el carrete. —El hombre miró a Miquel—. Las pedía para ya mismo, que era cuestión de vida o muerte. Le dije que era imposible.

—Ya sabe cómo es la gente. ¿Cuánto es?

Le dio el importe y esperó el cambio.

—Hoy es lunes —insistió el dependiente, para que quedara claro que la recogida era tardía en relación a las prisas de Fortuny.

Miquel tomó el sobre con la mano derecha y el cambio con la izquierda, sin decir nada.

Apenas caminó unos metros. Cruzó el tramo lateral de la calzada, eludiendo el paso del tranvía 26 que subía hasta Penitentes, y se sentó en uno de los bancos de piedra con farola modernista que jalonaban los dos tramos centrales del paseo. El sobre le quemaba en las manos. Lo abrió y extrajo las fotografías.

Doce.

Tomadas de lejos, en blanco y negro, pero suficientemente nítidas como para reconocer en ellas al menos a un par de los protagonistas de los últimos días.

Atemperó los nervios y las examinó con calma.

Tres de las fotografías eran de Milagros, la señora Cisneros, entrando en la casa de su amante en la calle Pedrell. Otras dos correspondían a Eduardo Alameda junto a la valla por la que accedía al edificio en ruinas donde se veía con su novio.

Las otras siete eran de un niño.

Un niño de unos ocho años jugando en un parque.

Su atención se multiplicó.

En algunas, el niño estaba solo. En otras, hablando o jugando con una mujer de unos cincuenta años, elegante, señorial. En todas, el pequeño reía, feliz.

Por la sombra, debían de haberse tomado a mediodía, entre las doce y la una o las dos.

Reconoció algo más.

El lugar.

Había un estanque con peces, una valla, un contorno sobradamente conocido para los que alguna vez en su vida hubieran estado en aquel parque.

Los Jardines Eduardo Marquina, más conocidos como el Turó Park.

Miquel se apoyó en el banco de piedra.

David Fortuny había estado allí el día de su atropello. Y había comido al lado, en la calle Maestro Nicolau, como lo demostraba el recibo encontrado entre sus cosas. Una sopa, tortilla, flan, pan y agua.

Miró la hora.

Todavía era pronto.

Podía seguir su plan inicial para después de haber hablado con la enfermera del doctor Almirall, antes de ir al Turó Park.

Se guardó las fotografías en el bolsillo y, con la cabeza llena de fuegos artificiales, echó a andar con paso vivo hacia la calle Caspe. No le importó cansarse. Ya no le importaba nada. Quería cerrar el maldito caso, al menos en cuanto a lo más elemental.

Coger al culpable era otra historia.

Eso sería prácticamente imposible.

Salvo que el comisario Sebastián Oliveros le creyera, y para hablar con él tendría que contarle que había vuelto a las andadas.

El cuartel del Bruch, el cuartel del Bruch...

—Mierda...

Llegó a su destino igualmente atenazado, así que lo primero que hizo fue buscar un poco de calma y serenidad. La viuda de Bernardo Almirall era la última puerta que le quedaba por abrir. Después...

El número 34 de la calle Caspe era un edificio elegante. No había portera, había conserje. Un tipo estirado que le franqueó el paso cuando le dijo que iba a ver a la señora Hortensia.

—El principal, sí.

Subió a pie, para no tener que esperar al ascensor, que volaba por las alturas del edificio. Cuando llamó al timbre le abrió una mujer con ropas negras, falda, blusa, medias y zapatos, vestida un poco a la antigua, o sería que no tenía nada más para llevar el luto. Miquel se revistió con su mejor piel de cordero.

—¿La señora Almirall?

—Es mi hermana.

—¿Está en casa? Me han dicho...

—Sí, está aquí. —El tono no era precisamente amigable—. ¿Para qué quiere verla?

—Es un asunto privado.

—Señor, mi hermana ha sufrido una desgraciada pérdida y me temo que no está en condiciones de...

La detuvo.

—Dígale que soy detective privado y que su marido nos contrató por un tema muy delicado, por favor.

Recibió las palabras como si fueran las balas de una ametralladora. Cada una la impactó de una manera distinta. «Detective», «contrató», «delicado»...

—¿Habla en serio? —vaciló.

—Me temo que sí, señora. Por eso conocía esta dirección y he imaginado que ella estaría aquí, con usted.

Última espera.

—Pase.

Cerró la puerta y lo dejó en el recibidor. Miquel paseó la mirada por la decoración, regia, de buen nivel. Ningún retrato. Un espejo, un paragüero, una mesita adosada con una bandeja en la que depositar las llaves. Unos gruesos cortinajes de color granate presidían el acceso al pasillo.

Roser Centells, la señora Almirall, apareció en silencio, como si, en lugar de caminar, flotara. Tenía el rostro demacrado, las pupilas hundidas, y su extrema delgadez amenazaba con romperla si hacía algún gesto fuera de lo común. Vestía tan de negro como su hermana y apretaba las dos manos a la altura del pecho. No llevaba ninguna joya, ni pendientes ni collares, únicamente su anillo de casada. Miquel le calculó unos cincuenta y cinco años, aunque tanto podían ser más como menos.

Lo primero que le dijo él fue:

—Señora, permítame que le exprese mi más sentido pésame.

—Gracias. —Movió levemente la cabeza.

—Ha dicho que era detective —quiso apremiarlo la dueña de la casa, aparecida por detrás de su hermana.

—¿Podría hablar con usted? Apenas le robaré cinco minutos.

—No entiendo... ¿Detective?

—Sí. Su marido vino a nuestra agencia para contratarnos. Si me permite explicárselo...

Las dos mujeres intercambiaron una mirada. Ahora ya no era únicamente la visita de un extraño: era la curiosidad.

—Si tiene la bondad...

Ella misma tomó la iniciativa. Miquel la siguió. La hermana cerró la comitiva. La señora Almirall caminó unos pocos pasos. Abrió una puerta. Era una biblioteca, espaciosa, con sillas, butacas y una mesa. Ocupó una de las sillas en torno a la mesa y esperó a que ellos hicieran lo propio. Miquel se situó enfrente.

Calculó que allí debía de haber miles de libros.

Él también tenía muchos en su casa de la calle Córcega.

Apartó de su mente esa imagen. Se la estaba jugando. Si

no hilvanaba una historia rápida y eficaz, que no dejara lugar a dudas, acabaría en una comisaría.

Para aquellas dos mujeres, Bernardo Almirall había muerto en un fatal accidente, ni mucho menos asesinado.

—Verá, señora —empezó a escoger sus palabras minuciosamente—. Su marido nos contrató para que investigáramos algo relacionado con su pasado, cuando trabajaba en la clínica del Sol.

—¿Con su pasado?

—Sí.

—A mí no me dijo nada.

—El tema es delicado, supongo que por eso prefirió a un detective privado —prosiguió—. Al parecer, un militar, o alguien de cierto nivel adscrito al ejército, adoptó en febrero de 1943 ilegalmente a un niño recién nacido.

No sólo fue la viuda la que abrió los ojos. También su hermana.

—¿Ilegalmente?

—La madre murió en el parto, no tenía marido. Y a los padres de ella les dijeron que también había fallecido el bebé.

—¿Lo robaron?

—Sí.

Se mostró sobrecogida.

—¿Y eso qué tiene que ver con mi marido?

—Él sabía algo del tema.

—Mi marido...

—Creemos que calló, para no complicar las cosas, y ahora, con el paso de los años, lo único que quería saber era si ese niño estaba bien.

Parpadearon al unísono.

Como historia, no estaba mal. Dependía de que ellas se la creyeran.

—¿Y usted ha estado investigando esto? —preguntó la hermana.

—Sí.

—¿Mi cuñado no sabía quién adoptó a ese niño?

—No.

—¿Qué ha averiguado? —quiso saber la viuda.

—Nos dijo que las principales responsables eran las monjas, y nos dio un nombre. Lamentablemente esa mujer murió. También nos dijo que trataría de recabar más datos y quedamos en vernos de nuevo hoy. Esta mañana he sabido lo de su accidente y... claro, me temo que sin él no hay caso.

—Entonces ¿qué hace aquí? —insistió la dueña de la casa.

—Tenemos una deuda moral con su marido. —Se dirigió a la señora Almirall—. Entiendo que hay otras personas involucradas, y nuestro deber es, al menos, llegar hasta donde podamos. Por eso necesito hacerle unas preguntas.

—¿Qué puedo decirle yo? Mi marido era muy celoso de su trabajo. No me contaba nada. «¿Para qué?», decía. «¿Para hablar de enfermos y gente con problemas?» En casa estaba terminantemente prohibido mentar asuntos médicos.

Hizo la pregunta:

—¿Tenía algún conocido o amigo que fuera militar o tuviera que ver con el estamento militar?

—No.

Contuvo su frustración.

—¿Tiene archivos, algo de su trabajo en la clínica del Sol?

—No, no. Abrió la consulta y partió de cero.

—¿Sabe por qué dejó la clínica?

—Bueno, en parte usted mismo lo ha dicho: se cansó de aquello, de la injerencia de las monjas, que se metían en todo y estaban en todas partes. Prefirió depender de sí mismo. Teníamos unos ahorros y se estableció por su cuenta. —Hizo una pequeña pausa y se miró las uñas de la mano derecha de manera maquinal—. Siempre quiso olvidar esa parte de su carrera, ya ve. Acabó cansado de aquel ambiente. Fue mucho más feliz desde que se marchó.

Ningún conocido militar.

Nada.

Bernardo Almirall le había dado la espalda a sus años oscuros.

Y, como siempre, en casa una mujer que lo desconocía todo.

Acababa de quemar su último cartucho.

—Entonces estamos en un callejón sin salida —reconoció.

—Me temo que sí, señor.

—Una triste pérdida, ¿verdad?

Apareció la humedad en los vidriosos ojos de ella.

—Era una gran persona, siempre dedicado a su trabajo. Se desvivía por hacer feliz a los demás.

—Un hombre muy justo —puso la guinda la hermana.

No podía decirles que a Bernardo Almirall lo habían matado.

No, sin desvelarlo todo y meterse en un lío de mil demonios.

La justicia bien entendida empezaba por uno mismo.

De todas formas, tampoco tenía pruebas de nada.

—Lamento haberla molestado, señora. —Se levantó—. Espero que comprenda que tenía ese deber moral.

—Oh, sí, lo entiendo. No se preocupe —le secundó ella.

—Por desgracia ya no tenemos por dónde investigar.

—Claro.

Caminaban en dirección al recibidor.

Se detuvieron en él. Hortensia Centells le abrió la puerta. Su hermana Roser le dio la mano a Miquel. Bastó una inclinación de cabeza.

Regresó a la calle sabiendo que lo único que le quedaba eran aquellas fotos tomadas en el Turó Park.

33

Era temprano, así que se acercó al quiosco de la entrada del parque. Los lunes lo único que se editaba era la maldita *Hoja del Lunes*. Nunca la compraba. Le parecía una imposición. Así que se internó sin más por los jardines, quizá los más bonitos de Barcelona, por lo pequeño e íntimo de su espacio tanto como por el aire elegante de las casas que los envolvían. Era como si allí comenzara otra Barcelona.

O tal vez fuese todo lo contrario: que allí terminaba la ciudad a las puertas de continuar abriendo la Diagonal hasta el infinito.

Con las fotografías en la mano, buscó la zona en la que habían sido tomadas. Unas correspondían a la parte más próxima al teatrillo infantil, y otras al lugar destinado a los juegos de los más pequeños. No podía fiarse, quedándose en un único sitio, así que, de momento, se sentó un rato. Llegada la hora le tocaría moverse.

Eso si el niño y su madre iban al parque todos los días.

Demasiadas premisas.

Media hora después se arrepintió de no haber comprado la *Hoja del Lunes*. O incluso *El Mundo Deportivo*, para saber de qué le hablaría Ramón en cuanto apareciese por el bar. No estaría de más adelantarse un día y sorprenderle.

Se levantó y dio una vuelta.

No quería pensar en nada, pero le era difícil. No quería

caer en las trampas de su desasosiego. Si no aparecía el niño, perdería todo un día, y con Fortuny ya despierto eso era como tentar al diablo.

Irían a por él.

De alguna forma, tratarían de matarlo.

—¿Cómo dio con ese crío, Fortuny? —Suspiró.

¿Y si había seguido al doctor Almirall?

En el caso de que el médico se hubiese visto con el hombre del cuartel del Bruch...

Pura lógica.

Iba a resultar que David Fortuny era un buen detective.

Volvió a mirar las fotos.

Había ya muchos niños correteando por el parque, a la salida de los colegios, y todos se parecían un poco entre sí. Pero ninguna madre era como la de las fotografías. Algunos niños y niñas iban acompañados por criadas.

Era la hora.

Se movió más rápido.

Llegó a la entrada principal y volvió a recorrer el recinto hasta el estanque de los peces y los nenúfares. Regresó al primer banco en el que había estado sentado y a la zona de los juegos. Volvió a la parte de arriba, la más ancha, y fue de un lado a otro.

Fue entonces cuando le vio.

Mejor dicho: les vio.

El niño, su madre y una criada de mediana edad que llevaba una bolsa y estaba pendiente de las indicaciones de la mujer.

Miquel se quedó quieto.

El pequeño era menudo, de aspecto frágil. Llevaba pantalón corto y lo que sí parecía era muy inquieto, nervioso. Por esa razón su madre estaba pendiente de él, y si no era ella, era la criada, que lo seguía a la carrera en cuanto se separaba de ellas.

Estudió a la mujer.

Igual que en las fotos: mayor, cincuenta y cinco años aproximadamente, elegante, enjoyada. Desde luego, demasiado mayor para haber engendrado a un niño que ahora rondaba los ocho años y medio.

Miquel esperó, sin aproximarse demasiado.

Lo único que tenía que hacer era seguirles cuando se marcharan.

Lo que presenció a lo largo de la siguiente media hora fue un manual de maternidad extrema, un compendio absoluto de posesión, protección y amor llevados a la máxima expresión. La mujer no era una madre, era un ángel tutelar. La lluvia de expresiones atravesaba todo el parque, sin medida. Los abrazos y los besos habrían saturado a cualquiera. El niño era suyo. Suyo. «Mi cariño», «mi cielo», «mi vida», «mi tesoro», «mi amor».

Se llamaba Ricardo.

—Ricardo, no te alejes.

—Ricardo, ten cuidado no te caigas y te hagas pupita.

—Ricardo, ven aquí.

—Ricardo, no vayas con esos niños que no parecen muy buenos.

—Ricardo, no te ensucies.

—Ricardo, no te subas ahí.

Ricardo.

Miquel se acercó un poco más. Entre la cara aburrida de la criada y el cuerpo delgado de la mujer, Ricardo ejercía una especie de dictadura silenciosa, de la que seguramente ni siquiera era consciente. Si quería algo, no lo pedía, lo exigía, y lloraba si no lo conseguía de inmediato. Mimado y consentido era poco. En los ojos de su madre, sin embargo, lo único que había era un amor intenso e inmenso. Un amor desaforado.

El amor de una mujer viviendo exclusivamente por y para su hijo.

Probablemente un niño mucho tiempo deseado.

Nadie iba a quitárselo ya.

Ricardo había perdido a su madre al nacer, y a sus abuelos por la esperanza de encontrarle.

Miquel se sintió abatido.

Tenía el caso prácticamente cerrado, pero resolverlo no le llevaba ya a ninguna parte.

Y un asesino quedaría impune.

A poco más de la media hora de juegos y voces, ella se levantó.

—¡Nos vamos, Ricardo!

—¡No!

—Sí, que ya es hora.

—¡Todavía no!

—Papá vendrá y, si no estamos en casa, ya sabes que se enfada.

—¡Papá llega y se encierra en el despacho!

—Vamos, Ricardo...

—¡No!

—Vaya a por él, Eugenia.

La criada fue a por él, pero sin atreverse a cogerle de la mano, no fuera a llorar, o a golpearla.

Miquel se apartó un poco más.

Silencioso.

Cuando el rebelde Ricardo enfiló la salida con su madre y Eugenia, les siguió. Tampoco tuvo que andar mucho. Salieron por la puerta de arriba, la que daba a la calle Fernando Agulló, y lo único que hicieron fue cruzar la calle.

Se metieron en uno de los elegantes portales.

Allí el conserje parecía un mariscal de campo.

Miquel esperó dos minutos.

Luego también cruzó la calle y entró en el edificio. Fue directamente al encuentro del conserje, exhibiendo la mejor de sus sonrisas.

—Perdone la molestia. —También el tono fue más que amigable—. Es que la señora que acaba de entrar, con su niño... —Fingió vacilar.

—¿Sí?

—Creo que es una vieja amiga a la que perdí el rastro hace años. Pero sólo la he visto de lejos y no sé si... ¿Se llama Federica Ensenyat?

—No, no. —Se envaró un poco—. Se equivoca usted, señor. Es la señora Josefina Serrat. Bueno, la señora Maldonado, la esposa del coronel Maldonado.

—¿Álvaro Maldonado?

—No, tampoco. —La paciencia llegó al límite—. Andrés Maldonado.

Miquel se echó para atrás.

Visiblemente contrariado.

—Vaya, pues sí que... Perdone, ¿eh? No sé cómo...

—No se preocupe, caballero.

—Habría jurado...

—Suele pasar, tranquilo.

Salió a la calle.

Regresó al parque, de nuevo bañado por aquel sudor frío.

Capaz de ahogarle.

Caminó unos pasos y luego se sentó en uno de los bancos. Desde él podía ver el portal de la casa, por entre las plantas y los matorrales que hacían las veces de frontera. Si con las palabras «cuartel del Bruch» ya había temblado, ahora el término «coronel» lo abrumaba.

Un coronel del glorioso ejército español.

Los victoriosos vencedores del comunismo.

Se pasó una mano por el rostro.

—¿Y ahora qué, Miquel? —balbuceó.

Siguió sentado en el banco, incapaz de levantarse y echar a andar. No podía. Las piernas se negaban a sostenerlo. Oía la voz de la mujer diciendo:

—Papá vendrá y, si no estamos en casa, ya sabes que se enfada.

Transcurrieron otros quince minutos.

Hasta que apareció el coche.

Se detuvo frente al edificio. Quien bajó primero fue el chófer. Rodeó el vehículo y le abrió la puerta a su superior. El coronel Andrés Maldonado bajó vestido de uniforme y entró en la casa. El chófer regresó a su lugar frente al volante.

Miquel notó el frío de la muerte subiéndole por las piernas.

El coronel no era muy distinto a Franco. De hecho, todos se le parecían: bajo, rechoncho, calvo...

El chófer no.

El chófer era diferente.

Militar como él, pero alto, recio, de hombros anchos, con el cabello cortado al cepillo.

34

Había dado con el niño.

Había dado con el inductor de todo aquel lío.

Y había dado con el ejecutor.

¿Ahora, qué?

No se movió del banco. No podía andar. Estaba absolutamente colapsado. Había sido policía. Había llevado un uniforme los primeros años de su carrera en el cuerpo, pero desde la guerra, desde su estancia preso en el Valle de los Caídos, se estremecía al ver uno. Para él, ahora, era el símbolo de la violencia y la represión. Conocía el poder que emanaba de ellos. Conocía de sobra que un simple soldado podía pegar o incluso matar a un preso, sin que le pasara nada. Así que un oficial...

Un coronel...

David Fortuny estaba en peligro. Había que sacarlo del hospital cuanto antes y, de momento, esconderlo.

El coronel Maldonado y su perro de presa no iban a dejar ningún cabo suelto.

De pronto, el parque estaba silencioso.

Todos los niños, con sus madres o sus criadas, se habían ido a sus casas para comer.

La flautita de un afilador rompió el aire.

Y su voz.

—¡El afiladooor...!

A Miquel se le antojó irónico, casi burlón.

Hubiera seguido allí, sentado, hasta reunir las suficientes fuerzas para levantarse, cuando inesperadamente vio salir a alguien por el portal de la casa.

Eugenia, la criada.

Llegado el señor, puesta la comida, se marchaba.

Reaccionó cuando la mujer ya le llevaba unos metros de ventaja. Se levantó del banco y calculó sus opciones. Salir por arriba, por la puerta más cercana, y sorprenderla por detrás, o bajar en paralelo a la calle, hacerlo por la puerta principal del parque, y abordarla de frente.

Escogió esta última opción.

Así parecería un encuentro casual.

Echó a correr. Lo peor que podía suceder es que la perdiera en el caso de que ella se desviase por la única calle a la izquierda, Tenor Viñas. De lo contrario, desembocaría igualmente en la avenida del General Goded, rumbo a la plaza de Calvo Sotelo.

Corrió más.

Aunque tampoco era cuestión de toparse con ella jadeando, desfondado.

Por suerte, la criada de los Maldonado se lo tomaba con calma. Ninguna prisa. Miquel logró salir del parque, caminó unos metros por la explanada delantera y se apostó en la esquina para verla aproximarse. Iba sumida en sus pensamientos.

Tomó aire y se cruzó con ella.

Al momento fingió que le cambiaba la cara.

—Perdone, la he visto antes...

La mujer se detuvo. Le miró de arriba abajo, primero inquieta y luego más calmada, como si esperase que le preguntara una dirección.

—¿Sí?

—Esta mañana, en el parque, con su señora y un niño. Era usted, ¿verdad?

—Sí —volvió a mostrarse vacilante.

—No quiero molestarla, ni interrumpirla. Pero es que me ha parecido usted tan eficiente, prudente, trabajadora...

La hizo levantar las cejas.

—Gracias.

—¿Le interesaría cambiar de casa?

Además de la sorpresa, la cara se le llenó de incredulidad.

—¿Cómo dice?

—Ya sé que esto le parecerá un asalto. —Se rió con fingida cachaza—. Pero le seré franco: estoy desesperado. Llevo semanas buscando a una asistenta para mi nieta sin encontrar lo que necesito. ¡Es increíble! Al verla a usted, he tenido... no sé cómo decírselo, una inspiración.

—¿Me está ofreciendo trabajo, señor? —Quiso entenderlo bien.

—Me llamo Norberto Pons. —Le tendió la mano educadamente—. Mire, no sé qué le pagarán en la casa en la que está ahora, pero seguro que le daría más. Es decir, podría ofrecerle más.

—Pero, señor —apareció la duda—. No puedo irme de donde estoy así como así, sin más.

—Vamos, vamos. —Hizo un gesto de suficiencia—. La lealtad está muy bien; sin embargo, el dinero... es el dinero, ¿no?

—No es sólo lealtad, es cariño —objetó ella.

—Pues ese niño parecía muy difícil de manejar.

—Al niño a veces le daría una tunda, pero su madre... —Dejó la frase sin terminar.

—Vaya, ya veo que lleva mucho con sus señores.

—Desde que acabó la guerra.

—Sí, es mucho tiempo.

—Me dieron trabajo cuando no lo había, y me ayudaron mucho. Pero sobre todo es que la señora... sé que me necesita, ¿entiende? Eso es importante para mí. No se trata de ayudarla a cuidar a su hijo, porque habrá visto en el parque que casi todo lo hace ella. Usted no sabe lo que ha sufrido esa mujer.

—No me diga. —Se cruzó de brazos dispuesto a escuchar.

—Pues sí, se lo digo.

—Problemas con el parto, claro. Porque al niño le calculo entre ocho y nueve años, y ella ya es mayor, así que... Dios mío, tuvo que tenerlo con cuarenta y cinco o cuarenta y seis años. ¡Asombroso!

—El niño es adoptado, señor. Pero precisamente eso fue lo que le salvó la vida. No podía tener hijos, ¿comprende? ¡Si hasta intentó suicidarse! La primera vez la salvó su marido, pero la segunda fui yo. —Lo dijo con orgullo—. Siento una obligación moral hacia ella.

—¿Dos intentos de suicidio? ¿Qué me dice? Me deja usted asombrado.

—Lo que oye. —Ya la tenía cuesta abajo, lanzada, como si fueran conocidos de toda la vida—. Usted parece una buena persona, señor, por eso se lo cuento, en confianza, para que entienda por qué no puedo dejarla aunque me ofrezca mucho más dinero de sueldo.

—Sí, entiendo que la llegada de ese niño debió de ser una bendición. —Suspiró él.

—El día que el señor llegó a casa con él en brazos... Desde entonces mi señora cambió y está mucho mejor; pero aún sufre de los nervios, por eso es tan protectora. Ese niño le devolvió la vida. Pasa las veinticuatro horas del día pendiente de él.

—Y su padre, feliz, claro.

—Bueno, es más seco. Supongo que por ser militar. Porque es militar, ¿sabe? Un hombre de honor y esas cosas. Además, trabaja mucho, siempre llega muy tarde por las noches y está poco con el niño. Quizá porque es ya mayor. Le confieso que no le hace mucho caso, pero viendo feliz a su mujer... He visto pocos maridos más enamorados y preocupados por sus esposas. Haría lo que fuera por ella. Ese hombre la adora, oiga.

—Ha de adorarla si fue capaz de conseguir un niño en adopción así como así.

—El señor es un héroe de guerra. —También lo proclamó con orgullo—. Estuvo con el general ese del parche en el ojo y también con el otro, el que hablaba por la radio. Será por condecoraciones...

A Miquel se le revolvió el estómago.

Hora de irse.

Tenía lo que quería.

Conocer un poco al enemigo.

—Bueno, ya veo que no la haré cambiar de idea, y no crea que no lo valoro. Eso me reafirma en mi buen ojo. Me he dicho: «Esa asistenta vale su peso en oro».

—Gracias, es usted muy amable. Siempre es bueno que la valoren a una.

—Nada, nada. —La saludó con una caballeresca inclinación de cabeza—. Gracias y perdone este asalto en mitad de la calle. Espero no haberla molestado.

—Para nada, no señor. Tranquilo. Y suerte en su búsqueda. ¿Qué edad tiene su nieta?

—Medio año, y prácticamente está a mi cargo. Su madre está enferma.

—¡Oh, vaya!

—Cuestión de paciencia. Un placer, señora.

Que a una criada se la llamase «señora» siempre producía el mismo efecto balsámico.

Eugenia le sonrió.

Después ella continuó caminando rumbo a la plaza de Calvo Sotelo y Miquel fingió seguir hacia arriba.

Nada más quedarse solo, volvieron a doblársele las rodillas.

35

Mientras se dirigía a casa, las palabras de la criada de los Maldonado le iban taladrando más y más la cabeza, picoteándole como avispas dañinas.

«Héroe de guerra.»

«Estuvo con el general ese del parche en el ojo y también con el otro, el que hablaba por la radio.»

«Condecoraciones.»

El coronel Andrés Maldonado era algo más que militar. Se lo había dicho también la criada. Era «un hombre de honor».

Pero capaz de matar para defender no ya al hijo robado, sino a su esposa, la mujer que llevaba ocho años y medio viviendo por y para ese niño.

En la España de Franco, no quedaba ninguna esperanza.

Llegó a casa desolado, entumecido y con la cabeza del revés. Abrió la puerta y ni siquiera fue a la habitación a quitarse la chaqueta o a ver si Raquel estaba despierta para cogerla y jugar con ella. No tenía fuerzas para nada.

Patro fue tras él.

—¿Miquel?

Se dejó caer en la butaca y la miró con ojos extraviados.

—¿Qué pasa?

—Lo he resuelto —dijo.

—Pues no lo parece. —Se asustó, sentándose en sus rodillas como solía hacer a veces.

—Es que no sirve de nada haberlo hecho —proclamó con desaliento—. ¿Y Raquel?

—Duerme. ¿Qué es lo que no sirve de nada? ¿A qué te refieres? ¿No dices que lo has resuelto?

—Él es intocable.

Lo dijo de una forma que no dejaba lugar a dudas.

Poco importaba quién fuera «él».

—Cariño... —Le acarició la mejilla.

Miquel cerró los ojos un momento. Agradeció aquella caricia, el calor, todo lo que encerraba.

Él también mataría por Raquel, y por Patro.

Lo mismo que el coronel Maldonado, aunque éste no quisiera al hijo y lo único que le importase fuese su esposa.

—Mierda... —Suspiró.

—¿Vas a contármelo?

—No es una gran historia, más bien se trata de un drama, con todas sus connotaciones humanas. —Volvió a mirarla—. Tenemos a un héroe de guerra. Tan héroe que incluso sirvió con el mayor carnicero y con el más genuino militar loco, Queipo de Llano y Millán Astray. —Sintió repugnancia con solo pronunciar los nombres—. Ese hombre, hoy coronel, tiene una esposa estéril. Una mujer tan delicada que, al no poder tener hijos, enloquece hasta el punto de deprimirse e intentar quitarse la vida dos veces. —Patro empezó a ponerse pálida—. La primera vez lo evita el marido. La segunda, la criada. El coronel, desesperado, hace lo imposible por ella. Será un cabrón canalla, pero la adora y es capaz de lo que sea. Para conseguir un hijo enseguida acude a un médico, o a una monja, o a los dos. Posiblemente ambos tuvieran ya montada una pequeña red para fingir muertes de bebés y darlos en adopción rápidamente a matrimonios «normales». En el caso de madres solteras, sin padre para la criatura, con familia de poco nivel, era fácil mentirles. Abrumados por la pérdida de la hija o del crío, no estaban para hacer preguntas. Ni siquiera les dejaban ver a los presuntos bebés muertos, por «lo desagradable». —Hizo una pausa para cogerle la mano a ella—. En 1943 apareció una de esas candidatas perfectas: diecinueve años, sola, con un padre y una madre como única familia. Julieta Domènech murió en el parto, pero les dijeron a sus padres que el niño también había muerto con ella. Se lo dieron al coronel Maldonado y así acabó la historia.

—Hasta que los abuelos del crío oyeron historias y empezaron a hacerse preguntas.

—Exacto. Por alguna razón descubrieron que no era el primer bebé muerto en la clínica del Sol. Más aún: que allí se producían más fallecimientos de los normales. Podían ser gentes sencillas, sin mucha cultura, pero empezaron a cuestionarse la verdad. Quizá incluso hablaron con otros familiares de niños muertos. El patrón siempre era el mismo: madres solteras y familias precarias. No digamos si, encima, eran familias de rojos.

—Entonces ahorraron y contrataron a un detective.

—David Fortuny no es ninguna lumbrera, pero tampoco es malo. Encontró la línea correcta. Y, además, tiene esa labia y esa especie de simpatía que aturde a la gente.

—Bueno, cada cual tiene sus argumentos. Tú haces que las personas hablen a base de hipnotizarlas con tu tono de voz y tus modales suaves, y él...

—¿Vas a compararnos?

—No, va. Sigue.

—Ya está. No hay mucho más. Se hace el simpático con una enfermera y consigue el nombre del médico que atendía a los partos en el 43 y el de la monja que pululaba por la clínica para atender «espiritualmente» a las «pobres desgraciadas» que caían en el pecado de la carne. Cuando David llega a la consulta del médico, imagino que actúa con poco tacto, en plan kamikaze, y el hombre lo echa con cajas destempladas. Nada más irse David, el doctor Almirall telefonea al cuartel del Bruch, donde trabaja y sirve el coronel Maldonado. Lo pone en aviso. Luego sale de la consulta y lo único que ha de hacer nuestro amigo Fortuny es seguirle. El viejo truco. El mismo médico lo conduce hasta el coronel. El resto es fácil, pero ya le pilla a contrapié, porque Maldonado se mueve rápido y, encima, David deja un rastro más visible que el de los caracoles. Mientras él averigua dónde vive el militar y acaba tomándole fotos a su hijo el mismo día de su atropello, Maldonado ya ha comenzado la escabechina haciendo matar a la monja, al médico y a los abuelos. El último es David, claro.

—¿Dices que los hizo matar?

—No iba a mancharse las manos él, que además ya es mayor. Tiene un chófer, posiblemente desde la misma guerra. Uno de esos militares fieles, que no sólo cumplen órdenes en tiempos bélicos, sino también en tiempos de paz. No sería el primero capaz de todo por su superior. Me apuesto lo que quieras a que uno le salvó la vida al otro en la contienda.

—¿Ese chófer...?

—Sí, Patro: ese chófer. Es la descripción que le dieron a Amalia en el Clínico acerca del hombre que preguntó por David. Y no me extraña. Ha actuado con precisión militar, no dejando dudas en ningún caso. Un simple empujón en el tumulto de una parada de metro, fingir el suicidio de dos personas solas y con una de ellas ya enferma, tirar por las escaleras a un hombre y retorcerle el cuello como garantía; y, por último, un atropello fortuito en plena calle. Todo accidentes. Y todo entre personas sin relación aparente entre sí. ¿Quién iba a sospechar nada? Ni siquiera la policía se creyó a Amalia cuando les contó que el atropello había sido intencionado.

—Borrando todos los rastros, se aseguraba la tranquilidad —asintió Patro.

—No hay que olvidarlo: es un coronel del ejército. A la menor sospecha de que algo pudiera torcerse, decidió acabar con todo, de golpe: la monja, el médico, los abuelos incordiantes... y David.

—Pero David... no murió.

—Comeré algo, te dejaré en la mercería y me iré al Clínico. Hay que protegerle, o incluso sacarle del hospital.

—¿En su estado?

—¿Qué quieres hacer?

—¡No te dejarán! ¡Pero si está hecho caldo!

—Su única póliza de seguros es no recordar nada. Pero Maldonado sabe que tarde o temprano volverá la luz a su cabeza. Y no va a arriesgarse.

—Matar a alguien en un hospital, a la vista de tanta gente, no es como hacerlo en una estación de metro o una escalera solitaria —insistió ella.

—¿Y qué quieres que haga?

—¡Ir a la policía! ¡Ahora tienes pruebas!

—¿Pruebas? ¿Qué pruebas? ¡No tengo nada! ¿Crees que harán la autopsia a los Domènech? La monja y el médico murieron por golpes, una arrollada por un tren y el otro por rodar escaleras abajo. ¡No hay nada que relacione a Maldonado con todo eso!

—¡Pero son muchas muertes casuales!

—¡Y él un coronel del glorioso ejército español, héroe de guerra y condecorado! ¿Quieres que acabe muerto yo, o que vuelva a la cárcel?

—¡No! —gritó angustiada.

—Pues ya me dirás. Lo único plausible es esperar, proteger a David, dar voces de que no recuerda nada y que va para largo... Lo que sea.

—¿Y dejar que ese hombre se salga con la suya?

—¡Franco también se salió con la suya, Patro! —gritó de pronto, como nunca lo había hecho antes en casa—. ¡Y sigue ahí! ¿No ves que son intocables? ¡Yo no soy más que un ex convicto perdonado por «la gracia» del Generalísimo!

Raquel rompió a llorar de golpe.

Patro se levantó de encima de él y salió corriendo como hacía siempre. Tardó un minuto en regresar. Miquel pensó que lo haría con la niña en brazos, pero lo hizo sola después de calmarla.

Ya no volvió a sentársele encima.

—Perdona —musitó desfallecido.

—No, perdona tú —se excusó ella—. Es que... Siempre tienes razón, ¿sabes?

—No siempre.

—Dijiste que no había ningún caso fácil o pequeño.

—Si cuando era inspector me hubiera enfrentado a un caso así, ¿sabes la de días que habrían pasado mientras examinaba los cuerpos, buscaba pruebas, indicios...? Entonces ni me habría importado quién fuera el asesino. Ahora es diferente.

—Lo siento. —Se dejó arrastrar también por el abatimiento.

Miquel se levantó para abrazarla.

La apretó muy fuerte contra sí.

—Lo más importante ahora es ayudar a David, y hay que hacerlo antes de que ese energúmeno vuelva a actuar.

Patro se estremeció en sus brazos.

Hasta que él buscó sus labios y le infundió un poco de paz.

Paz y amor.

Paz y amor en los tiempos del miedo.

—Voy a prepararte algo rápido para que comas —acabó reaccionando ella.

No tenía hambre, pero no se lo dijo para no preocuparla aún más.

—Voy a ver a Raquel —dijo él.

Un último beso. Terapéutico.

Les costó separarse.

36

Se dirigieron a la mercería con Raquel en brazos de Miquel y Patro empujando el cochecito vacío. Como solía hacer siempre, la niña lo miraba todo con los ojos muy abiertos, especialmente los coches que circulaban arriba y abajo por la calzada. Acababa de pasar un tren por la calle Aragón. Lástima del humo, porque con los trenes incluso aplaudía. Tuvieron que correr un poco para escapar de su efecto contaminante.

—¿Quieres que deje a Raquel con Teresina y vaya contigo? —preguntó Patro.

—¿Teresina sola, con la niña y clientas, que a veces les da por ir todas de golpe? No, mejor quédate.

—Pero puedo ayudar.

—Ayúdame dejándome solo.

—Ya, como siempre. —Se puso de morros.

—Si estoy pendiente de ti no me concentro en lo otro, y esto es demasiado serio.

—Lo haces para protegerme. —Siguió de morros.

—No es verdad. Pero aunque lo fuera. ¿Eso es malo?

Patro no contestó. Raquel agitó las manitas y señaló un camión viejo y destartalado que traqueteaba calle arriba con más angustias que velocidad. Probablemente ya era viejo en los días de la guerra.

Probablemente había llevado soldados al frente, o había vuelto con heridos.

Miquel gruñó por lo bajo.

Más que deprimido, se sentía fúnebre.

La mercería quedaba a diez pasos. Momento de separarse.

Raquel cambió de manos.

Pareció enfadarse, miró a su padre, pero acabó abrazándose a su madre.

—Miquel...

—¿Qué?

—Por lo menos no saben nada de ti, ¿verdad?

—Verdad.

—Ten cuidado.

—Lo tengo siempre. No estoy loco.

Iban a despedirse, en la misma puerta de la tienda, con un beso fugaz, cuando por ella apareció Teresina acompañada de un joven.

Miquel se quedó tenso.

«Lo que faltaba —pensó—. El novio.»

¿Le decía que tenía prisa, que la vida de una persona estaba en juego?

Para ellos la vida era su amor.

Patro supo entenderlo, así que le dio un codazo.

—Señor Mascarell... —No supo cómo empezar su dependienta.

—¿Es Bernabé? —Recordó que Patro le había dicho el nombre.

El muchacho, veinticuatro o veinticinco años, le tendió la mano con mucha seriedad.

—Bernabé Costa, para servirle.

Lo estudió en menos de los tres segundos que duró el apretón de manos. Traje sencillo, gastado. Camisa blanca, corbata discreta. Zapatos con el máximo de brillo que se les podía sacar después de haber pisoteado mil calles. Cabello repeinado, ojos vivos, con una chispa de inteligencia. Cara de inocencia.

El retrato de millones de novios.

284

Y tanto Patro como Teresina le pedían que hiciera de padre.

—Nosotras vamos dentro —se despidió la primera.

Miquel vio en sus ojos una mirada de orgullo.

Eso le hizo sentir bien. Mejor.

Se quedaron solos en la calle.

—Bueno... —No supo cómo empezar Miquel.

—Teresina quería que hablara con usted. —Lo hizo el joven.

—Sí, es una buena chica, y a veces me hace caso. Sólo a veces, ¿eh? —Sonrió.

—Me ha dicho que usted fue policía, y de los buenos.

—¿De los buenos porque servía a la legalidad o de los buenos porque pillaba siempre a los malos?

—Creo que se refería a todo. —Fue sincero.

—¿Qué más te ha contado?

Se dio cuenta de que era una pregunta demasiado directa. Abarcaba universos personales, intimidad.

—Le respeta mucho, créame —dijo de manera incierta.

—Perdona. —Le puso una mano en el hombro y lo apartó un poco de la puerta, porque Patro y Teresina estaban pendientes de ellos desde el interior—. Háblame de ti.

—No hay mucho que contar, señor.

—¿Hoy no trabajas?

—Esta semana tengo el turno de mañana. Aunque... bueno, también llevo los números de un par de empresas desde casa, para sacarme algo más.

—¿Qué has estudiado?

—Perito mercantil.

—Bien.

—Me costó mucho. En casa no vamos sobrados de dinero.

—¿Y quién va sobrado?

—Ya, claro.

—Pareces un chico serio.

—Lo soy, se lo juro —asintió vehemente—. Jamás le haría daño a nadie, y menos a Teresina. Desde que la conozco... Bueno, no sé ni cómo explicarlo.

—No hace falta. Mira, si te he de decir la verdad, no sé por qué quiere ella que hablemos.

—Supongo que para que nos dé usted su aprobación.

—¿Serviría de algo que no os la diera?

No supo qué decir. Se quedó en suspenso.

—No me hagas caso. ¿Cómo no voy a dárosla? Aunque no sea su padre.

—Como si lo fuera. Me ha contado que la sacó de un problema no hace mucho.

—¿Te ha contado qué problema?

—No.

—Ni se lo preguntes. La vida empieza siempre de cero cuando conoces a la mujer de tu vida. Y si tienes siete vidas, como los gatos, lo mismo. Cada vez es distinto. —Pensó en Quimeta y en Patro—. Si la quieres tú a ella y ella te quiere a ti...

—Sí, señor. Todo ha sido un poco rápido, pero... Ya tengo ganas de presentársela a mis padres.

—¿Vives con ellos?

—Y con mi hermana pequeña, sí.

—¿Tus padres tienen algo que ver con el régimen?

—No, señor. —Se quedó un poco serio—. Mis dos hermanos mayores murieron en la guerra, lo mismo que un tío mío. Yo... Yo no me meto en política. No vale la pena.

—Bien, bien. —Buscó la forma de rematar el asunto y marcharse cuanto antes—. Creo que en estos casos, los padres preguntan al pretendiente «cuáles son sus intenciones». —Sonrió para que él se relajara.

—Quiero ahorrar, ver si podemos casarnos en dos o tres años, alquilar un pisito y... —Se encogió de hombros.

A fin de cuentas, había resumido su futuro más inmediato en apenas un puñado de palabras.

286

Miquel miró la hora.

David Fortuny, el Clínico...

Se le ocurrió una pregunta más.

—¿Te gusta el fútbol?

—Sí, mucho, aunque no puedo ir, claro. Oigo los partidos por la radio.

—¿De qué equipo eres?

—¡Ay! —se asustó.

—¿Qué pasa?

—¿Y si usted es del otro?

—Tranquilo. Fui futbolero antes de la guerra. Ahora ya no me interesa. Era por preguntar y que ellas vean que hablamos mucho. —Señaló la tienda.

—Soy del Real Club Deportivo Español.

—Mira qué bien.

—Es que todo el mundo es del Barcelona y a mí no me gusta seguir la corriente.

—¿Rebelde?

—Digamos... inconformista. Tampoco voy a seguir siempre haciendo el mismo trabajo en la empresa en la que estoy. Quiero mejorar.

Le gustó.

Fue lo mejor.

—Es bueno ser emprendedor, hijo. No tenerle miedo a nada, y menos al riesgo. Sin riesgo nos morimos como nacemos, o peor. —Era hora de acabar la charla. Volvió a ponerle la mano en el hombro—. Venga, vamos. Llego tarde a un sitio.

—Oh, perdone.

—Tranquilo.

Regresaron a la tienda. Patro y Teresina estaban con la nariz pegada al cristal de la puerta. Se apartaron disimulando en cuanto les vieron aparecer. Miquel no entró, pero le guiñó un ojo a su mujer.

Patro esbozó una sonrisa cómplice.

Teresina también esperaba algo.

Y no la defraudó.

Miquel asintió con la cabeza, sólo eso.

Ella lanzó un suspiro de alivio.

—Adiós, Bernabé. Nos veremos —se despidió del novio de su empleada.

—Sí, señor. Y gracias.

Se despidieron en la puerta. El muchacho entró en la tienda y Miquel optó por retirarse rápidamente. Caminó por la calle Gerona, hacia arriba, para tomar la calle Aragón a la izquierda.

Apretó el paso.

Ningún taxi a la vista.

No llegó a alcanzar el cruce.

Para su sorpresa, descubrió a una decena de metros una figura familiar. Una figura a la que había visto apenas dos días antes, el sábado, en la portería de la calle Córcega 256.

Remedios.

Nunca había creído en las casualidades.

—¡Remedios!

Ella también le había visto. Caminaba muy rápida en su dirección. Tenía la cara iluminada.

—¡Señor Mascarell!

—¿Qué hace por este barrio? —le preguntó al detenerse los dos.

—¡Vengo de su nueva casa!

—¿De mi casa?

—Me dijo que vivía en la calle Gerona con Valencia, ¿lo recuerda? He preguntado en las cuatro esquinas y por fin he dado con usted. La portera me ha dicho que acababa de salir con su mujer y su hija, y que tenían una mercería por aquí abajo.

—¿Y ha venido a verme?

—Sí. —La cara se le iluminó todavía más.

—¿Por qué?

—Señor Mascarell. —Sujetó con las dos manos el bolso negro, viejo y gastado que llevaba colgado del brazo—. El sábado, cuando vino a ver a los vecinos de su piso y al dueño, los dejó a todos bastante enfadados. Los señores Argumí me preguntaron por usted, y el dueño, el señor Martí, se puso hecho una fiera. No vea cómo gritaba ese hombre. Le pregunté qué pasaba y me dijo que usted quería saber dónde estaban sus cosas, y que incluso preguntó por las fotografías de su familia.

—Sí —asintió al ver que ella hacía una pausa.

—Entonces me di cuenta de todo, porque yo estaba allí esa mañana, ¿lo recuerda? Lo vi. A usted se lo llevaron aquel día de febrero del 39 con la ropa puesta, sin nada más.

—Así es. —Siguió sin comprender qué hacía allí, frenando su carrera hasta el Clínico.

—Después de oír al señor Martí hablar de eso, de las fotos, gritando que a saber dónde estarían después de tantos años, recordé algo más: la comunión de su hijo Roger.

Miquel se quedó sin aliento.

De pronto, vio una luz a través de una rendija.

—Cuando Roger hizo la primera comunión, le pedí una foto, y usted me la regaló a los pocos días.

La luz se hizo mayor.

—¿No me diga que...?

Remedios abrió su bolso. De él extrajo aquella vieja fotografía, pequeña, de bordes arrugados, tonos discretamente grises.

Quimeta, Roger, él, sus padres, Vicens y su mujer...

Tuvo que tragar saliva.

De vuelta al pasado a través del túnel del tiempo.

—A usted le hace ahora más falta que a mí, ¿verdad? —Se la entregó.

Miquel no quiso llorar.

Lo evitó a duras penas.

Pero lo que sí hizo fue abrazarla.

—Gracias... —le susurró al oído.

—Temía no encontrarle. —La portera se sintió un poco desbordada, quizá porque hacía mucho que nadie la abrazaba—. No sabe la ilusión que me hace dársela. Ojalá...

No pudo seguir hablando. El abrazo se hizo más fuerte.

Cuando se separaron, ella también estaba emocionada.

Miquel se guardó la fotografía en el bolsillo.

—Me ha salvado la vida —le dijo.

—Usted siempre fue una buena persona. —Subió y bajó los hombros Remedios—. Si viera lo estirados que son los que están ahora en su piso... Y no digamos el señor Martí, siempre enfadado, siempre gritando por todo.

El reloj corría.

—Pasaré a verla. Ahora he de irme.

—¡Oh, yo también! ¡He dejado a mi nuera en la portería y le he dicho que tardaría una hora en regresar!

Esta vez la despedida fue rápida.

Un minuto después, Miquel volaba en un taxi en dirección al Hospital Clínico.

37

Se guardó de nuevo la foto en el bolsillo al bajar del taxi. En ella, Roger era un niño, Quimeta y él mucho más jóvenes, y lo mismo Vicens y su mujer. Sus padres aún vivían.

Su padre, siempre serio, adusto.

No le recordaba riendo, nunca.

Sólo con el cinturón en la mano.

Ahogó el dolor del recuerdo con la felicidad de la fotografía y subió al piso donde se hallaba la habitación de David Fortuny. Se asomó por la puerta y se encontró con un cuadro plácido: el detective dormía y Amalia leía una revista. La otra cama seguía estando vacía. Ella levantó los ojos al notar su presencia en el quicio, echó la revista a un lado y se le acercó con aquella luz tan viva en los ojos. Era una mujer hermosa, sin duda, plena y femenina, pero el deterioro por el cansancio acumulado a lo largo de los días se le notaba. Iba sin maquillar y las bolsas de los ojos seguían aumentando y pareciendo dos enormes globos.

—Miquel... —Empleó su nombre de pila en lugar del habitual «señor Mascarell».

Él también llamaba de usted a Fortuny, como para mantener las distancias.

—¿Cómo está?

Se refería a ella, pero Amalia respondió por el herido.

—Ha empezado a recordar —dijo.

—¿En serio? —se alarmó.

—Sí, poco a poco, despacio, pero ya hilvana cosas.

—Esto es peligroso —advirtió Miquel.

—Lo sé. Le he dicho que finja, que diga que está igual, por si algún médico se va de la lengua o está en contacto con el que haya querido matarle.

—¿Le ha dicho eso, que quisieron matarle?

—No, pero no es tonto. Empieza a sospechar, y más al verme aquí, tan pendiente, más de vigilante y perro guardián que de novia amante y protectora. Sabe que investigaba algo, tiene flashes mentales, y al decirle que finja seguir igual...

—Esto ya va muy rápido —asintió Miquel.

—¿Por qué lo dice?

—He resuelto el caso.

—¿En serio? —Se tensó como una cuerda de violín.

—Sé quién lo hizo, y por qué. Todo.

—Entonces ¿se acabó?

—No, Amalia, no, al contrario. —No le ocultó la gravedad de la situación—. Ahora es cuando empieza todo, porque el asesino es intocable. Hay que actuar hoy mismo, como mucho mañana cuando los médicos pasen visita. Hemos de sacar a David de aquí y...

No pudo seguir hablando. Le detuvo una voz quejumbrosa.

—¡Mascarell!

El detective estaba despierto y les miraba sonriendo.

Miquel se acercó a la cama.

—Hola, Fortuny.

—¿Otra vez por aquí?

—Ya ve.

—Mi memoria empieza a funcionar. —Se le iluminaron los ojos—. Lo único que no recuerdo es quién es esta mujer tan guapa y que no se mueve de mi lado. En cambio mi novia, Carole Lombard, no ha venido.

—Le recuerdo que la Lombard murió en el 42, amigo.

—Entonces por eso no está aquí. Me quedaré con esta belleza. —Alargó la mano libre para coger la de Amalia.

—Mira que eres bobo —le reprendió ella.

—¿Qué recuerda exactamente? —Mantuvo la tensión Miquel.

—Tenía tres casos, usted me lo dijo ayer. Un padre, un marido, unos abuelos...

—Ya están resueltos.

—¿En serio?

—Sí.

—Cuente, cuente.

Miquel se mordió el labio inferior. Llegaba el momento de pasar cuentas. ¿Le decía también lo que había hecho con Milagros Cisneros y con Eduardo Alameda?

—Seguí al hijo de ese hombre y descubrí su secreto: es homosexual.

—¡Sopla!

—Pero no se lo diré a su padre.

—¿Por qué?

—Porque le mataría o le haría encerrar en un manicomio.

David Fortuny se quedó en suspenso.

Miquel siguió.

—La señora Milagros, la esposa de Esteban Cisneros, tiene un amante, sí. Y va a fugarse con él para ser libre y feliz. O eso o se queda y aguanta las palizas de su marido eternamente.

—¿Él...?

—Es un maltratador, sí. Por eso no le daré el informe hasta que ellos estén a salvo.

—¡Pero, Mascarell...!

—Que los clientes paguen no significa que tengan razón. Eso crea un dilema moral.

—¡Es usted un romántico! —Le dio por sonreír.

—Pues sí. ¿Y qué? En el primer caso, mentiré. En el segundo diré la verdad: que ella tiene un amante. Sólo que para entonces ya estará lejos de sus garras.

—¡Válgame el cielo! —continuó el asombro de David Fortuny.

—¿Ve cómo no puede tenerme de socio?

—¡Claro que sí! ¡Lo bien que lo pasaríamos discutiendo cada caso, su vertiente moral tanto como la profesional! ¡Sería apasionante!

—No pensamos igual, Fortuny. ¿Qué habría hecho usted?

—Hombre...

—La verdad.

—Un chico al que le gustan los de su género... es difícil de ocultar. Pero en el caso de ese hombre... si le pegaba a su mujer, también me lo habría pensado, se lo juro. —No quiso comprometerse—. Bueno, ¿y el tercer caso? ¿Qué hay de esos abuelos? —Arrugó la cara—. Creo que yo encontré al niño, ¿sabe? Estuve en un parque, le vi, pero...

—Yo también. Gracias a las fotografías que tomó.

—¿Encontró mi cámara? —Se le iluminaron los ojos.

—Sí. Estaba en la guantera de la moto.

—¡Mi Leica! ¡Tiene mi Leica, cariño! —se dirigió a su novia.

—Me alegro —dijo ella por decir algo.

La cara del detective siguió cambiando a medida que recordaba.

—Tomé las fotos porque... —Miró a Miquel con intensidad—. ¡Había un militar! —Su mano aferró el brazo del visitante—. ¡Un coronel! ¡Seguí a un hombre hasta un cuartel y luego...! ¡Un coronel, sí, un pez gordo! —Los ojos se le dilataron cada vez más.

Como si de pronto un alud de recuerdos e imágenes se desparramara por su cabeza.

—¿Recuerda ahora al doctor Almirall, que le echó de su consulta?

David Fortuny perdió de pronto las fuerzas.

Quedó aplastado en la cama.

—No me atropellaron accidentalmente, ¿verdad? —Empezó a atar cabos.

—No.

—Pero si quisieron matarme a mí...

—También han muerto los abuelos del niño, el doctor Almirall y la monja de la clínica del Sol, Resurrección Casas. Siempre pareciendo accidentes. No hay ninguna prueba de que se tratara de asesinatos para borrar toda huella del pasado.

El herido se pasó la mano por los ojos.

A Miquel le pareció que iba a llorar.

También se lo pareció a Amalia, porque se sentó en la cama, se inclinó sobre él y le dio un beso en la frente.

—Han muerto... por mi culpa —gimió Fortuny.

—No. —Miquel fue terminante—. Los abuelos le contrataron para que investigara, así que fueron ellos, sin pretenderlo, los que abrieron la caja de Pandora. Nadie, ni ellos probablemente, podía saber lo que se escondía detrás de esta historia, ni que hubiera un loco tan peligroso como para hacer todo esto con tal de proteger no ya al hijo, sino a la mujer que ama.

—¿Ha matado por amor? ¿Encima? —se sorprendió.

—Es una larga historia, pero sí. El coronel Maldonado sólo quiso evitar que su esposa se volviera loca, o que intentara quitarse por tercera vez la vida.

—Increíble.

—Hay historias oscuras, hay historias tristes, hay historias dramáticas... —reflexionó Miquel—. Algunas tienen todo esto y más. Cuando alguien mata a otra persona premeditadamente, lo hace casi siempre por amor, por odio, por dinero o por venganza. Aquí ha habido mucho de todo esto.

—¿Y ahora qué hacemos? —Puso el dedo en la llaga.

—El problema es usted.

—¡Pero si ya hemos resuelto el caso! —dijo en plural.

—¿Y qué? ¿Tiene pruebas?

David Fortuny se quedó mudo.

—Cariño... —intentó decir algo Amalia.

—Podemos ir a la policía igual —recuperó el habla—. Bueno, yo. Usted no puede aparecer. Les cuento lo que sé y...

—¿Y acusará a un coronel del ejército, héroe de guerra?

—¿Encima es un héroe de guerra?

—Compañero de armas de Millán Astray y Queipo de Llano.

David Fortuny se quedó blanco.

—No fastidie. —Exhaló.

—Escuche. —Intentó ser convincente—. Lo único que cuenta ahora es que ha de salir de aquí cuanto antes y esconderse en alguna parte.

—¿Ésa es la solución que me da? —Se quedó boquiabierto.

—No hay otra. ¿Qué quiere?

—A mí ya no puede matarme fingiendo un accidente.

—¿Y qué? Le matará igualmente, sin más, y listos. ¿No es detective? La policía no sabrá ni por dónde empezar. Creerán que es por alguno de sus casos, una venganza o algo así. De todas formas, aunque le creyeran si acude a ellos, tardarán días en ponerse en marcha; y, muerto usted, se acabó. Encima ni siquiera piensa en lo más importante.

—¿Qué es?

Miquel la señaló a ella.

—Mierda... —Fortuny se vino aún más abajo.

—Ahora ya no es únicamente usted —insistió Miquel—. Sabrán que se lo ha contado a su novia y no querrán dejar testigos molestos. Incluso puede que lleguen a mí. Si han matado a cuatro personas, ¿qué más les dará acabar con dos o tres más? Se saben prácticamente impunes.

—¿Y por qué habla en plural? —preguntó de pronto.

—Porque el coronel Maldonado es el amo y el inductor de todo esto, pero el perro de presa es su chófer, también militar, un tipo alto, cuadrado, con el pelo cortado a cepillo.

Amalia se llevó una mano a los labios.

David Fortuny estaba aplastado en la cama.

Impotente.

La depresión les alcanzó a los tres.

Miquel miró los vendajes de su amigo, las máquinas a las que estaba conectado. La pregunta era si sería fácil que le dieran el alta. La respuesta era simple: no. Ningún médico firmaría ese papel en el estado en que se encontraba David.

—Resuelvo el caso más importante de mi vida y... —protestó el detective.

—No piense ahora en eso.

—Por lo menos déjeme que me sienta orgulloso, ¿no? —Recuperó un atisbo de inconsciente sonrisa y agregó—: Somos buenos, ¿eh? Usted también dio con la verdad, y con más mérito, lo reconozco, porque empezó tarde y ya con todos ellos muertos.

—Somos buenos, sí. ¿Y qué?

—Lo que le dije: juntos, la hostia.

—Va, cállese. Primero ha de salir de este lío.

—Mascarell... —dijo Amalia sin apenas voz.

—¿Sí?

—Hay que llamar a la policía. No hay otra solución. Pase lo que pase. David también es un héroe de guerra. Casi perdió un brazo.

Miquel bajó la cabeza.

La policía.

La policía, un coronel del ejército y un detective hablador y excéntrico.

—No diremos nada de usted, tranquilo —aseguró Fortuny.

Amalia se levantó de la cama.

—Vamos, váyase —le pidió a Miquel.

No la obedeció de momento. Sentía rabia. Furia. Sabía que no era la mejor solución, pero tampoco quedaban más opciones salvo rendirse. Estaban acorralados. Y, encima, si se iba, se sentiría peor. Como si huyera.

Al salir del Valle de los Caídos se había jurado no bajar la cabeza nunca más, salvo en casos muy extremos.

Aquél lo era.

—¿Quiere que le diga algo? —se dirigió al detective.

—Sí, claro.

—Suerte tiene de Amalia.

—Siempre he tenido suerte. —Exhibió su mejor sonrisa pedante sin abandonar la tristeza—. Caigo de pie.

—Eso dicen todos hasta que caen de cabeza y se la rompen. —Se puso en movimiento Miquel.

Hora de la despedida.

Dejando por delante un futuro incierto.

Miró a David Fortuny como si fuera la última vez que lo hacía.

—Tiene aquí esa bolsa —le recordó Amalia.

—¡Ay, sí, perdone!

Abrió el armarito y se la entregó. A Miquel le pareció que el martillo pesaba ahora una tonelada.

Iba a darle las gracias, pero no pudo.

En alguna parte, no muy lejos y, desde luego, en aquella planta, se escuchó la explosión.

A continuación, las voces.

—¡Fuego!

El pasillo se convirtió en un hervidero de gente corriendo de un lado a otro.

38

Miquel y Amalia se asomaron a la puerta de la habitación. Instintivamente, hicieron algo más.

Dirigirse al lugar de los hechos.

Como autómatas colapsados por el peligro.

La explosión se había producido en el otro extremo del pasillo. Las carreras de las enfermeras iban en esa dirección. También las de los visitantes y algunos pacientes que ya podían caminar.

El fuego no parecía excesivo, pero había mucho humo.

—¡¿Qué ha sucedido?!

—¡Apagadlo!

—¡Sacad a los enfermos!

—¡Calma, calma, que no cunda el pánico!

—¡Aquí, aquí!

Llegaron al límite de la zona dañada, sin entrar en ella y mucho menos bajo la nube de humo. El resplandor de unas pequeñas llamas se adivinaba a unos pocos metros. La mayoría de la gente se afanaba en apagar el fuego.

Más voces, crispadas.

—Pero ¿qué es esto?

—¿Cómo es posible?

—¿Quién ha podido hacer...?

Miquel se frenó en seco.

La última pregunta le zarandeó como si viviera un terremoto.

«¿Quién ha podido hacer...?»

Miró a Amalia y pareció que le comunicara sus pensamientos.

—¡Oh, Dios mío! —gimió ella.

—¡Es una maniobra de distracción!

Retrocedieron a la carrera. No eran más que unos metros, pero de pronto se convirtieron en kilómetros. Por allí ya no había nadie salvo los enfermos que no podían levantarse y miraban asustados en dirección a sus respectivas puertas. Todo el mundo estaba al otro lado.

Amalia, más joven, le sacó un metro de ventaja.

Miquel iba a gritarle que tuviera cuidado, pero no pudo.

Le faltó el aliento.

Cuando entraron de nuevo en la habitación de David, el hombre alto, recio, con el pelo cortado al cepillo y vestido con una bata blanca de médico, ya estaba ahogándole con una almohada presionando su cabeza.

El asesino no esperaba lo que se le venía por detrás.

—¡David!

Primero fue el grito de Amalia.

Se le echó encima, como una gata, sacando las uñas. Una furia de la naturaleza. Le hundió las garras en la cara desde detrás, y el peso hizo que los dos cayeran sobre David. Sin la presión de la almohada, se puso a toser, recuperando así el resuello.

La pelea derivó en caos.

Amalia llevaba la iniciativa, pero el hombre era una roca. Y, además, soldado. Probablemente de élite. Llevó las manos hacia atrás, despreocupándose del daño que ella le estaba infligiendo, y le bastó con agarrarla por la ropa para darle la vuelta, golpearla y derribarla al suelo.

La novia del detective pareció rebotar en las baldosas.

Le tocó el turno a Miquel.

David contra Goliat.

Fortuny recuperaba despacio el resuello y lo miraba todo atenazado.

—¡Se acabó! —gritó Miquel.

—¿Quién coño es usted? —barbotó el asesino.

No hubo más diálogo. Lo único que quería Miquel era ganar tiempo, confiar en que alguien más regresara de apagar el fuego y viera la escena.

Lo intentó.

Se echó encima del hombre y a éste le bastó con un manotazo para mandarle al otro lado de la habitación, junto a la puerta.

La bolsa con el martillo cayó al suelo.

El chófer del coronel Maldonado fue a por Miquel, para acabar el trabajo.

Un paso, dos.

Las manos eran dos mazas.

Las mismas manos que habían empujado a Resurrección Casas a las vías del metro, que habían hecho caer a Bernardo Almirall por las escaleras y le remataron rompiéndole el cuello, que habían acabado con las vidas de Carlos y Julia Domènech.

Se las puso a Miquel en la garganta.

Él intentó golpearle, pero su puñetazo fue como el picotazo de una avispa en la piel de un elefante.

Las manos apretaron al límite.

Y, de repente, todo se le hizo borroso.

Pensó en Patro, en Raquel...

Un último segundo y una vida entera que veía pasar por él. Demasiado.

Pese a todo, intentó pelear, mantuvo la mirada fija en el hombre que iba a matarle.

Gracias a eso vio que algo se movía por detrás de su corpachón.

Reconoció a Amalia.

La vio levantar las dos manos sujetando algo.

Tardó lo que le pareció una eternidad en ver que era el martillo.

Había cogido el martillo de la bolsa.

Miquel consiguió retener un último atisbo de aire y de vida en su cuerpo. Lo necesitaba. Hizo un esfuerzo final.

Hasta que el martillo impactó en la cabeza del asesino.

Se escuchó un ruido sordo.

Un quiebro espectral.

Pasó un segundo interminable.

Las manos perdieron fuerza.

La mirada del Goliat se le desvaneció y se volvió oscura.

Ahora sí, Miquel logró apartarle de encima, llevar aire a los pulmones y pugnar por levantarse, mitad alucinado mitad asustado.

Lo logró a duras penas, jadeando, con el corazón a mil. Amalia seguía sosteniendo el martillo con las dos manos, de pronto paralizada. David apenas podía moverse en la cama, entre aterrorizado y dolorido. Los tres miraron el cuerpo del hombre, con la cabeza abierta y la sangre fluyendo como una fuente a la que le quedaba poca capacidad.

El ruido del martillo cayendo al suelo les hizo reaccionar.

El caos seguía en el pasillo.

Nadie se había dado cuenta de nada.

Entonces estalló la voz de David Fortuny.

—¡Váyase, Mascarell!

Le escuchó, pero no le hizo caso.

Se agachó sobre el caído. No le buscó el pulso. Tanto daba si estaba vivo o muerto. Le registró los bolsillos.

No llevaba nada.

Ni un papel.

Nada en absoluto.

Ninguna conexión inmediata con el coronel Maldonado, salvo que era su chófer y eso no podía ocultarse.

Ahora sí le buscó el pulso.

Ni un latido.

—¿Está sordo? —repitió el detective—. ¡Lárguese cuanto antes! ¡Usted no ha estado aquí! ¡Ese hijo de puta ha querido matarme y Amalia lo ha impedido! ¡Punto! ¡Si se queda y alguien le ve, le harán preguntas!

Preguntas.

Un amnistiado jugando a policías y ladrones como falso detective.

Amalia también reaccionó.

Temblaba, pero lo peor ya había pasado.

Emergía de nuevo la mujer fuerte.

—Tiene razón... Ha de irse —jadeó.

—¡Yo lo explicaré todo! —insistió Fortuny—. ¡Es cosa mía! ¡Por favor, amigo!

Amigo.

Miquel les miró a ambos.

Sí, como decía Patro, la vida proporcionaba extraños compañeros de cama y de viaje.

—¿Está bien? —se dirigió al herido.

—¡Como una rosa! ¿No me ve? —Contuvo el dolor que el intento de asesinato acababa de producirle—. ¡Se acabó, estoy a salvo! ¡Ahora sálvese usted!

No hubo más.

La última mirada fue para Amalia.

No hizo falta que le dijera «gracias» en voz alta.

Miquel dio media vuelta, salió de la habitación y se perdió por entre el humo del pasillo, que iba ganando espacio aunque el fuego estaba apagado. Los gritos de alarma menguaban poco a poco al estar controlada la situación.

39

Cuando llegó a la calle se tocó el cuello.

Le dolía.

Movió la cabeza a uno y otro lado.

No era únicamente el cuello. También el cuerpo, por el golpe y la caída.

Patro le daría un masaje. Patro le acariciaría. Patro lo curaría todo.

Como siempre.

Patro en casa, con Raquel.

Sus dos niñas.

En casa.

Dio un par de pasos y se detuvo.

Miró el Hospital Clínico, su forma imponente, egregia. En unos minutos se llenaría de bomberos y de policías.

¿Habían ganado o habían perdido?

El asesino estaba muerto, David a salvo. Victoria.

¿Victoria?

Andrés Maldonado saldría impune de todo aquello. Salvo por el hecho de que el muerto fuera su chófer, nadie encontraría la menor relación entre él y lo que David pudiera contarles, si es que se arriesgaba a tanto. Nadie se atrevería a tocar a un coronel, y menos sin pruebas, únicamente hechos circunstanciales.

Eso era una derrota.

Una burla a la justicia.

Ni siquiera la divina o la militar, simplemente la humana.

Apretó los puños.

Cuatro muertos, cuatro vidas, por más que dos, las de la monja y el médico, hubieran sido a causa de los errores pasados traficando con bebés, pagando así por ello.

Carlos y Julia Domènech sólo buscaban a su nieto.

Si el chófer hubiera seguido con vida, tampoco habría hablado. Por lealtad.

Los malditos y extraños códigos del honor castrense.

Cómo odiaba esa palabra: «castrense».

«Honor.»

Miquel se detuvo de pronto.

Las palabras de Eugenia, la criada, revolotearon por su cabeza todavía aturdida.

«El coronel es un hombre de honor.»

«Haría lo que fuera por su esposa.»

Y volvió a agigantársele la primera.

«Honor.»

—Los códigos existen —se dijo a sí mismo en voz alta.

Levantó la vista del suelo. La ciudad vivía según su propio latido y sus impulsos. Era media tarde, pronto anochecería y acabaría otro día. La gente iba y venía. Nadie miraba en dirección al hospital, como si les diera grima hacerlo, como si supieran que allí, detrás de cada ventana, había personas jugándose la vida.

Como si entendieran que, tarde o temprano, todos pasarían por uno.

No le gustó lo que estaba sintiendo.

Y menos lo que estaba pensando.

—Vete a casa. —Volvió a hablar consigo mismo.

Ni caso. Siguió clavado en la acera.

¿Cuándo había dejado un caso a medias, o sin resolver?

—Sí, de acuerdo, pero ya no eres poli. No puedes hacer nada.

¿O sí?

—¡No!

¿O sí?

Cerró los ojos.

«Es un hombre de honor.»

Ellos, raza especial, creían en sus normas, sus atributos militares, su divino orgullo, porque además «sabían que Dios estaba de su lado». Se creían, por lo tanto, mejores. Encima, en España, habían «salvado» al país de la barbarie. Franco bajo palio y los demás gozando de su gloria eterna. Se llenaban la boca de conceptos ambiguos, pero para sí mismos únicos: Dios, Patria y Honor.

Siempre el honor.

Miquel supo que estaba perdido, acorralado, que ya no había vuelta atrás.

Su maldito instinto.

No era jugador, pero a veces había que jugar.

El póquer se ganaba con faroles.

Cuanto más grande el farol, mejor la victoria.

Miró la hora y, de nuevo, escuchó la voz de Eugenia, la criada parlanchina.

«Trabaja mucho, siempre llega muy tarde por las noches.»

La suerte estaba echada.

Jugar la última mano.

—Vas a meterte en la boca del lobo.

Caído el chófer, ¿se atrevería a matarle el coronel?

Miquel se rindió a su propia evidencia.

Calló la voz de su conciencia y dejó que le hablara el instinto.

Mejor dicho: que le gobernara el instinto.

—¡Taxi! —Levantó la mano derecha para detener al primero que pasó por su lado.

40

Muchos niños creían que el cuartel del Bruch era un castillo encantado, con sus muros, sus torreones, sus almenas, su aire de palacio extraído de un cuento de hadas y su imponente presencia, dominando el horizonte allá donde la avenida del Generalísimo ya no era sino un vasto espacio de tierra por explorar.

Esos mismos niños, a medida que crecían, despertaban de sus sueños.

Miquel recordaba su construcción, mucho antes de la guerra.

Mismo castillo, otros tiempos.

Ahora era uno de los monumentos celadores de la paz barcelonesa.

Perdido a las afueras de la ciudad, como un baluarte defensivo vigilante, recordaba a los barceloneses, lo mismo que el castillo de Montjuich, que los vencedores de la guerra eran militares, y que seguían en el poder. Ellos y sólo ellos, por la gracia de Dios. Por esta razón, ambos sobrecogían un poco. En el de Montjuich, apenas unos años antes, se había fusilado a decenas de personas por ser fieles a una legalidad vigente. Detrás de los muros del cuartel del Bruch, en cambio, ya nadie sabía qué sucedía.

Por esta razón, cuando el taxi le dejó en la puerta, a Miquel se le encogió el estómago.

Y se preguntó, de nuevo, si no cometía la peor de sus locuras.

Iba a jugar una partida de ajedrez con el diablo.

Iba a echarle un pulso al destino.

Cara o cruz.

Seguía oyendo aquellas palabras...

«Hombre de honor.»

«Lo que fuera por su esposa.»

El guardia de la entrada lo miró de arriba abajo. Uniforme, arma reglamentaria, cara de pocos amigos.

—Vengo a ver al coronel Maldonado.

El guardia hizo lo natural: llamar al oficial al mando.

Segunda explicación. Y primera respuesta.

—Señor, ¿ha visto la hora que es?

—Sé que el coronel trabaja hasta tarde. Y me consta que me recibirá. Por favor, entréguenle esta nota. —Le pasó el papel que había escrito en el taxi.

—Un momento, por favor.

El oficial desapareció de su vista y Miquel se quedó allí mismo, en la puerta central, bajo el arco, observado de cerca por el soldado que ocupaba la garita.

No fue una espera muy larga.

Poco más de cinco minutos.

Reapareció el hombre.

—Por favor, si quiere seguirme, señor.

Le siguió.

Primer muro, primer patio, primer edificio a la derecha. No hubo que caminar mucho. El oficial lo pasó a otro soldado, con galones de sargento, y éste lo condujo, en silencio, hasta el despacho del coronel. Todo fue relativamente sencillo. Llamó a la puerta, una voz recia dijo «¡Adelante!», la puerta se abrió, el sargento le cedió el paso y Miquel la cruzó.

Allí estaba.

El mismo hombre que había visto a mediodía bajarse del

coche oficial para entrar en su casa de la calle Fernando Agulló.

Pequeño, redondo, solemne, en apariencia insignificante, pero convertido en un gigante por el uniforme que lo envolvía y proyectaba en él la sombra de la grandeza.

El destello de los vencedores.

Miquel tuvo que hacer acopio de valor.

Salir de su miedo para convertirse en alguien a la altura de las circunstancias.

Estaban solos.

El coronel Andrés Maldonado detrás de la mesa de su despacho, flanqueado por el retrato del Caudillo, la bandera de España y el crucifijo. Todo marca de fábrica. Señal de identidad. Todo repetido hasta la saciedad en cualquier despacho oficial. Miquel de pie, a la espera de que lo invitara a sentarse.

Salvo que le pegara un tiro allí mismo.

Los ojos de Maldonado eran dos rendijas.

Destilaban una contenida furia.

—¿Quién es usted? —le preguntó.

—Un amigo.

—No le conozco.

—Entonces considéreme el factor inesperado.

—¿El factor inesperado de qué? —agravó más el tono de voz.

—Es lo que he venido a explicarle, mi coronel.

Por lo menos, le gustó el tratamiento.

La manera respetuosa y sumisa con la que su visitante lo expresó.

—¿Cómo se llama?

—José María Heredia Calvo —mintió.

—¿Qué significa esta nota? —La cogió, la arrugó y la echó a una papelera.

—Lo que dice: que su mujer y su hijo están en peligro.

Las balas de sus ojos impactaron en la coraza de Miquel.

—Siéntese.

Le obedeció.

—Será mejor que hable. Y rápido.

Miquel sostuvo la mirada. Ya no había vuelta atrás y, ahora, todo iba a dirimirse entre ellos. Un pulso que debía ser de igual a igual, o estaría perdido.

Primero, la persuasión.

Convencerle de que aquello era real e iba en serio.

—Coronel, ahora mismo, mientras usted y yo estamos aquí hablando, su chófer está declarando en la comisaría de policía, contando la historia, contando por qué ha matado a un hombre en el Clínico justo antes de ser sorprendido y reducido por un agente que iba de paisano.

Primera crispación en Andrés Maldonado.

—No sé de qué...

—Mi coronel —le interrumpió Miquel—. ¿Qué hago aquí, si no? Estoy de su lado, de su parte. He venido corriendo porque para mí los sagrados principios del Movimiento son fundamentales, y ante ellos, nadie, ni usted ni yo, es inviolable. Defenderlos es nuestra misión. —Hizo una pausa muy breve—. Cuando su chófer ha explicado la razón de su crimen y ha mencionado su nombre... Ya no he esperado más. Imposible quedarme cruzado de brazos. Llegados a este punto, las pruebas son abrumadoras, créame. La muerte de la hermana Resurrección Casas pudo pasar por un accidente. La caída por las escaleras del doctor Almirall, lo mismo. Sin embargo, ahora, los señores Domènech difícilmente van a ser considerados suicidas, y me consta que en una autopsia se encontrarán las pruebas de que fueron asesinados.

Andrés Maldonado crispó definitivamente el rostro a medida que Miquel iba proyectando la historia, citando los nombres de los muertos.

Abrió un cajón lateral.

De él extrajo una pistola.

La dejó sobre la mesa.

Miquel la ignoró.

—Siga —le ordenó el militar.

—Imagino que habrá leído a Sun Tzu, como buen soldado. —Habló con la misma calma y serenidad, apartándose por un momento del peso de la historia—. *El arte de la guerra* nos enseña mucho, ¿verdad? —Seguía mirándole a los ojos, empleando toda su primera estrategia de combate: la persuasión—. Conociendo a nuestro enemigo, podemos estar siempre un paso por delante de él. Y esto es lo que he venido a ofrecerle: estar un paso por delante de las circunstancias, tristes, pero ya inevitables.

—¿De qué coño está hablando? —Se impacientó Maldonado sin poder evitar ni su nerviosismo ni su parálisis.

—El detective que hace un rato ha matado su chófer, recuperó la consciencia esta mañana, y declaró ante la policía toda la historia que le llevó hasta el Clínico después de su fallido intento de atropello. Por supuesto, no le han creído. ¿Un coronel del ejército español instigando varios asesinatos para evitar que salga a la luz la adopción ilegal de un niño en 1943? Absurdo. Imposible. Pero eso ha sido esta mañana. La muerte de ese detective y la declaración del chófer de usted... cambian las cosas.

Andrés Maldonado ya no le fulminaba con la mirada.

Por primera vez, parpadeó.

—Mi chófer nunca...

—Lo ha hecho, señor. Lo siento, pero lo ha hecho. Le ha traicionado. Si no, ¿cómo sabría yo todo esto? Vamos, guarde esa pistola —le pidió Miquel.

—Esa historia... absurda, ¿la ha inventado ese... detective?

—Le contrataron los abuelos de su hijo Ricardo, después de años de sospechar que lo que sucedió el 9 de febrero de 1943 era más que extraño. Y en cuanto el detective empezó a tirar de los hilos... —Abrió las manos haciendo un gesto explícito—. Mire, coronel. —Se inclinó hacia delante y las apoyó en la mesa, ocupando así parte del espacio de su antagonista—. Puedo entender lo que hizo en el 43. ¡Claro que lo entiendo! Usted amaba y ama a su esposa. Bien, lo aplaudo. Lo entiendo porque también yo moriría por la mía. Usted temió que un tercer intento de suicidio fuera el definitivo y...

—Espere, espere. —Maldonado acababa de ponerse rojo—. ¿Cómo diablos sabe usted...?

—Coronel, ¿importa ahora esto? ¡Lo que importa es usted, y el tiempo corre en su contra! ¡Puede que apenas dispongamos de unos minutos! —Fue vehemente, argumentándolo todo con las manos y su expresión corporal—. ¡Usted hizo lo que debía, conseguirle un niño a su esposa, y además recién nacido! ¡La hizo feliz, le dio la vida! ¡La madre de Ricardo ni siquiera tenía marido, era una cualquiera, a saber qué habría sido de ese pequeño! ¡Usted le ha dado algo más que una seguridad y una familia, también le ha dado la paz de un hogar cristiano y el amor inmenso de su mujer! ¡Ese niño no sabe la suerte que tuvo! Pero ahora...

—¿Ahora qué?

—¡Ahora todo se vendrá abajo salvo que usted les proteja a ambos, a su mujer y a su hijo! ¡Ahora todo está en sus manos, coronel! Si le detienen, será un escándalo. Nadie le quitará ese niño a su esposa, pero crecerá marcado por la decisión que tome usted en los próximos minutos, sin olvidar la humillación de su mujer viéndole preso, quizá incluso ajusticiado, por absurdo que le parezca, sabiendo lo que hizo entonces y lo que ha hecho ahora ordenando matar a esas personas, aunque sea por el niño. ¡Por eso estoy aquí! No dudo de que sabe de qué le estoy hablando, ¿verdad? Sin usted, no habrá caso, nadie hará nada, todo quedará debidamente cerrado y enterrado. El ejército le protegerá y protegerá su buen nombre y el de su mujer e hijo. Con usted preso, en cambio...

—¿Me está pidiendo...? —No acabó lo que iba a decir.

Sus cejas acababan de dispararse hacia arriba.

—Mi coronel. —Miquel recuperó la gravedad en el tono y lanzó la ofensiva final—. Mi hijo sirvió en nuestro glorioso ejército. Cayó en el Ebro. Fue un héroe, como usted. Él solo barrió toda una columna de morteros y con la última granada recibió el disparo fatal que acabó con su vida. Yo, como otros muchos, ofrecí la sangre de mi sangre para nuestra Cruzada y por el bien de España. No quiero que Queipo de Llano, Dios le tenga en su gloria, se revuelva en su tumba por el escándalo que supondría la detención de usted. Ni mucho menos quiero que Millán Astray, o nuestro Caudillo, se enteren por una amarga llamada de que uno de sus más preclaros soldados ha sido detenido y acusado de cinco asesinatos.

Andrés Maldonado se dejó caer hacia atrás.

«Para derrotar a tus enemigos, has de conocerles bien.»

Sun Tzu también decía:

«Ten cerca a tus amigos, pero más a tus enemigos.»

Miquel disparó la última bala.

Empleó la palabra adecuada en el momento adecuado.

—Mi coronel, usted es un hombre de honor.

Fue como si le abofeteara.

Lo había hecho al mentarle, de pasada, a Queipo, a Millán y a Franco.

Ahora lo remachaba.

Honor.

El santo y seña de todo soldado.

—¿Usted...? —vaciló Maldonado de nuevo.

—He venido corriendo a avisarle. ¿Qué otra cosa podía hacer, como buen patriota? Apenas queda tiempo antes de que vengan a buscarle.

«Si le detienen, será un escándalo.»

«Sin usted, no habrá caso.»

«Nadie le quitará ese niño a su esposa.»

Miquel esperó.

El silencio se convirtió en una cuña.

Dolía.

El coronel Maldonado de pronto lo sentía apretándole la razón.

Persuasión, calma, reflexión...

Honor.

A Miquel le quedaba el gran cierre.

Reunió los restos de su temple y se puso en pie.

—No pueden encontrarme aquí —dijo con rigor marcial—. Lo siento. —Casi se cuadró ante el militar—. Aunque sea en estas tristes circunstancias, ha sido para mí un verdadero orgullo poder serle útil, mi coronel. Sepa que no le juzgo. Muy al contrario: le admiro, y más por el sacrificio que sé que va a hacer. —E, inesperadamente, levantó el brazo derecho y gritó—: ¡Arriba España, viva Franco!

Andrés Maldonado le miró como si estuviera loco.

Ya no habló.

No podía.

Siguió mirando a su visitante, como si fuera un aparecido.

Y continuó mirándole mientras se retiraba de su despacho.

Miquel sintió aquellos ojos hundidos en su espalda.

Fue un largo camino hasta la puerta.

Esperando escuchar un «deténgase» o...

Salió del despacho, cerró la puerta y tragó saliva. Por enésima vez, se le doblaron las piernas. Aun así, quiso echar a correr.

Se contuvo.

Calma, despacio...

¿Acababa de decir y hacer realmente todo aquello?

¿Él?

«Arriba España» y «viva Franco».

—Lárgate ya. —Suspiró.

Caminó por aquel pasillo. Salió al patio. Lo cruzó sin levantar la cabeza y pasó junto al oficial de guardia y, luego, ante el soldado de la garita. No le saludaron. Él tampoco. Una vez en la calle, dio los primeros pasos.

Libre.

Respiró el fresco aire del anochecer.

Y fue entonces, en ese momento, cuando escuchó el lejano disparo.

No volvió la vista atrás y siguió caminando.

Agradecimientos

Décima entrega de la serie protagonizada por Miquel Mascarell, sin cambios en cuanto a los agradecimientos principales: mi amor a cuantos lo hacen todo posible y fácil, las hemerotecas de *La Vanguardia* y *El Mundo Deportivo*, mi tenaz y puntilloso corrector Virgilio Ortega, mis editores, siempre alentándome a seguir, y las personas que me rodean, tanto al alba del comienzo como en el cierre de la última página.

Para este libro, sin embargo, he utilizado nuevos archivos de datos. El principal, la revista *Mundo Hispánico*, número 43-44, dedicada a Barcelona y editada en noviembre de 1951. También deseo destacar que algunas personas y escenas son reales, como la anciana del álbum de fotos. Remedios, la portera de la casa 256 de la calle Córcega, es igualmente auténtica y existió, así como el dueño del edificio, aunque, al contrario que ella, él no se llamaba como menciono en la novela. Mis padres y yo vivimos allí con mi abuela y mi tiastra hasta comienzos de 1954. *Els Encants* y el Turó Park forman parte de mis mejores recuerdos de infancia.

El robo de bebés es un tema que siempre me ha impresionado, especialmente desde que escribí *La memoria de los seres perdidos* y lo traté a fondo. También aparece en la tercera novela de mi serie con el inspector Hilario Soler de protagonista, *Al otro lado del infierno*. Fue común en los años cuarenta quitarles los hijos a «las rojas» y a las madres solteras, pero en los años sesenta las prácticas seguían igual, con médicos y monjas fingiendo la muerte de los recién nacidos, y se han repetido casos hasta las décadas siguientes. Así que no hablamos únicamente de una lacra de las dictaduras chilena o argentina en los años setenta del siglo pasado. Por supuesto la clínica del Sol de esta novela es inventada.

Los lectores de la serie Mascarell que no son de Barcelona me preguntan a veces por los nombres de las calles de la época, que no se corresponden con los actuales, naturalmente. Me gustaría señalar en este libro que la avenida del General Goded de los años pasados es hoy la avenida de Pau Casals y la plaza Calvo Sotelo es la plaza Francesc Macià. La Diagonal era antes la avenida del Generalísimo y la Gran Vía era la avenida de José Antonio Primo de Rivera.

El guión de *Un día de septiembre y algunos de octubre* se completó en Vallirana, a fines de agosto y comienzos de septiembre de 2017. La novela fue escrita en Barcelona entre octubre y noviembre del mismo año.

Larga vida a Miquel Mascarell.